James Patterson

Die Wiege des Bös

W0265601

Schmidt Alexandra

JAMES
PATTERSON

DIE WIEGE DES BÖSEN

Aus dem Amerikanischen
von Karin Meddekis

Bechtermünz

Von James Patterson ist im
Bechtermünz Verlag bisher erschienen:
... denn zum Küssen sind sie da

Titel der amerikanischen Originalausgabe:
Cradle and All

Lizenzausgabe für
Weltbild Verlag GmbH, Augsburg 2000
Copyright © 2000 der Originalausgabe
by James Patterson
Copyright © für die
deutschsprachige Ausgabe 2000
by Verlagsgruppe Lübbe GmbH & Co. KG,
Bergisch Gladbach
Umschlaggestaltung: Gisela Kullowatz, Bergisch Gladbach
Gesamtherstellung:
GGP Media, Pößneck
Printed in Germany
ISBN 3-8289-6892-9

Prolog
Die Frauenklinik

1.

Der Sonnenuntergang hatte den Horizont über dem hügeligen Dächermeer von South Boston in Blutrot getaucht. Auf den Dächern saßen Vögel, die das Mädchen, das dort unten langsam vorüberging, zu beobachten schienen.

Kathleen Beavier ging eine dunkle Seitenstraße hinunter, die ihr so fremd war wie die ferne Oberfläche des Mondes. Sie hatte sich bewusst an diesen Ort begeben, an dem es so kalt und unheimlich war. Sie trug einen Parka, einen langen gemusterten Rock und schwarze Schuhe – ihre Straßenkleidung. Die Stiefel scheuerten ihre Fersen wund, doch sie war froh über diesen Schmerz. Er lenkte sie von der unvorstellbaren Sache ab, die sie hierher geführt hatte.

Es ist so unheimlich, so unwirklich, einfach unfassbar, dachte sie.

Das sechzehnjährige Mädchen blieb stehen, um an der Kreuzung von Dorchester und Broadway, wo nur wenig Verkehr herrschte, Luft zu holen. Es wirkte fremd in dieser Umgebung. Kathleen war zu adrett, vielleicht zu hübsch, doch genau das war in ihrem Sinn. Sie würde in South Boston gewiss niemanden treffen, den sie kannte.

Ihre Hände zitterten stark, als sie die Brille mit dem goldenen Metallgestell in ihr blondes Haar schob. Sie hatte es heute Morgen mit einem besonderen Shampoo gewaschen und zusätzlich eine Spülung benutzt. Es war einfach absurd und lächerlich, sich Sorgen darüber gemacht zu haben, wie ihr verdammtes Haar aussehen würde.

Sie kniff die Augen zusammen und seufzte verzweifelt. Sie war verwirrt und niedergeschlagen.

Kathleen zwang sich schließlich, die Augen wieder zu öffnen, und blinzelte in die zerfetzten roten Strahlen der untergehenden Sonne. Dann schaute sie zum tausendsten Mal innerhalb einer Stunde auf ihre Armbanduhr.

O Gott, nein. Es ist schon nach sechs. Ich komme zu spät zu meinem Termin beim Arzt.

Sie lief auf die Ruinen von Southey zu. Aherns Leichenhalle tauchte vor ihrem verschwommenen Blick auf und verschwand wieder. Dann eilte sie an der verfallenen St.-Augustine-Kirche vorbei, an den Bars, einer Reihe zweistöckiger Holzhäuser und einem Penner, der gegen eine mit Graffiti besprühte Wand pinkelte. Sie dachte an einen alten Rock-Song, »Aqualung«, den eine Gruppe namens Jethro Tull gesungen hatte.

Kathleen ging sehr schnell, was sie auch zu Hause in Neuengland oft tat, um sich gegen die Kälte zu schützen. Tränen quollen aus ihren Augen, flossen über ihre Wangen und tropften auf die Erde.

Schnell, schnell. Du musst diese scheußliche Sache hinter dich bringen. Du bist extra hierher gekommen.

Es war schon Viertel nach sechs, als sie schließlich in den West Broadway einbog. Sie erkannte sofort das graue Backsteingebäude, das zwischen einem Waschsalon, der Tag und Nacht geöffnet hatte, und einem Leihhaus eingezwängt war.

Das ist das Haus. Der grässliche Ort.

Die Wände waren mit rotem Lippenstift und schwarzen Graffiti voll geschmiert: *Abtreibung ist Mord. Abtreibung ist eine unverzeihliche Sünde.* Auf einem angelaufenen Messingschild neben der Glastür stand: *Frauenklinik.*

Traurigkeit überfiel sie, und sie fühlte sich überdies sehr schwach. Sie wollte das nicht erleiden und war sich nicht sicher, ob sie es konnte. Es war alles ganz schrecklich und ungerecht.

Kathleen drückte ihre Hand auf das Türschild. Die Tür öffnete sich, und sie befand sich in einem Vertrauen erweckenden Raum, der Anmeldung. An der Wand standen pastellfarbene Plastikstühle. Poster von Müttern mit hübschen Gesichtern und pausbäckigen Babys hingen an den Wänden. Und das Beste war, dass zu dieser späten Stunde niemand hier war.

Kathleen nahm ein Klemmbrett in die Hand, das auf der Theke lag. Ein Hinweisschild forderte sie auf, das Formular nach bestem Wissen auszufüllen.

Sie machte es sich auf einem hellblauen Stuhl bequem und schrieb in Druckbuchstaben ihre Krankengeschichte auf. Jetzt zitterten ihre Hände stärker. Sie trommelte mit den Füßen, die in modernen, klobigen Schuhen eingezwängt waren, unaufhörlich auf den Boden.

Kathleen suchte in ihrer Erinnerung nach irgendetwas, das dieser Sache einen Sinn verlieh.

Nichts! Das kann doch nicht wahr sein! Was mache ich hier in der Frauenklinik?

Sicher hatte sie schon mit Jungen herumgeknutscht, aber sie kannte den Unterschied zwischen Küssen und ... Vögeln. Sie war doch nicht blöd!

So weit war sie noch nie gegangen. Und sie hatte noch nicht einmal den Wunsch verspürt. Sie war zu altmodisch in diesen Dingen – oder vielleicht einfach prüde oder ein anständiges Mädchen –, aber sie hatte nichts Unrechtes getan. Dort unten hatte sie noch nie ein Junge berührt. Würde sie es wissen, wenn es so gewesen wäre? Natürlich würde sie es wissen.

Wie konnte sie also *schwanger* sein?

Es konnte einfach nicht sein. Es war vollkommen unmöglich. Sie war ein anständiges Mädchen, das anständigste. In der Schule war sie mit allen befreundet.

Kathleen Beavier war Jungfrau. Sie hatte noch nie Geschlechtsverkehr gehabt.

Und doch war sie schwanger.

2.

Plötzlich fühlte sich Kathleen so elend, dass sie meinte, sie müsse zu Boden sinken. Ihr war schwindelig, und sie hatte das Gefühl, sich hier im Wartezimmer erbrechen zu müssen.

Reiß dich zusammen, Kind, flüsterte sie leise. *Du bist nicht die Erste, die so etwas durchmacht. Und du wirst auch nicht die Letzte sein.*

Sie warf schnell einen Blick auf die Uhr über der Anmeldung, hinter deren Tresen niemand saß. Es war fast zwanzig nach sechs. Wo war die Sprechstundenhilfe? Und was noch wichtiger war: Wo war die Ärztin?

Kathleen verspürte den Wunsch, aus der Frauenklinik wegzulaufen, aber sie bekämpfte diesen Drang.

Sie konnte hier nicht länger sitzen! Das Warten war unerträglich. Wo *waren* sie alle?

»Bringen wir es hinter uns«, sagte sie mit zusammengepressten Lippen. »Was du heute kannst besorgen, das verschiebe nicht auf morgen.«

Sie stand auf und ging zu einer Kiefernholztür direkt hinter der Anmeldung. Kathleen holte so tief Luft wie vielleicht noch nie in ihrem Leben, drückte den Metallgriff herunter und öffnete die Tür.

Vom Ende des Flurs drang eine leise, liebliche Stimme an ihr Ohr. *Gott sei Dank, es ist also doch jemand hier.*

Sie folgte der Stimme.

»Hallo«, rief Kathleen zögernd. »Hallo? Ist da jemand? Ich bin eine Patientin. Ich heiße Kathleen Beavier. Hallo?«

Die Tür am äußersten Ende des Flurs war einen Spaltbreit geöffnet, und Kathleen glaubte, dass die angenehme Stimme von dahinter kommen müsse. Sie stieß die Tür langsam auf.

»Hallo?«

Irgendetwas stimmte hier nicht. Kathleen hatte ein ungutes Gefühl. Sie spürte, dass sie hätte gehen müssen, aber es hatte sie so viel Mut gekostet, überhaupt hierher zu kommen.

Die Luft war trübe, fast klebrig. Es roch nach Alkohol. Aber war da nicht noch etwas? Kathleen riss die Augen weit auf.

Es dauerte ein paar Sekunden, bis ihr das ganze Ausmaß des Schreckens bewusst wurde.

Eine junge, dunkelhaarige Frau hing an einem Haken oben an der Wand. Sie trug einen weißen Arztkittel. Auf ihrem Namensschild stand Dr. Higgins. Um ihren Hals, der mindestens doppelt so lang war wie normalerweise, war ein Strick geknüpft.

Hals und Gesicht hatten eine scheußliche dunkelrote Farbe angenommen. Die Augen waren blutunterlaufen und wie vor Angst erstarrt. Das braune Haar fiel über die Schultern.

Kathleen streckte zitternd eine Hand aus, um die Hand der Frau zu berühren. Sie war noch warm und feucht. Dr. Higgins. Ihre Ärztin.

Diese Frau war soeben gestorben!

Kathleen geriet in Panik und zog ihre Hand wieder weg. Sie wollte weglaufen, aber etwas hielt sie mit aller Gewalt zurück.

Sie sah ein Stethoskop, das zusammengerollt neben einem Block Papier lag. Auf dem Block stand Kathleens Name.

»*Oh NEIIIIIN!*«, schrie sie. Angst, Schuldgefühle und Scham krochen in ihr hoch. Ihr Magen verkrampfte sich und ihr wurde übel.

In diesem Augenblick begriff sie, dass sie keine Minute länger in dieser Welt leben konnte. Der Gedanke war so seltsam, so überwältigend, dass sie fast das Gefühl hatte, es wäre nicht ihr eigener.

Ein Tablett mit Instrumenten funkelte neben dem Schreibblock. Kathleen hob eine scharfe Klinge hoch. Sie lag eiskalt und bedrohlich in ihrer Hand.

Sie hörte eine Stimme – aber dort war niemand. Die Stimme war tief und herrisch. *Du weißt, was du zu tun hast, Kathleen? Wir haben darüber gesprochen. Nur zu! Es ist richtig.*

In der Lücke zwischen dem rosafarbenen Ärmelaufschlag ihres Oxford-Hemdes und der Falte ihres linken Handgelenkes machte sie einen Schnitt. Die Haut teilte sich.

Siehst du, wie einfach es ist, Kathleen? Es ist eigentlich gar nichts. Nur der natürliche Lauf der Dinge.

Dann quoll das Blut hervor und tropfte auf den Boden. Tränen rannen aus ihren Augen und vermischten sich mit dem Blut.

Noch ein weiterer Schnitt – nur um sicherzugehen.

Es war schwerer für sie, den zweiten Schnitt zu machen. Das Armband ihrer Uhr bedeckte die für diesen Zweck beste Stelle ihrer Vene, und ihre rechte Hand war schon schwach.

Sie schnitt noch einmal in die Vene.

Dann sank sie auf die Knie, als wollte sie beten.

Kathleen machte einen dritten Schnitt, und anschließend hüllte sich die Welt in Dunkelheit.

Zu Füßen der am Haken hängenden Ärztin, deren Mund jetzt zu einem wissenden Lächeln erstarrt zu sein schien, fiel sie bewusstlos zu Boden.

Erster Teil
Die Ermittler

3.

Ich nehme an, dass es in Anbetracht der Dinge, die passiert sind, nicht übertrieben ist, wenn ich behaupte, dass es eine der unglaublichsten Geschichten überhaupt und die seltsamste ist, die ich je erlebt habe. Und das Verrückteste an all dem ist, dass ich in dieser Geschichte eine Rolle spiele – eine große Rolle.

Ich erinnere mich genau, wie meine Verstrickung in den Fall begann. Ich erinnere mich an jedes Detail, als wäre alles eben erst geschehen.

Es nahm seinen Anfang in meinem kleinen Büro im Back-Bay-Bezirk von Boston, in dem wie immer ein heilloses Durcheinander herrschte. Trotzdem war es ein gemütlicher Raum. Der Blick aus meinem Fenster fiel genau auf die Wolkenkratzer, zu denen das John-Hancock-Gebäude und das Prudential Center gehörten.

Die Tür wurde geöffnet, ohne dass jemand angeklopft hatte, und ein älterer Herr trat ein. Er trug einen grauen Nadelstreifenanzug, ein weißes Hemd und eine dunkelblaue Seidenkrawatte. Er sah aus wie ein erfolgreicher Anwalt oder Geschäftsmann.

Ich wusste, dass er weder das eine noch das andere war. Es war Kardinal John Rooney vom Erzbistum Boston, einer der bedeutendsten Kirchenmänner der Welt und ein Freund von mir.

»Hallo Annie«, sagte er, »schön, dich zu sehen – auch unter diesen Umständen.«

»Schön, dich zu sehen, John«, sagte ich und lächelte, als

ich mich erhob. »Du hast dich doch nicht so in Schale geschmissen, um mich zu besuchen. *Welche* Umstände meinst du?«

»Doch, habe ich«, erwiderte Rooney. »Ich bin inkognito gereist, verstehst du. Aufgrund der *Umstände.*«

»Ich verstehe. Feiner Zwirn. Wie die feinen Ostküstenprotestanten, wonach wir Katholiken streben. Sei vorsichtig, ein Flittchen könnte versuchen, dich aufzureißen. Komm rein und setz dich hin. Es ist fast sechs. Darf ich dir etwas zu trinken anbieten, John?«

»Heute sage ich nicht nein, Anne. Scotch, wenn du welchen hast. Das passende Getränk für einen alten Mann, der immer älter wird.«

Ich goss dem Kardinal einen Scotch ein und holte für mich eine Flasche Samuel Adams aus dem Minikühlschrank.

»Es ist mir eine Ehre, glaube ich«, fügte ich hinzu, als ich ihm das Glas reichte. »Zum Wohl, auf die Umstände deines Besuches«, sagte ich und hob meine Bierflasche.

»Der richtige Trinkspruch«, sagte Rooney, der an seinem Glas nippte.

Meine Beziehung zum Erzbistum Boston ist ziemlich kompliziert zu erklären; jedenfalls war ich in letzter Zeit mehrmals als Privatdetektivin für das Erzbistum tätig. In dem einen Fall ging es um eine Lehrerin aus Andover, die von einem Priester entführt worden war, der an der gleichen Highschool wie sie unterrichtete. Im anderen Fall hatte ein fünfzehnjähriger Junge einen anderen Jungen in der Kirche erschossen. Beide Fälle waren weder für den Kardinal noch für mich schöne Erfahrungen.

»Glaubst du an Gott, Anne?«, fragte mich Rooney, als er

sich in einem meiner bequemen, leicht ramponierten Sessel zurücklehnte.

Ich hielt es für eine seltsame, fast unverschämte Frage. »Ja, auf meine eigene, recht ungewöhnliche Weise.«

»Glaubst du an Gott den Vater, den Sohn und die Heilige Jungfrau?«, fuhr der Kardinal fort. Die Frage machte dieses sehr seltsame Treffen noch seltsamer.

Ich blinzelte mehrmals mit den Augen. »Ja, auf meine Weise.«

Dann fragte mich Kardinal Rooney: »Bist du als Privatdetektivin berechtigt, eine Waffe zu tragen?«

Ich öffnete meine Schreibtischschublade und zeigte ihm einen Smith & Wesson-Revolver. Allerdings fühlte ich mich nicht verpflichtet, ihm zu sagen, dass ich noch nie mit ihm geschossen hatte.

»Du bist engagiert«, sagte er und kippte den Rest seines Whiskys herunter. »Kannst du heute noch nach Los Angeles fliegen? Dort gibt es etwas, was du meiner Meinung nach sehen solltest, Anne.«

4.

Niemals werde ich vergessen, was ich in Los Angeles sah und fühlte.

Ich hatte die Berichte über die schreckliche Krankheit wie Millionen anderer zuerst auf CNN und dann auf allen TV-Sendern verfolgt. Vor Schrecken erstarrt hatte ich gesehen, wie die Kinder in Los Angeles in Scharen ins Cedars-Sinai Medical Center gebracht wurden. Sie alle litten unter schmerzenden Gelenken und Fieber, Anzeichen dafür, dass sie möglicherweise innerhalb weniger Tage sterben würden.

Bei meiner Ankunft im Cedars war der Anblick noch viel schlimmer als die Bilder im Fernsehen. Es war etwas ganz anderes, dort inmitten des Leidens und Schreckens zu sein. Am liebsten wäre ich geflohen, und vielleicht hätte ich es tun sollen. Vielleicht hätte ich in die Berge Hollywoods rennen und niemals mehr zurückkehren sollen.

Panik und Angst ließen den Lärmpegel in dem berühmten Krankenhaus, in dem das totale Chaos ausgebrochen war, auf weit über hundert Dezibel ansteigen. Das Geschrei der Schwestern und Ärzte in der Notaufnahme und das Jammern ihrer jungen Patienten hallte laut von den beige gekachelten Wänden wider.

Es war unglaublich traurig und unheilverheißend. Ein Hinweis darauf, was uns die Zukunft bringen würde?

Ein etwa vierjähriger Junge mit lockigem Haar, der einen gelben Schlafanzug trug, wurde gerade intubiert. Ich zwinkerte ihm zu, und der Junge zwinkerte zurück. Auf einem anderen Tisch rollte sich eine Jugendliche wie ein Embryo um ihren beigen Plüschbären zusammen. Sie stieß laute, herzzerreißende Schreie aus, als die Ärzte versuchten, ihre verrenkten Glieder zu richten. Ringsherum warteten Unmengen anderer Kinder, dass sie an die Reihe kamen.

Polizisten, deren Funkgeräte laut kreischten, bewachten die Türen. Sie hinderten die verzweifelten Eltern daran, zu ihren Babys zu gelangen.

Der lange, mit Linoleum ausgelegte Korridor war von einer Wand zur anderen mit fiebernden Kindern voll gestopft, die sich auf Decken, die auf den nackten Boden gelegt worden waren, hin und her warfen.

Alle Zimmer auf diesem Flur waren zu Schlafsälen für erkrankte Kinder umfunktioniert worden. Ihre Familien schienen aufgrund der dünnen, blauen Papierkittel und des Mundschutzes, den sie trugen, auf schaurige Weise miteinander verwandt zu sein. Jedes neue Bild prägte sich mir zuerst unauslöschlich ins Gedächtnis und dann in die Seele ein.

Der Arzt, der an meiner Seite ging, hieß Lewis Lavine. Er war der Chefarzt der Kinderklinik, ein großer, ein wenig linkischer Mann, der durch seine eigenartig hochgekämmten schwarzen Haare noch größer wirkte. Dr. Lavine war hier in diesem Chaos wie ein Fels in der Brandung. Er machte mit mir einen ausgedehnten Rundgang, obwohl er ganz offensichtlich keine Zeit dazu hatte.

Die gleiche mysteriöse »Seuche« war kurz zuvor in Boston ausgebrochen. Ehe ich nach Los Angeles fuhr, hatte ich im St. Catherine, einem Krankenhaus, das von der Kirche geleitet wurde, gesehen, was die Seuche angerichtet hatte. Das Erzbistum hatte mich nach L.A. geschickt, um den Dingen auf den Grund zu gehen.

»Sie wissen, was es ist, nicht wahr?«, fragte ich Dr. Lavine, als wir den Flur hinuntereilten.

»Ja, natürlich«, erwiderte er, aber es widerstrebte ihm offenbar, dem Entsetzen einen Namen zu geben. Dann sprach er in sehr ernstem Ton weiter. »Es ist im Grunde Poliomyelitis, nur dass das Virus sich diesmal schneller ausbreitet und noch rascher den Tod nach sich zieht. Es sieht so aus, als wäre die Seuche vollkommen unvermittelt ausgebrochen.«

Ich nickte. »In Boston ist es das Gleiche. Ich sprach vor über einer Stunde mit Dr. Albert Sassoon. Er ist ein fantastischer Arzt, aber auch er steht vor einem Rätsel. Es ist Polio – die Wiederkehr der gefürchteten Krankheit.«

Polio, Kinderlähmung, war einst eine mörderische Seuche. Mehr als sechshundertfünfzigtausend Menschen wurden von ihr heimgesucht, in der Mehrzahl Kinder. Die Seuche tötete etwa zwanzig Prozent, floh wie eine todbringende Flut vor dem Rest und ließ verformte Glieder und verkrüppelte Wirbelsäulen hinter sich zurück, Körper, die nie mehr gesundeten. Dr. Salks Impfstoff hatte die Kinderlähmung, wie es schien, für immer ausgerottet. Seit 1957 hatte es nur eine Hand voll Fälle in diesem Land gegeben, aber die gegenwärtige mysteriöse Epidemie hatte eine viel höhere Todesrate als die Polioseuche von damals.

»Waren diese Kinder alle geimpft?«, fragte ich.

Lavine seufzte. »Die meisten. Aber es scheint keine Rolle zu spielen. Wir stehen dem Nachfolger von Polio gegenüber«, sagte er. »Die alte Bedrohung mit einer neuen, stärkeren Wirkung. Das Virus hetzt durch den alten Impfstoff hindurch, ohne mit der Wimper zu zucken. In der Weltgesundheitsbehörde glauben einige, dass ein gebrochener Abwasserkanal eine Wasserquelle verseucht habe und sich die Krankheit daher so dramatisch ausbreite. Aber in Los Angeles wissen wir verdammt noch mal nicht, wo ihr Ursprung liegt. Hier? In Boston? Und wir wissen keinesfalls, wie wir sie stoppen können, oder wo sie als Nächstes ausbricht.«

Als wollten wir diese Tatsache unterstreichen, schauten wir beide auf die kranken Kinder, die sterbenden Kinder. So viele von ihnen würden nicht mehr nach Hause gehen, und das war erschreckend und völlig unfassbar.

»Nun, Doktor, das wissen die Ärzte in Boston auch nicht. Sie wissen nicht, wie das geschehen konnte, aber es ist geschehen. Was, zum Teufel, geht hier also vor?«

5.

Rom, eine Woche zuvor.

Pater Nicholas Rosetti hatte sich in seinem Leben noch nie so stark auf etwas konzentriert, und doch mangelte es ihm an jedem fruchtbaren Gedanken und jeder Erleuchtung. Er wusste alles über die »rätselhaften Vorgänge«, die Tragödien in Los Angeles, Boston und anderswo. Bedauerlicherweise wusste er noch viel mehr, so viel mehr, dass sein Kopf zu platzen drohte. Er glaubte zu wissen, *warum* diese Krankheiten und Seuchen ausgebrochen waren. *Er wusste das Unvorstellbare.*

Nicholas Rosettis Statur eines Handwerkers zeugte von vielen Jahren harter Arbeit und einem Leben im Freien. Er war einfach, aber gut gekleidet. Sein Lächeln war entwaffnend und selbstsicher, selbst wenn ihn fast panischer Schrecken erfasste. Er war auf geheimnisvolle Weise hübsch, und das war für einen Priester eher hinderlich.

Rosetti war der Sohn armer, einfacher Eltern, aber er

war sehr clever und sehr ehrgeizig. Er begriff, wie groß die Macht der Kirche noch immer war, aber was noch wichtiger war, dass sie wachsen konnte. Überdies *wusste* er ganz genau, dass er eines Tages Kardinal werden und diese Macht nutzen würde.

Doch als er zum Priester geweiht wurde, widerfuhr ihm etwas Seltsames und Unerwartetes. Nicholas Rosetti fing an zu glauben. Ihm wurde der göttliche Glaube geschenkt. In dem Augenblick versprach er Gott, ihm sein Leben hier auf Erden zu weihen und der Kirche und den Menschen zu dienen. Es war kaum zu glauben, was für ein guter Mensch er war. Daher wurde der Heilige Stuhl auf ihn aufmerksam, Papst Pius persönlich. Es war bekannt, dass Pater Rosetti so schlau war wie jeder Priester in Rom, dabei war er loyal, ein wirklich guter Mensch, mit wahrem Glauben.

Beim Gehen fiel sein Blick auf die glänzenden Goldkuppeln und die zweitausend Pfund schweren Kreuze und Nadelturmspitzen des Petersdoms. Er suchte nach einer Antwort, fand aber keine. Sein bereits schneller Schritt wurde noch schneller.

Als er den vertrauten, belebten Petersplatz überquerte – diesen majestätischen Platz mit den Kolonnaden des Bernini –, konnte er noch die Worte hören, die seine Heiligkeit Papst Pius XIII. vor kurzem an ihn gerichtet hatte.

Diese Worte übertönten den Lärm der römischen Straßen, auf denen es von Touristen, Drogenhändlern und hupenden Autos wimmelte.

»*Pater Rosetti*«, hatte Papst Pius, der als wahrer Vertrauter zu ihm sprach, zu ihm gesagt, »*Sie sind der Chefermittler der Wunder der ganzen Welt. Ich möchte, dass Sie ein Rät-*

sel für mich lösen. Eigentlich zwei Rätsel. Sie dürfen mit niemandem darüber sprechen.«

Nicholas Rosetti schritt schnell an den vier prächtigen Leuchtern vorbei, die am Fuße des ägyptischen Obelisken standen, der einst die größte Arena in Neros Zirkus überragt hatte. Sein Geist war noch auf die Worte des Mannes gerichtet, dessen geistliche Autorität und Führerschaft sich über den ganzen Globus erstreckte.

»Vor einundachtzig Jahren wurde in Fatima in Portugal von Unserer Heiligen Jungfrau eine Botschaft verkündet. Wie Sie wissen, wurde das ›Geheimnis von Fatima‹ nie enthüllt. Die Umstände zwingen mich dazu, Ihnen nun von der außergewöhnlichen Botschaft zu berichten. Ich muss Ihnen dieses Geheimnis anvertrauen, aber Sie dürfen es niemandem weitererzählen ... Es ist lebenswichtig, Pater Rosetti. Es hat mit dem Ausbruch von Polio in Amerika, den Hungersnöten in Asien und Afrika und vielen anderen Dingen zu tun ... Es steht alles miteinander in Verbindung. Sie werden es selbst sehr bald erkennen.«

Rosetti hatte schon die Porta Santa Anna erreicht. Er war im Begriff, den Stadtstaat, den Vatikan, zu verlassen. *Und werde ich auch seinen Schutz verlieren?* fragte er sich. *Bin ich nun wirklich ganz allein?*

Als der Priester in die alte, verfallene Via di Porta Angelica einbog, spürte er plötzlich ein seltsames Schwindelgefühl. Er verlor die Orientierung, als ihn dieser Taumel erfasste.

Er fühlte, dass er *beobachtet* wurde.

Stechende Schmerzen bedrängten sein Herz, als durchbohrten Messer seine kräftige Brust.

Sein Blick trübte sich, bis nur noch ein ganz schmaler Spalt Licht durch seine Augen drang.

»O Gott«, flüsterte er. »Was passiert mit mir? Was ist los?«

Dann hörte er eine tiefe, volle Stimme. *Es gibt keinen Gott, du Narr. Es hat nie einen gegeben. Niemals! Für einen menschlichen Narren gibt es keine Möglichkeit, Gott je zu erkennen.*

Er versuchte sich zu beruhigen und griff nach einem Laternenpfahl, als ihn entsetzliche Übelkeit überkam. Aber es war nicht so, als hätte er sich den Magen verdorben. Es war viel schlimmer.

»Der Mann ist krank«, rief jemand auf Italienisch. »Der Mann ist sehr krank!«

Nicholas Rosetti keuchte heiser. Plötzlich durchbohrten qualvolle Schmerzen seinen linken Arm und sein Bein. Er dachte, er werde aufgespießt.

Und tief in seinem Kopf hörte er wieder die Stimme. *Du wirst sterben. Das ist dein Ende. In wenigen Sekunden hörst du auf zu existieren. Dein Leben hatte keine Bedeutung.*

Hatte er vielleicht einen Herzanfall? Nein, dazu war er zu jung. Das konnte nicht sein. Er war erst sechsunddreißig und gesund wie ein Pferd. Noch vor wenigen Tagen hatte er sich bester Gesundheit erfreut. Noch vor Stunden! Er war heute Morgen fünf Meilen am Tiber entlang gejoggt.

Dein Sport, dein Jogging ist ein Scherz! Das siehst du jetzt, nicht wahr, du Narr?

Rosetti fiel auf das kalte Straßenpflaster. Der Himmel schien aufzuleuchten und sich dann wieder zu verdunkeln. Vor seinen Augen sah er verschwommene Farben,

Gesichter schauten zu ihm herunter und versperrten ihm die Sicht. Sie waren grotesk verzerrt und veränderten ihre Form.

Er dachte an die unglaubliche Enthüllung, die er erst vor wenigen Augenblicken im Apostolischen Palast, in den päpstlichen Gemächern, erhalten hatte.

»*Ich muss Ihnen das Geheimnis verraten*«, hatte Pius gesagt. »*Ich habe keine andere Wahl. Hören Sie mir zu. Hören Sie mir genau zu.*

Pater Rosetti, Unsere Jungfrau von Fatima versprach der Welt ein göttliches Kind. Nun ist es passiert. Sie müssen die jungfräuliche Mutter finden. Nur sie kann den Krankheiten und Seuchen in der ganzen Welt Einhalt gebieten. Sie müssen sie finden.«

»Bitte helfen Sie mir«, keuchte Nicholas Rosetti, der auf der Straße lag. »Ich kann jetzt nicht sterben. Ich kenne das Geheimnis.«

»Wir kennen es alle«, flüsterte jemand in der Menge, die sich um ihn gebildet hatte.

»Wir kennen alle das Geheimnis«, sagten sie im Chor. Sie lächelten. »*Wir kennen es alle.*«

Und jetzt sah er, dass es Teufel waren, jeder Einzelne von ihnen. Auf den Straßen wimmelte es von grotesken, knurrenden Teufeln. Sie sahen aus wie Werwölfe, brutale, hasserfüllte Bestien, die auf ihren Hinterbeinen standen.

Er hörte wieder die tiefe Stimme.

Du wirst mit deinem wertvollen Geheimnis früh im Grab landen, Nicholas. Du kommst geradewegs in die Hölle.

6.

Newport, Rhode Island.

Kathleen Beavier kratzte nervös an der rauen, rotvioletten Narbe auf ihrem Handgelenk. Die Sechzehnjährige erinnerte sich daran, wie sie sich selbst in Boston die Pulsadern aufgeschnitten hatte, doch das verdrängte sie nun. Sie versuchte es jedenfalls. Monate waren vergangen, aber natürlich konnte sie das nicht vergessen.

Als sie am Frühstückstisch saß, schaute sie auf den *Boston Globe*, der neben ihr lag. Die Titelzeile berichtete von einem mysteriösen Ausbruch von Polio in Boston. Die ganze Welt schien neuerdings verrückt zu spielen, oder vielleicht übertrug sie nur ihre eigenen Gefühle und Ängste auf den Rest der Welt.

Plötzlich hatte sie das Gefühl, etwas stimme mit der Luftzirkulation im Hause nicht. Die Luft war dick und ekelhaft. Sie erschien ihr fast *bösartig*.

Hör auf. Hör doch auf, befahl Kathleen.

Sie hatte jetzt ständig derartige Gedanken. Sie hörte Stimmen und hatte verrückte Ideen. Aber zumindest wusste Kathleen, dass es verrückt war. Seitdem sie in South Boston gewesen war, wusste sie, dass sie verrückt werden könnte. Doch wer würde unter diesen Umständen nicht ein wenig verrückt werden? Sie drehte die Zeitung um. Im Moment hatte sie keinen Bedarf an schlechten Nachrichten.

Jemand trat in ihr Blickfeld.

»Ich möchte kein Frühstück«, sagte sie zu der Haushälterin, Mrs. Walsh.

»Sprich nicht so mit mir, Kathy«, tadelte Mrs. Walsh sie freundlich. Sie stellte eine kleine Platte mit verführerischen Köstlichkeiten auf den Tisch: frisches Obst, Müsli und warmes Brot. Vom Frühstückstisch auf der Veranda konnte man auf das felsige Ufer hinter dem Haus der Beaviers in Newport, Rhode Island, sehen.

Schließlich lächelte Kathleen. Und trotz ihres Wunsches, hartnäckig zu sein, zu hungern und einfach nein zu sagen, tauchte sie ihren Löffel in das Müsli.

»Igitt«, sagte sie.

»Oh, bitte, gern geschehen«, erwiderte Mrs. Walsh, die schon vor der Geburt Kathleens als Angestellte im Hause gewesen war.

Kathleen spielte mit dem Müsli, den Apfelsinenscheiben und dem Siebenkorn-Toast auf ihrem Teller. Sie trank einen Schluck Kamillentee, der ganz genauso schmeckte, wie sie ihn am liebsten trank. Dann befreite sie sich von der Serviette, quälte sich aus dem Stuhl und ging langsam davon.

»Sei vorsichtig, Kathleen«, rief Mrs. Walsh ihr hinterher.

Das Mädchen musste lächeln. Vorsichtig? War es dazu nicht ein wenig zu spät?

7.

Kathleen stützte ihren vorstehenden Bauch mit der linken Hand und stieg eine steile gebleichte Holztreppe vor dem Haus hinunter. In letzter Zeit war ihr einziges unschuldiges Vergnügen der Strand, und der lag direkt vor ihr.

Am Strand konnte sie schreien. Sie konnte schreien, so laut sie wollte, denn ihre Stimme wurde von den tosenden Wellen übertönt. Wenn sie Lust dazu hatte, konnte sie sich verrückt benehmen. Und dazu hatte sie große Lust. Sie war im achten Monat schwanger, und das war nur eine Sache, die für sie keinen Sinn ergab. Die Ärztin, die die Abtreibung hatte vornehmen sollen, hatte entweder Selbstmord begangen oder war ermordet worden. Die Polizei wusste es noch nicht. Sie selbst wäre in dieser Nacht in South Boston gestorben, wenn nicht noch ein anderer Patient zu später Stunde gekommen wäre und sie blutend auf dem Boden vorgefunden hätte.

Kathleen seufzte laut auf, als sie den Strand erreichte. Ihr geschwollener Fuß war aus dem Turnschuh mit der Plateausohle herausgerutscht. Sie hatte die Schnürsenkel aufmachen wollen, aber sie konnte ihre Füße nicht sehen, und sie konnte sich außerdem nicht so tief bücken.

Wie war das passiert? Wie? Warum?

Es war Ebbe, und sie watete durch das Watt, wobei sie ihre Hand auf ihren riesigen Bauch legte – eine Geste, die schwangere Frauen überall machen. Sie ließ ihre Hand besänftigend über die geschwollene Kugel kreisen.

Sie wollte das Baby hassen, aber so ärgerlich sie auch war, in diesem Körper gefangen zu sein, so war es doch ihr Baby. Und sie konnte auf das Baby nicht böse sein. Es hatte nichts Unrechtes getan.

Sie setzte ihr Gesicht dem frühmorgendlichen Wind aus und beobachtete die Flussuferläufer auf ihren winzigen Streichholzbeinen, die immer wieder in die schäumende Brandung kletterten.

Die grau-weißen Vögel schauten auf ihre rechte Pobacke.

War das ihre lebhafte Fantasie? Oder wieder eines dieser sonderbaren Dinge, die geschehen waren, seitdem ihr neues Leben an die Stelle des alten getreten war?

Sie seufzte und strich sanft über ihren Bauch. Plötzlich dachte sie an den Ausbruch der Kinderlähmung, doch sie verdrängte den Gedanken.

Hör auf, dachte sie. *Genieße den Morgen, bis deine Eltern aufstehen.* Die nervösen, verlegenen Blicke, die ihr nun alle zuwarfen, machten sie krank.

Kathleen entfernte sich vom Wasser und stieg die Dünen hinauf. Als sie sich ihren Weg durch das hohe, gelbe Gras bahnte, flitzte etwas heraus und stellte sich ihr in den Weg.

Ein rotes Eichhörnchen blickte sie mit erstarrten, funkelnden Augen an. Sie war sicher, dass das Tierchen sie anstarrte.

»Was ist los?«, fragte sie.

Als sie einen Blick zurück auf die weiße Pracht des eleganten viktorianischen Holzhauses warf, sah sie ein zweites rotes Eichhörnchen. Auch das starrte sie vom Zweig eines Baumes aus an.

Und ein großer, grauer Kollege stand fast wie ein Bär aufrecht in der Nähe der Treppe. *Wurde sie beobachtet?*

Dann hörte Kathleen eine kreischende Stimme über ihrem Kopf. Sie hob ihren Blick und sah flatternde weiße Flügel. Sechs oder sieben kreisende Möwen. Sie stießen herab, und sie stiegen wieder in die Luft. Wie ruderlose Schiffe segelten sie über dem grauen Strand.

Hatten diese Vögel auch ihre wachsamen Augen auf sie gerichtet?

Beobachteten die Vögel sie?

Kathleen hörte in dem wogenden Dünengras ein Surren, das Surren von Insekten.

Eine Wolke schwarzer Fliegen tauchte genau über dem Gras auf.

Beobachteten die Fliegen sie?

Sie musste husten und fuchtelte mit beiden Händen vor ihrem Gesicht herum.

Unten am Strand fingen zwei normalerweise friedliche Retriever an zu bellen.

Andere Hunde aus der Nachbarschaft fielen in das Heulen, Jaulen, Jammern und Bellen ein.

Kathleens Herzschlag beschleunigte sich.

Die Eichhörnchen,
die kreischenden Möwen,
die surrenden Insekten,
die dicke Wolke schwarzer Fliegen,
die heulenden Hunde.

Sie bildeten einen immer enger werdenden Kreis um sie herum. Sie hassten sie, oder nicht? *Werde ich verrückt?*

»Hört auf! Hört auf! Hört auf!«, schrie sie schließlich. »Verflucht noch mal, hört auf!«

Kathleen umklammerte ihren geschwollenen Bauch zärtlich mit beiden Händen und eilte zurück zum Haus. Lautes, ersticktes Schluchzen drang aus ihrer Brust.

Sie knallte die Haustür hinter sich zu und rannte in den Salon. Als sie vor dem riesigen Fenster stand und auf die Morgensonne schaute, die über dem Meer aufstieg, atmete sie schwer.

Nein, sie hatte sich nichts eingebildet. Sie wusste, dass sie sich nichts eingebildet hatte.

Alle *beobachteten* sie.

8.

Auf dem Straßenschild vor mir war zu lesen: Newport, Rhode Island, 30 Meilen. Ich war von Los Angeles nach Boston gereist und nun innerhalb von zwei Tagen unterwegs zu meinem dritten Ziel.

Die Scheibenwischer meines Autos hinterließen einen Halbmondtunnel über der glatten, grauen Autobahn. Ich fühlte mich verloren, war ein wenig verwirrt und hundemüde. Immer wieder sah ich die armen Kinder im Cedars-Sinai Medical Center im Geiste vor mir.

Es war später Nachmittag, und der Regenguss hämmerte unheilverheißend auf das Dach meines robusten, neun Jahre alten BMW, aber ich verdrängte die Warnung. Ich schaltete das Gebläse ein und konzentrierte mich dann auf die verschwommenen, weißen Streifen, die an mir vorbeiglitten und die sich windende Autobahn in gleichmäßige Teile zerschnitten.

Ich fuhr schnell, über siebzig Meilen pro Stunde, weil ich auf meinem Weg nach Newport noch immer versuchte, mich von der Unmenge sterbender junger Menschen in Los Angeles und dem sehr seltsamen Auftrag, den ich kürzlich vom Erzbistum Boston erhalten und angenommen hatte, zu entfernen.

Was konnte eine Polioepidemie in Los Angeles und Boston mit einem jungen Mädchen in Newport zu tun haben? Und warum hatte die Kirche mich engagiert, um zu ermitteln? Warum hatte sie mein Honorar von dreihundert Dollar pro Tag akzeptiert, ohne den kleinsten Versuch zu verhandeln?

Es ergab für mich keinen Sinn, und es machte mich wahnsinnig. Ich dachte an das Gespräch zurück, das ich heute Morgen mit Kardinal Rooney geführt hatte. Seine Stimme am Telefon war so überzeugend wie immer gewesen.

»Auch der Vatikan ermittelt in dieser Sache«, sagte er zu mir. »Sie schicken ihren Ermittler. Es ist mir egal, Anne. Ich möchte, dass du nach Newport fährst.«

Ich mochte den Kardinal. Als ich ihm vor sieben Jahren gesagt hatte, warum ich meinen Orden verlassen würde und nicht länger Nonne sein konnte, hatte er verständnisvoll reagiert und meine Entscheidung akzeptiert. Das habe ich nie vergessen. Ich hatte das Gefühl, ihm etwas schuldig zu sein.

Ich ging nach Harvard, und es dauerte nicht lange, bis ich meinen Magister in Psychologie in der Tasche hatte. Meine Magisterarbeit »Feuerlauf: die Reise vom zwölften bis zum zwanzigsten Lebensjahr« wurde ein Buch, das große Anerkennung fand und erheblichen Einfluss auf die Praxis der Jugendpsychotherapie nahm. Anschließend schlug ich den Weg in die Polizeiarbeit ein, um Erfahrungen in der Praxis zu sammeln, und dieser Job machte mir mehr Freude, als ich erwartet hatte. Dreieinhalb Jahre verbrachte ich bei der Bostoner Polizei, und mir gefiel alles außer den Machenschaften in den oberen Rängen. Ich gab die Stelle wieder auf und erhielt eine Lizenz als Privatdetektivin. Es war richtig gewesen, den Orden der Dominikanerinnen zu verlassen. Ich war ziemlich sicher gewesen, dass ich nie mehr etwas vom Erzbistum Boston hören würde, sobald ich meine Ordenstracht erst einmal mit Mottenkugeln in den Schrank gelegt hätte.

Ich hatte Unrecht.

Der Kardinal hatte mich in seine aktuelle Akte aufgenommen. Sehr aktuell. Er schickte mir immer eine Mitteilung, sobald ich in einem Zeitungsartikel erwähnt wurde, und engagierte mich in einigen heiklen Fällen. Kardinal Rooney war nicht nur schlau, er war clever. Ich hätte wissen müssen, dass er mich aus einem bestimmten Grund überwachte. Offensichtlich war dieser Fall nun eingetreten.

Meine Fahrt von Boston nach Newport dauerte schon zwei Stunden, und in dieser Zeit ging ich immer wieder alles durch, was Rooney zu mir gesagt hatte. »In Newport wohnt ein sechzehnjähriges Mädchen«, hatte er mir anvertraut. »Es ist Jungfrau, Anne. Und es ist schwanger. Ich brauche dich, um das zu überprüfen.«

Ich achtete den Kardinal, aber ich konnte mich nicht zurückhalten. »Das ist sicher ein Scherz«, spottete ich. »Wir leben im zwanzigsten Jahrhundert. Wir sind hier in Amerika! Ich zweifle daran, dass es noch *irgendeine* sechzehnjährige Jungfrau gibt.«

Er lachte und gab zu, dass dies auch seine erste Reaktion gewesen sei.

»Und jetzt?«, fragte ich.

»Anne«, sagte der Kardinal, »tu mir dieses eine Mal den Gefallen. Du kennst die junge Generation viel besser als ich. Wenn man diesem Mädchen Kathleen Beavier in irgendeiner Weise Glauben schenken kann, wirst du es erfahren. Wenn sie völligen Blödsinn erzählt, wirst du es auch erfahren. Tu das, was du immer tust: *ermittle.*«

»Egal, was dabei herauskommt? Ist das kein Problem für dich, John?«

»Auf gar keinen Fall. Du hast freie Hand. Pass nur auf, dass du heil aus dieser Sache herauskommst.«

Schon zum zweiten Mal spielte Rooney auf eine Gefahr an.

Ich zitterte vor Aufregung. Ungeduldig fuhr ich von der Autobahn ab und nach Newport hinein. Ich konnte es kaum erwarten, Kathleen Beavier kennen zu lernen. Obwohl ich mich sehr bemühte, nicht voreingenommen zu sein, schaffte ich es nicht.

Die Wahrheit war, dass ich einfach nicht an eine jungfräuliche Geburt glaubte.

9.

Ich wurde an der Haustür von der Haushälterin der Beaviers empfangen, die mich kurz mit Mrs. Beavier bekannt machte. Anschließend zeigte sie mir »mein Landhauszimmer«. Offensichtlich blieb ich über Nacht.

Es waren nur zweiundsechzig Stufen bis hinauf zu dem Gästeraum, doch ich kam trotzdem ein wenig ins Schwitzen, als ich beim Treppensteigen über Kathleen Beavier nachdachte. Ich war um vier Uhr dreißig vor dem großen Landhaus namens »Sun Cottage« angekommen. Jetzt stand ich an einem der großen Erkerfenster in meinem Schlafzimmer, von dem aus ich einen unglaublich schönen Meeresblick hatte. Ich dachte nach – eine meiner Lieblingsbeschäftigungen –, als es an der Tür klopfte.

»Ja, bitte?«

Ein leises Murmeln drang vom Flur herein. »Hier ist Mrs. Walsh. Ich möchte Ihnen ein Bad einlassen, Miss Fitzgerald. Ist es Ihnen recht?«

»Das wäre ... wunderbar«, sagte ich, wobei ich versuchte, meine Überraschung zu verbergen. »Bitte, kommen Sie herein.«

Mrs. Walsh, eine schmächtige Frau mit einer schneeweißen, krausen Haarpracht stand im Türrahmen. Sie nickte und huschte dann ins angrenzende Badezimmer. Ich schaute etwas verblüfft durch die offene Tür und sah, dass sie in das aus den glänzenden Messinghähnen fließende Wasser Badeöl goss.

»Ihr Bad ist gleich fertig«, sagte die Haushälterin, die ihren Kopf einzog und dann an mir vorbei wieder zur Tür huschte. *Mein Bad ist gleich fertig. Toll! Okay, damit komme ich zurecht – glaube ich.*

Nachdem ich mich bei ihr bedankt hatte, betrat ich das hübsche Badezimmer. Mrs. Walsh kam mir etwas seltsam vor, ein wenig nervös, aber das war kein Problem.

Mein Blick wanderte über die Einrichtung des Badezimmers, die mich verblüffte. Ich sah Handtuchhalter im viktorianischen Stil, einen holzgetäfelten Glasschrank, der mit dicken Badehandtüchern voll gestopft war, eine alte Fußwanne und einen herrlichen Standspiegel.

Als ich meine Bluse und meine khakifarbene Hose ausgezogen und auf den Boden geworfen hatte, betrachtete ich mich im Spiegel.

Ich war damals als Vierzehnjährige ins Noviziat eingetreten, noch ehe sich mein Körper voll entwickelt hatte. Im Dominikaner-Kloster in Boston hatte ich als Novizin gelebt. Die Spiegel an den Wänden von St. Marien waren mit Farbe abgedunkelt worden. Der einzige Spiegel in meinem Besitz war zehn Quadratzentimeter groß. Einige Jahre lang trug ich die vollständige Tracht, einen Nonnenschleier und flache, geschnürte Halbschuhe. Selbst wenn ich allein war, zog ich meine einfache Baumwollunterwäsche unter meinem bauschigen Nachtgewand an. Mein Haar war Tag und Nacht verdeckt. Abtötung der Empfindungen wurde das genannt.

Heute wusste ich, dass ich ins St.-Marien-Kloster eingetreten war, um nicht in unserem Haus in Dorchester bleiben zu müssen. Ich war die zweitjüngste der elf Fitzgerald-Kinder. Meine Mutter war Putzfrau und Trinkerin. Mein Vater war Versicherungsvertreter, und auch er trank.

Von einer sympathischen Schwester erfuhr ich in meiner Grundschule vom St.-Marien-Kloster, und daraufhin floh ich dorthin. Im Kloster war ich »die zähe Kleine aus Dorchester«, was mir ziemlich gelegen kam. Die Schwestern waren gut zu mir. Eigentlich liebten sie mich mehr als meine Eltern, und sie versuchten mich zu retten. Wer weiß, vielleicht hatten sie Erfolg.

Sicher wäre ich schockiert gewesen, wenn es mir möglich gewesen wäre, einen Blick in die Zukunft zu werfen und meinen entwickelten weiblichen Körper zu sehen. Jetzt schaute ich mit scheuem, erstauntem und belustigtem Blick in den beschlagenen Standspiegel und wunderte mich, dass sich das hässliche Entlein unter der Nonnentracht derartig gemausert hatte. Die Figur eines Models! Na schön, fast. Na schön, in meinen Träumen.

Ich hielt mein Haar mit einer Hand im Nacken zusammen, ließ das dicke glänzende Haarbüschel dann langsam los und beobachtete, wie es anmutig über meine Schultern fiel. Als ich meinen verspäteten jugendlichen Narzissmus befriedigt hatte, lächelte ich mich an und setzte mich in das heiße, duftende Badewasser.

»Ich könnte mich daran gewöhnen«, flüsterte ich.

Einen Augenblick genoss ich meine ungetrübte Lust, ehe mich ein Frösteln überkam und ich mich jäh daran erinnerte, wo ich war. Ich war kein verwöhntes Kind der besseren Gesellschaft aus Two Bunch Palms oder dem Canyon Ranch Bad. Ich war in dem Haus der Beaviers in Newport, Rhode Island.

Meine Aufgabe war es, im Fall einer jungfräulichen Geburt zu ermitteln, die mir aus medizinischer Sicht schlechtweg unmöglich erschien.

10.

Ungefähr gegen fünf Uhr warf ich einen Blick in die große sonnenbeschienene Bibliothek des Hauses. Ich kam mir vor, als würde ich in eines anderen Menschen Traum eindringen. Ehe ich jemanden sah, hörte ich eine weibliche Stimme. »Guten Abend, Miss Fitzgerald.«

Carolyn Beavier stand vor einer Fensterfront aus Bleiglas, die vom Fußboden bis zur Decke reichte und den Blick auf einen Rasen freigab, der sich bis zum Meer erstreckte. Ich hatte sie kurz begrüßt, als ich angekommen war. Mrs. Beavier war höflich, aber förmlich und zurückhaltend gewesen. Sie war Ende Vierzig, hatte ein elegantes, ovales Gesicht und vorspringende Backenknochen. Ihr Haar mit den blond gefärbten Strähnen wurde durch ein einfaches Samtband gehalten. Sie passte sehr gut in die Welt von Newport, Greenwich und Palm Beach.

Mrs. Beavier stellte mich ihrem Gatten Charles vor, einem grauhaarigen Mann mit dem aufmerksamen Seitenblick eines ausgefuchsten Managers. Er trug einen aschgrauen Straßenanzug, ein glattes, weißes Hemd mit französischen Aufschlägen und goldenen Manschettenknöpfen und eine gestreifte Seidenkrawatte.

Charles erwiderte meinen Gruß höflich, beugte sich dann über einen hübschen Schreibtisch und ließ die Schlösser einer schwarzen Aktentasche zuschnappen. Carolyn Beavier setzte sich in einen gestreiften Regency-Sessel, der neben dem Sofa, das von zartem Chintz mit einem Blumenmuster überzogen war, stand.

Ihr Mann sagte: »Sie haben beeindruckende Zeugnisse,

Miss Fitzgerald. Magister in Jugendpsychologie. Erfahrungen mit gestörten Kindern im McLean-Krankenhaus in Belmont. Und natürlich Wissen über *alles, was ich schon immer über Jugendliche wissen wollte, aber nicht zu fragen wagte.*«

Das war ein kleiner Seitenhieb, doch ich erwiderte nichts und schenkte ihm nur einen ruhigen, herzlichen Blick. Da Kardinal Rooney meine Arbeit bei der Polizei nicht als Teil meiner Berufserfahrungen erwähnt hatte, entschied ich, sie meinem Lebenslauf jetzt nicht hinzuzufügen.

»Entschuldigung«, sagte Charles Beavier dann. »Das war unnötig. Ich bin sicher, dass *Feuerlauf* ein wertvolles Buch ist.«

»Wir stehen im Moment ziemlich unter Stress«, setzte seine Frau hinzu.

»Ich verstehe«, sagte ich.

»Ich will Sie nicht kränken, aber Sie können diese Anspannung wirklich nicht verstehen«, erklärte mir Charles Beavier. »Als wir erfuhren, dass Kathleen schwanger war, wollte ich sie erwürgen ...« Die Worte blieben ihm in der Kehle stecken.

Mrs. Beavier sprach weiter: »Es ging eigentlich nicht um die Tatsache, dass sie schwanger war, sondern darum, dass Kathleen uns nichts gesagt hatte. Und wie Sie wissen, hat sie dann versucht, sich umzubringen. Ich wünschte, sie hätte versucht, mich statt dessen umzubringen.«

»Hör auf«, sagte Charles Beavier. »Es ist nicht deine Schuld, Cee.«

Aber seine Frau fuhr fort. »Ich wünschte, Kathleen und ich ständen uns näher. Ich wünschte, ich hätte mehr Zeit für sie gehabt. Ich wünschte, ich wünschte.« Ihr Blick verlor sich in der Ferne. Carolyn Beavier gehörte sicher nicht zu diesen Müttern, die ihre Töchter ständig irgendwohin kutschierten. Ich konnte mir das aufregende Newport-Boston-New-York-Leben vorstellen, das sie führte, das Leben einer Dame der besseren Gesellschaft, die mit einem Industrieboss verheiratet war.

»Kathleen und ich lieben einander«, fügte sie zärtlich hinzu, »aber wir sind uns nicht nahe genug, besonders jetzt. Wir sind nie richtige Freundinnen gewesen.«

»Mir gefällt es nicht, wenn du so sprichst«, unterbrach sie Charles Beavier erneut. »Du hast sie ja nicht geschwängert, Cee. Du hast ihre Handgelenke nicht in einer Abtreibungsklinik in Southey aufgeschnitten.«

Es hörte sich sehr hart und unfreundlich an. Dann schluckte er überraschenderweise, und Tränen rannen über seine Wangen.

Was für ein Anblick! Ich streckte unwillkürlich meine Hand aus, die er kurz drückte. Dann zog er seine Hand zurück und presste ein zusammengefaltetes, weißes Taschentuch auf seine Augen.

»Es tut mir Leid«, sagte er. »Wir stehen unter sehr viel Stress.«

»Sie sollten es beide leichter nehmen«, sagte ich. »Bitte. Ich bin nicht hier, um irgendjemanden zu verurteilen. Ich bin keine Richterin, sondern ich bin hier, um Kathleen zu helfen, wenn ich kann, und um das Erzbistum zu vertreten.«

Ich hob die hübscheste Teetasse hoch, die ich je in Händen gehalten hatte. Violette Zweige tanzten auf weißem, goldgerändertem Porzellan.

Carolyn Beavier lächelte gezwungen. »Ich bin sicher, dass Sie mit ihr zurechtkommen. Sie ist aufgeschlossen und liebevoll. Sie ist eine sehr nette junge Frau.«

Ich nickte. »Das ist sie sicher.«

Mr. Beavier setzte sich neben seine Frau auf die Couch und nahm ihre Hand. »Ich erzähle Ihnen alles von Anfang an. Alles, was wir über den Anfang wissen«, sagte er in ernstem Ton.

Charles Beavier hielt immer wieder inne, als er mir alles zu erklären versuchte. In den ersten Tagen war es demnach unglaublich schwierig für die Familie gewesen, eine schlimme Zeit. Sie hatten Kathleen immer vertraut. Die Schwangerschaft war eine erschütternde Überraschung, der dramatische, fast tragische Schicksalsschlag ihres versuchten Selbstmordes. Als sie ihre Tochter gesund pflegten, gestand Kathleen, dass sie noch Jungfrau sei.

»Eine jungfräuliche Geburt? Also wirklich! Wie sollten wir das glauben?«, fragte Charles Beavier. »Wenn sie log, war es ein Skandal, der ihren Ruf für immer beflecken würde, wenn sie die Wahrheit sagte, war sie ein medizinisches Wunder ...«

»... oder die Mutter unseres Erlösers«, sagte Carolyn ganz leise.

Ihre Worte hingen noch in der Luft, als ich über diese Vorstellung nachdachte.

Von der Bibliothektür hörten wir eine Stimme, die das Schweigen brach.

»Ich werde versuchen, die Fragen von Miss Fitzgerald zu beantworten.«

11.

Eine Jugendliche stand neben einem riesigen Bücherschrank mit Glastüren, der von gebundenen Romanen und Geschichten aus alten Zeiten, von denen die Schutzumschläge entfernt worden waren, überquoll.

Sie war blond und außergewöhnlich hübsch. Ihr langes Haar war zu einem dicken Zopf gebunden, der genau auf die Mitte ihres Rückens fiel. Sie trug ein langes, bunt kariertes Kleid, das mich an die Kleidung der Sängerin Sarah McLachlan erinnerte, und Turnschuhe mit Plateausohle. Auf einem Arm hatte sie ein Henna-Tattoo. Abgesehen von dem dicken Bauch einer im achten Monat schwangeren Frau war sie eine zierliche Person.

Natürlich wusste ich, dass das Kathleen sein musste.

Ich suchte in ihrer Miene nach Anzeichen von Depressionen, Sorgen und Angst, konnte aber nichts Derartiges entdecken. Auf jeden Fall nicht auf den ersten Blick. Sie war außerordentlich gepflegt und hatte ihre Garderobe offensichtlich nicht ausgewählt, weil sie für ihren Zustand vorteilhaft war, sondern weil sie hübsch aussah. Sie erschien keinesfalls wie eine geplagte Jugendliche, die vor wenigen Monaten versucht hatte, Selbstmord zu begehen.

»Man sagte mir, dass Sie kommen würden.« *Sie lächelt ganz wundervoll und tapfer,* schoss es mir durch den Kopf. »Ich bin Kathleen, wie Sie sich vermutlich denken können.« Sie strich über ihren riesigen Bauch.

»Hallo Kathleen«, sagte ich.

Ich umklammerte die Armlehne so fest, dass meine Fingernägel Spuren hinterließen. Es war mir nicht möglich, meinen Blick von dem Gesicht des jungen Mädchens abzuwenden.

Das reizende Gesicht von Kathleen Beavier erinnerte mich an die Heilige Jungfrau Maria. Es war kein Irrtum möglich.

12.

Maam Cross, Irland.

Eine Woche war seit dem brutalen, mysteriösen Anfall des Nicholas Rosetti in Rom vor den Toren des Vatikans vergangen. Er sah jetzt viel älter aus. Er fühlte sich viel älter.

Auch spürte er, dass er beobachtet wurde, und er glaubte zu wissen, wer sie waren und was sie wollten. Seine einzige Verteidigung war sein eiserner Wille, der Kirche um jeden Preis zu dienen.

Seine jüngsten Beschwerden hatten ihn erschreckt und enttäuscht, und die Ärzte, die seine mysteriöse Krankheit behandelten, fanden keine Erklärung. Zahllose Untersuchungen enthüllten nichts. *Nichts!* Was hatte das zu bedeuten? Hatte er sich den Anfall nur eingebildet? Er war fünf Tage lang todkrank gewesen. Und dann verschwanden die stechenden Schmerzen, das hohe Fieber und die Ohnmacht, so schnell, wie sie gekommen waren.

Dann bin ich jetzt also wieder gesund?

Bin ich geheilt?

Bin ich zurechnungsfähig?

Pater Rosetti steuerte seinen kleinen Mietwagen mit großer Entschlossenheit durch die irischen Berge und um jähe Straßenkurven. Er nahm die Schönheit der zerfurchten Felder und Weiden, die sich zu beiden Seiten der Landstraße erstreckten, kaum zur Kenntnis und auch nicht die seltsame Leere, die entstanden war, da die Osterlämmer jetzt zur Schlachtbank geführt worden waren.

Seine zweihundertfünfundzwanzig Kilometer lange Fahrt von der O'Connell Street in Dublin nach Maam Cross in Galway neigte sich dem Ende zu. Doch er wusste, dass seine richtige Reise erst begann.

Als er sich Maam Cross näherte, wuchsen seine Angst und Sorge, erneut einen Anfall zu erleiden. Er wünschte sich verzweifelt, diese Ängste zu beherrschen, aber er stellte fest, dass es ihm nicht gelang.

Warum hatte er das Gefühl, beobachtet zu werden? Er konnte auf der Straße niemanden sehen.

Und er hatte die tiefe, schreckliche *Stimme* seit Tagen nicht mehr gehört.

Kurz hinter dem Ortsschild des mittelalterlichen Dorfes Maam Cross fragte er an der Tankstelle nach dem Weg. Ein zahnloser Mechaniker mit einer fettigen Kappe auf dem Kopf und in vor Ölflecken schwarz gefärbter Arbeitskleidung verwies ihn in westliche Richtung, die er nun einschlug.

Steinpfosten markierten den Beginn einer langen, kurvenreichen Strecke. Ulmenzweige bewegten sich in der Luft und sorgten für unruhige Schatten über der Windschutzscheibe. Das grüne Land zu beiden Seiten der Straße sah einsam und unnatürlich aus.

Er seufzte erleichtert, als er bemerkte, dass die Straße auf dem Hof eines hübschen, solide aussehenden Herrenhauses endete.

Die Mädchenschule der Heiligen Dreifaltigkeit.

Ja, das ist der Ort.

Das Mädchen war hier. Die Jungfrau Colleen.

Wenn er das nur glauben könnte.

Vor dem Eingang hielt er an, stieg aus seinem englischen Ford und steuerte auf die breiten Steinstufen zu. Durch ein geöffnetes, vergittertes Fenster konnte er den monotonen Gesang lateinischer Deklinationen einer Mädchenklasse hören: *Amo, amas, amat ...*

Er ertappte sich dabei, dass er noch einmal im Stillen die bekannten Fakten seiner Ermittlungen aufzählte. Eine Litanei unglaublicher Ideen, die mit einer unfassbaren Prophezeiung verbunden waren, die vor Jahrzehnten in Fatima in Portugal verkündet worden war.

Eine Jungfrau hier in der Republik Irland, dem Ort des Besuches von Papst Johannes Paul II. im Jahre 1979.

Eine Jungfrau, die im achten Monat schwanger war.

Ein vierzehn Jahre altes Schulmädchen namens Colleen Deirdre Galaher.

Ein Geheimnis, das Rom und die irische Kirche mit aller Macht geheim zu halten versuchten.

Und *das* war erst der Anfang, nur der Anfang.

Pater Rosetti hob geistesabwesend den schweren Klopfring an der Tür des Schulgebäudes. Sein Herz pochte, und er spürte eine schwere, bedrohliche Last über seinem Kopf. Wurde er beobachtet? Verfolgt? Und wenn, von wem?

Wenigstens die Stimme schwieg.

Ein großes Mädchen mit flacher Brust erschien bald darauf im Türrahmen. Die Schülerin der Heiligen-Dreifaltigkeit-Schule trug eine bauschige weiße Bluse, einen grauen Faltenrock und unmoderne schwarze Schuhe. Sie sah aus, als hätte sie ihn erwartet, machte einen Knicks und führte Rosetti dann schweigend die Treppe hinauf ins Büro der Mutter Oberin.

Da er noch immer einen erneuten Anfall befürchtete, griff er an das verzierte hölzerne Treppengeländer, als wäre er ein alter Mann. Es ging ihm nun ständig durch den Kopf, mit schrecklichen, lähmenden Schmerzen zusammenzubrechen und dann zu sterben, einfach aufzuhören, zu sein.

Die Oberin, Rektorin der Schule, erwartete ihn oben in ihrem kleinen, nasskalten Büro.

»Wir erhalten nicht oft Besuch, und schon gar nicht aus Rom«, sagte Schwester Katherine Dominica mit einem gütigen Lächeln, das Rosetti misstrauisch machte. Der Zustand ihrer Schülerin Colleen Galaher bereitete ihr bestimmt Sorgen, aber vor allem beunruhigte sie offenbar der Grund des Besuches aus Rom. Doch Schwester Katherine würde es nicht wagen, Fragen zu stellen oder dem Zweck des Besuches auf den Grund zu gehen. Als Nonne der irischen Provinz war sie sich darüber bewusst, welcher Platz ihr zugewiesen worden war.

»In diesem Schuljahr lernt Colleen ihren Unterrichtsstoff zu Hause«, sagte die Oberin zu Rosetti. »Die anderen Schülerinnen – und besonders deren Eltern – waren aufgrund dieser ungewöhnlichen Situation nicht nett zu ihr.«

»Ungewöhnlich? Ja, das ist sie sicherlich«, stimmte Rosetti zu.

Er zwang sich zu lächeln und äußerte ein paar verständnisvolle Worte, die ehrlich gemeint waren. »Ich stamme ursprünglich aus einer Kleinstadt, Schwester. Die Menschen können grausam sein. Ich glaube, ich verstehe, was hier passiert ist.«

»Ich bringe Sie zu Colleen.« Die Oberin nickte kurz und sagte: »Sie ist heute *auf Ihre Bitte hin* hier.«

»Meine Bitte und die des Vatikans«, erinnerte er die Nonne mit dem ernsten Gesicht.

13.

Dies war also das Mädchen, das er auf Wunsch von Papst Pius kennen lernen sollte.

Nicholas Rosettis arg angegriffenes Herz klopfte wild und unregelmäßig, als er das vierzehnjährige Mädchen anschaute. Sein Kopf schmerzte fürchterlich. Es erschütterte ihn, dass er noch vor Monaten, noch vor zwei Wochen so stabil und kräftig gewesen war.

Mein Gott, mein Gott, mein Gott.

Das Mädchen, das vor ihm stand, hatte struppige Haare und eine makellose weiße Haut. Nur rund um die Nase waren zarte Sommersprossen zu erkennen. Die Spitzen von Colleens lockigem rotem Haar sahen aus, als wären sie abgekaut worden. Sie trug einen zerlumpten beigen Regenmantel, der zwar sauber, aber für das Wetter zu dünn war. Der Saum eines roten Flanellkleides guckte unter dem Mantel hervor. Unter dem Kleid trug sie eine blaue Jeans. Derbe Wollsocken, deren Gummibänder seit Ewigkeiten ausgeleiert waren, fielen über alte Schulschuhe mit Rissen an den Spitzen.

Und doch klopfte sein Herz noch immer wie wild. Warum?

Auf einem Schreibtisch lagen ein paar Schulbücher, aber auch ein Taschenbuch: *Allesfresser* von Lydia Millet. Er dachte, dass er mehr über das Buch erfahren müsse. Was hieß *Allesfresser?*

Ist sie es? Lieber Gott im Himmel, sie ist so jung und so zart.

Es schien fast unmenschlich zu sein, dass dieses arme verwahrloste Kind diesen aufgeblähten Bauch ertragen musste.

»Setz dich bitte hin«, sagte er. *»Bitte, Colleen. Du musst nicht stehen, weil ich hier bin. Ich bin nur ein einfacher Priester.«*

Eine Schwester brachte Tee und Kuchen, und dann begann Nicholas Rosetti das formelle Gespräch der Glaubenskongregation. Es war der erste Test. Der Erste von vielen, wenn sie die Richtige war.

»Ein junges Mädchen von vierzehn Jahren, das seinen geheimnisvollen Zustand ganz unschuldig auf den Willen von Gott dem Vater zurückführt«, würde Nicholas Rosetti später an diesem Abend in seine Notizen schreiben.

»Es ist doch noch ein Kind. Meine Gebete sind mit Colleen Galaher. Vor meinen Augen erscheinen ihre Gesichtszüge leuchtend, als erhellte sie ein Lichtschein von innen. Sie scheint ohne Tücke, ein ehrliches, junges iri-

sches Mädchen, das in die neunte Klasse geht. Stellen Sie sich das vor.

Colleen ist genau in dem Alter, in dem Maria von Nazareth Jesus gebar! Dieser Gedanke lässt mich nicht los.«

Er beobachtete das Mädchen, als sie miteinander sprachen. Es war ihm nicht möglich, seinen Blick abzuwenden. Plötzlich wurde Rosetti von einer Woge so primitiver und scheußlicher Gefühle überschwemmt, dass sich ihm der Kopf drehte.

Er hörte die Stimme, aber sie sagte nichts, sondern lachte nur. Es war ein schreckliches, entsetzliches Gelächter, dem sich der Priester nicht entziehen konnte.

Schon machte er sich auf einen erneuten Anfall gefasst, aber er spürte schnell, dass es diesmal ein anderes Gefühl war. Er umklammerte die Kante des Schreibtisches und nahm wahr, dass die Haut unter seinen Fingernägeln weiß wurde.

»Ist alles in Ordnung, Pater?«, fragte Colleen. In ihrer sanften Stimme schwang ernste Sorge mit.

»Alles in Ordnung«, erwiderte Pater Rosetti. Aber dem war ganz und gar nicht so!

Die Stimme sagte: *Sie ist so jung, so zart und schmal.*

Er war sexuell erregt. Sein Glied war stark geschwollen, und das erfüllte ihn mit Schuld und Scham. Der Wunsch, mit diesem jungen schwangeren Mädchen Sex haben zu wollen, war übermächtig. Er begehrte sie mehr als jede Frau, die er jemals in seinem Leben gesehen hatte.

Nimm sie gleich hier auf dem Fußboden. Du kannst sie haben, Nicholas. Du wirst ja nicht der Erste sein.

Pater Rosetti stolperte, als er die Bibliothek überstürzt

verließ. Als er aus der Klosterschule herausrannte, zitterte er wie Espenlaub.

Er hat die zierliche Jungfrau gesehen, spottete die Stimme, *und ihm gefällt, was er gesehen hat.*

14.

Newport, Rhode Island.

Ich stand oben auf der Holztreppe, die zum Strand führte, und beobachtete Kathleen Beavier dort unten.

Sie warf kleine flache Steine in die Brandung, und ich konnte an der Art, wie sie die Steine warf, erkennen, dass sie sportlich war. In ihrer Miene spiegelte sich Vertrauen, und es schien so seltsam, so traurig und unglaublich zu sein, dass sie vor nicht allzu langer Zeit versucht hatte, sich umzubringen.

Ich hängte einen alten, blauen Kaschmirpullover über meine Schultern und ging hinunter zu dem Mädchen.

Kathleen akzeptierte mich offensichtlich. Sie winkte mir zu, machte mir ein Kompliment über die Art, wie ich mein Haar hochgesteckt hatte, und sagte mir, dass die wasserblaue Farbe meines Pullovers »echt klasse« sei.

Kathleen sah aus wie die meisten Mädchen ihres Alters, obwohl sie hübscher und natürlich schwanger war. Sie trug einen gelbbraunen Kapuzenpullover, weite modische Hosen, klobige Stiefel und ein Stirnband aus Wolle. Sie hatte Make-up aufgelegt, jedoch sehr dezent.

Kathleen führte mich begeistert durch das malerische Anwesen der Beaviers. Es war einst eine Farm gewesen, und auf dem Grundstück verstreut befanden sich noch ehemalige Wirtschaftsgebäude. Das Landhaus war ein schöner Bau mit vier beeindruckenden Flügeln, die sich zu einem eindrucksvollen viktorianischen Haus zusammenfügten. Das Haus hatte vierundzwanzig Zimmer und sage und schreibe *acht* Badezimmer.

»Es ist ziemlich Furcht einflößend«, sagte ich.

»Es ist nicht gerade ein bescheidener Stall in Bethlehem«, antwortete Kathleen. Sie lächelte mich an. »Ich dachte, eine von uns sollte das Eis brechen.«

Ich lachte. »Ich glaube, es ist gebrochen. Du weißt, dass ich Privatdetektivin bin.«

»Dürfen Sie eine Waffe bei sich führen?«, fragte sie.

»Jeder fragt mich das neuerdings. Ich habe eine Waffe, ja.«

Wir gingen am Rande der schäumenden Brandung entlang und wichen den Wellen aus, wenn sie auf unsere Turnschuhe zuströmten. Ich sagte: »Vielleicht sollten wir darüber sprechen, was ich über dich weiß und was nicht.«

Sie atmete tief ein. »Okay. Wenn wir müssen.«

»Wir müssen«, bekräftigte ich, wobei ich hoffte, dass mein Ton unbekümmert wirkte. »Alles, was ich sicher weiß, ist: Du bist schwanger und sagst, du seiest Jungfrau.«

»Seltsam, aber wahr. Und Sie wissen, dass ich mich umbringen wollte.«

Ich nickte.

»Ich weiß auch, dass das Erzbistum von Boston sich über deinen Zustand sorgt. Ich weiß, dass die Kirche versucht, die Geschichte geheim zu halten, was verständlich ist. Aber warum ist sie überhaupt in die Sache verwickelt?«

Kathleen rollte mit ihren hellblauen, sehr hübschen Augen. »Okay. Dennoch zuerst eine kleine Korrektur. Sie sagten, dass die Kirche besorgt sei. Ich sage, dass sie entsetzt ist. Der allmächtige Kardinal kam persönlich hierher. Er konnte mir nicht in die Augen sehen. Das ist sehr seltsam – finde ich jedenfalls.

Nachdem ich versucht habe, ›es‹ zu beenden und dann mit meinem Leben Schluss zu machen, hörte mir meine Mutter endlich zu. Sie glaubte mir natürlich zuerst nicht, aber dann hat sie eine Riesenaffäre daraus gemacht. Ich erwartete nicht von ihr, dass sie ›Heilige Mutter Gottes!‹ sagt! Aber das tat sie. Wortwörtlich!«

Das Mädchen hatte Humor, das musste man ihr lassen. Ein reizendes Geschöpf. »Und dann rief sie die Kirche hier am Ort zu Hilfe?«

»Ja. Wenn es nach meinem Vater gegangen wäre, hätte er mich in die Schweiz geschickt und das Kind zur Adoption freigegeben ...«

Kathleens Miene verdunkelte sich. Sie zog ihr Stirnband ab und rollte es mit der Hand zusammen. Ich konnte nicht umhin, Diagnosen zu stellen, während sie sprach. War sie vielleicht ein wenig verrückt? Eines der Symptome für manisch-depressive Tendenzen war der Größenwahn. Der Glaube, dass man die Mutter Gottes werden könnte, passte sicher in diese Kategorie.

Kathleen rieb über die noch immer bläulich verfärbte Narbe auf ihrem Handgelenk und runzelte die Stirn.

»Und danach ging es hier ziemlich zur Sache. Ich wurde

von einem hoch gepriesenen Gynäkologen untersucht, der aus Boston eingeflogen wurde. Dann wurde ich von Theologen der Harvard Universität nach allen Regeln der Kunst ins Kreuzverhör genommen. Und danach kamen diese ganzen Priester zu uns nach Hause. Und jetzt Sie! Auf jeden Fall scheinen Sie viel netter als die anderen zu sein. Man hat sicher einen Fehler gemacht, als Sie ausgewählt wurden. Sind Sie gerissen?«

»Ich bin sehr gerissen, Kathleen, aber du kannst ruhig Anne zu mir sagen. Bitte, erzähl von Anfang an. Ich habe nur scheibchenweise von der ganzen Geschichte gehört. Es geht um einen Tag im letzten Januar, vor acht Monaten. Du bist nach einer Tanzveranstaltung in der Schule mit einem Jungen ausgegangen. Wer war das? Was war da los?«

Kathleen schaute plötzlich weg. Ihr Blick trübte sich. Soeben erst hatte sie Vertrauen zu mir gefasst, und schon schien wieder eine Tür zwischen uns zuzuschlagen.

»Es tut mir Leid«, sagte ich. Sie schüttelte den Kopf. »Darüber kann ich dir nichts sagen. Frag mich bitte nicht. Ich werde über alles andere sprechen.«

Tränen schossen ihr in die Augen. Sie schlug die Hände vors Gesicht. Ich fragte mich, ob sie mich täuschen wollte. Das war unmöglich zu erkennen.

»Ich habe solche Angst«, flüsterte sie schließlich. »Ich fühle mich so allein, und ich habe solche Angst. Die Leute denken, ich sei eine Lügnerin oder eine Heilige. Ich bin weder das eine noch das andere. Ich bin ich. Ich bin noch immer ich.«

Sie lehnte sich an mich, und ich schloss das zitternde Mädchen in meine Arme. Ich konnte ihre Gefühle, ihre

Angst und ihre schreckliche Einsamkeit spüren. Gleich zu Anfang hatte ich es bemerkt, aber da hatte ich nicht gewusst, dass ihre Nöte ihr so zu schaffen machten. Was war Kathleen Beavier zugestoßen?

15.

Nach meinem Gespräch mit Kathleen war ich aufgewühlt. Ich mochte sie. Punkt. Meine Objektivität schwand zusehends. Den Rest des Tages verbrachte ich damit, die fünf Angestellten, die im Hause arbeiteten, zu befragen. Ich versuchte, diesen Job wie jeden anderen zu machen. Die Angestellten verehrten Kathleen, und keiner von ihnen glaubte, sie sei eine Lügnerin. Sie *glaubten* an sie.

Ich schaute mir die Abendnachrichten in meinem Zimmer an und erfuhr mehr Neuigkeiten über den Ausbruch der Kinderlähmung, aber auch über eine Hungersnot in Indien und eine Seuche in Asien. Was passierte in der Welt? Als ich zusah, wie Peter Jennings die Nachrichten sprach, schlang ich die Arme um meinen Körper.

Genau um sieben Uhr dreißig nahm ich Kontakt zu Kardinal Rooney auf. Ich sagte ihm, dass ich Fortschritte mache, es aber bis jetzt nichts Weltbewegendes zu berichten gäbe. Zu diesem Zeitpunkt ließ er *seine* kleine Bombe hochgehen. Er wolle einen Priester aus Boston schicken, der im Hause der Beaviers bleiben solle.

»Ich beauftrage Pater Justin O'Carroll«, sagte der Kardinal zu mir. »Du kennst Justin.« *Ja, ich kannte Justin O'Carroll.*

An diesem Tag aß ich im Kreise der Familie spät zu Abend, aber ich war während des ganzen Essens geistig abwesend. Die Bekanntschaft mit Kathleen war mir vom ersten Augenblick an ziemlich nahe gegangen. Sie widersetzte sich einer einfachen Zuordnung. Nun kam Justin O'Carroll. Gott, gib mir Kraft!

Ungefähr um zehn Uhr spazierte ich allein über das Grundstück. Mir schossen tausend Gedanken durch den Kopf, und ich wusste, dass ich Schwierigkeiten haben würde, einzuschlafen, wenn ich in mein Zimmer ginge.

Das ist ein Scherz. Es muss so sein. Und wie soll ich das beweisen?

Und was soll das mit Kathleen zu tun haben?

Sie hatte mich gewarnt aufzupassen, wenn ich draußen spazieren ging, und ich dachte an diesen seltsamen Rat. Der Ort war herrlich und außergewöhnlich schön gelegen. Ich glaubte, dass ich mit jeder Gefahr, die mir hier begegnen könnte, fertig werden würde.

16.

Die Nachtluft war eisig kalt. Ich hatte gehofft, dass das Donnern der Wellen mich beruhigen würde, aber statt dessen rief das Geräusch einen Hauch von Melancholie hervor, die meine Wachsamkeit schärfte.

Ich hatte versucht, an etwas anderes als das junge Mädchen zu denken. Und wie Eisenspäne von einem Magneten angezogen werden, zog Justin O'Carroll all meine Gedanken auf sich. *Verdammt, verdammt, verdammt. Warum schickt John Rooney ihn hierher?*

Ich hatte monatelang nicht mehr an Justin gedacht, aber nun, da ich es tat, erinnerte ich mich nur zu gut an alles. Damals war ich erst seit zwei Jahren Nonne bei den Dominikanerinnen, und ich war mir sicher, dass ich die richtige Entscheidung getroffen hatte. Aber dann geschah etwas vollkommen Unerwartetes. Ich lernte Pater Justin O'Carroll kennen, der aus Country Cork in Irland stammte. Und unglücklicherweise verliebte ich mich in ihn.

Ich sah ihn zum ersten Mal, als er als Sozialarbeiter bei der katholischen Charité in South Boston arbeitete. Er trug ein kariertes Flanellhemd, Jeans und Arbeitsstiefel. Ich wusste noch nicht einmal, dass er Priester war. Zu jener Zeit arbeitete ich als Sozialarbeiterin für Kardinal Rooneys Büro, das Hauptbüro des Erzbistums auf der Commonwealth Avenue.

Justin war hübsch. Er sah nicht ganz so gut aus wie der Schauspieler Daniel Day-Lewis, aber fast so gut, wenn dieser Vergleich gestattet ist. Alle nicht-kirchlichen weiblichen Angestellten bei uns waren der gleichen Meinung. Auf seinem Kopf kräuselten sich dicke schwarze Locken, und er hatte außergewöhnlich schöne, königsblaue Augen. An manchen Tagen band er die Locken zu einem Zopf zusammen, und dann war er praktisch unwiderstehlich.

Aber ich war schon früher körperlicher Versuchung gegenüber stark geblieben. Ich wusste, wohin das führte: zu elf Kindern und lebenslangem Alkoholismus. Selbst als Nonne waren mir manchmal attraktive Männer begegnet: Väter meiner Klassenkameradinnen und Männer auf der Straße, die nicht erkennen konnten, dass ich einem Orden angehörte, wenn ich meine Straßenkleidung trug. Doch Justin hatte etwas so Anziehendes an sich: eine unverkennbare Kraft, die mich faszinierte; Selbstvertrauen und Individualität; eine scheinbare Gleichgültigkeit der Bosheit der Welt gegenüber. Er war ein Rebell, und er hatte einen Grund dafür: Er hatte sich den Armen und besonders den Kindern verschrieben.

Justin war auch in weltlicher Hinsicht weise. Er wusste über eine ganze Reihe Themen sehr gut Bescheid. Das fing bei irischer Soziologie an, ging über klassische Kunst und Musik, amerikanische Politik und Pop-Kultur bis hin zum Baseball. Er liebte Mozart, und er liebte tatsächlich zugleich U2 und die Cranberries. Ich hatte ihn dabei ertappt, wie er aus diesen beiden ganz unterschiedlichen musikalischen Bereichen Ausschnitte summte und sang. Er hatte eine klassische Ausbildung genossen und besaß ein ruhiges, einfühlsames Wesen. Aber er war *Priester*. Ich war *Nonne*. Und wir beide konnten einfach nicht zusammenkommen.

Ich setzte mich unten am Strand in der Nähe des Landhauses auf ein Stück Treibholz und blickte aufs Meer. An meinem geistigen Auge zogen Bilder vorüber und füllten Räume, von denen ich vergessen hatte, dass es sie gab.

Ich dachte daran, wie sprachlos und verwirrt ich in seiner Nähe gewesen war, und ich konnte mich gut an die Sprachlosigkeit und die Gewissensbisse erinnern, die das bei mir ausgelöst hatte. Um ehrlich zu sein: Ich hatte zuvor niemals etwas Derartiges erlebt. Natürlich sprachen

Justin und ich im ersten Jahr unserer Bekanntschaft nie darüber. Dann fuhr ich zu einer internationalen Konferenz nach Washington, D.C., eine Reise, die zwei Wochen dauerte.

In der ersten Woche erhielt ich plötzlich mitten in der Nacht einen Anruf. Es war Justin.

»Was ist los? Ist etwas passiert?«, fragte ich.

»Es ist nur so, dass ich immer daran denke ...« Ich hörte eine verträumte, ferne Stimme sagen: »... dass du in Washington bist und ich hier in Boston bin und dich schrecklich vermisse.«

Ich meinte, dass mein Herz aufhörte zu schlagen. Im ersten Moment war ich versucht, einfach aufzulegen, doch ehe ich gezwungen war, nach einer Antwort zu suchen, huschte Justins Stimme durch die peinliche Stille.

»Du kannst dir nicht vorstellen, wie schwer es für mich ist, dich anzurufen. Ich habe den Hörer mindestens ein Dutzend Mal in die Hand genommen und dann wieder aufgelegt. Ich komme mir total verrückt vor, Anne, aber ich habe das Gefühl, als habe ich keine andere Wahl. *Ich musste dich anrufen.*«

Was sollte ich sagen? Ich war vollkommen durcheinander. Das war wohl der passende Ausdruck für meinen Seelenzustand. Weil ich ständig an ihn dachte, war meine Konzentration die ganze Woche über gestört gewesen. Den ganzen Monat? Das ganze Jahr? Konnte ich Justin denn gestehen, dass ich ihn auch vermisste?

Nein. Das konnte ich nicht. Das wollte ich nicht.

Ich antwortete ziemlich brüsk: »Ich bin nächsten Montag wieder zurück in Boston.« Und dann sagte ich, dass ich schlafen müsse, und legte auf. Was für eine Willenskraft hatte mich das gekostet. Es war so unaufrichtig, und ich war total verwirrt.

Ich dachte die restliche Zeit in Washington ständig an *uns*. Und meine Gedanken waren ausgesprochen negativ. Als ich zurückkehrte, bat ich um meine sofortige Versetzung aus Boston, und meiner Bitte wurde entsprochen. Ich hatte Gelöbnisse abgelegt und hatte eine ernsthafte Verpflichtung. Davon konnte ich nicht zurücktreten.

Justin schien meine Entscheidung zu verstehen. Er schrieb mir nicht und rief mich in meiner neuen Schule in Andover auch nicht an. Langsam kehrten mein Glaube und etwas von meinem Engagement zurück.

Und eines Nachmittags stand er dann vor der privaten Highschool, an der ich unterrichtete.

»Ich musste dich wieder sehen«, sagte er im ruhigsten Ton. »Es tut mir Leid, Anne. Ich habe fast das Gefühl, als hätte ich keine andere Wahl, keinen freien Willen.«

»Okay«, sagte ich und lächelte. »Es ist schön, dich zu sehen. Aber du hast einen freien Willen, und den habe ich auch.«

Wir machten einen langen Spaziergang durch die Straßen des Dorfes. Ich versuchte, vernünftig, logisch und ruhig zu sprechen. Es erscheint mir lächerlich, wenn ich an meinen leidenschaftlichen Vortrag denke, den ich ihm an jenem Tag hielt. Denn dann packte dieser wundervolle Mann, den ich lieben wollte, plötzlich meine Schultern, und ich schaute in seine blauen Augen. Wir standen draußen auf einem Platz namens Pewter Pot. Ich werde es nie vergessen.

»Justin«, flüsterte ich, »bitte nicht.«

»Ich liebe dich, Anne«, sagte er, während er mich noch

immer festhielt. Es war das einzige Mal, dass ich diese Worte hörte.

»Ich möchte dich nicht wieder sehen«, sagte ich zu ihm. »Es tut mir Leid. Es tut mir sehr Leid.« Ich ging zurück zu meinem Wagen und fuhr nach Hause. Die ganze Zeit zitterte und schluchzte ich unbändig.

Monate später hörte ich, dass Justin zum Heiligen Stuhl nach Rom versetzt worden war. Kurze Zeit danach war ich in Harvard und keine Nonne mehr. So ist das Leben!

Als ich jetzt an diesem kalten, windigen, verlassenen Strand in Newport saß, wusste ich, dass ich Justin treffen wollte. Ich wollte ihm erzählen, was Kathleen Beavier für ein Mädchen war und wie sehr es mich berührt hatte. Ich wollte mit Justin O'Carroll sprechen, und ich wusste nicht, warum dieses Bedürfnis mit einem Male so überwältigend war.

Aber vielleicht hatte ich eine Ahnung.

Bald wurde ich dreißig Jahre alt.

Und auch ich war noch immer Jungfrau.

17.

In einem Sessel in der großen Bibliothek der Beaviers saß ein Besucher. Ich wusste, wer er war und warum er hier war. Es war der Chefarzt der Geburtshilfe des Mount-Sinai-Krankenhauses. Dennoch wurde ich Dr. Neil Shapiro vorgestellt, der von New York hierher geholt worden war, um Kathleen zu untersuchen. Ein jüdischer Arzt, dachte ich. Sollte das eine Art Feuerprobe für die Kirche darstellen?

Dr. Shapiro war ein Mann mit einem ziemlich alltäglichen Äußeren, dünnem grauem Haar und einer soliden Erscheinung, die durch seine Reise nach Newport erschüttert worden zu sein schien. Er sprach schnell über verpasste Anschlussflüge und ein sonderbares Schwindelgefühl, das sich eingestellt hatte, als er die Stadtgrenze erreichte.

Ich saß neben Carolyn Beavier auf der mit Chintz bezogenen Couch und trank eine Tasse Kaffee. Dr. Shapiros Besuch regte meinen Geist zu verschiedenen Spötteleien an, doch ich schenkte dem Arzt meine volle Aufmerksamkeit.

»Ich weiß, dass Kathleen schon früher untersucht worden ist, doch ich wurde gebeten, mir Ihre Tochter trotzdem anzusehen. Natürlich setzt eine zu Hause durchgeführte gynäkologische Untersuchung dem enge Grenzen, was ich Ihnen werde sagen können«, sagte Dr. Shapiro in professionellem Ton. »Ich werde für eine der Untersuchungen ein Mini-Ultraschallgerät benutzen. Und da die Kirche keine Fruchtwasseruntersuchung erlaubt ...«

»Kathleens Kind ist vielleicht ein heiliges Kind«, warf ich ein und spielte des Teufels Anwalt. »Es wäre unvernünftig, sie auch nur der geringsten Gefahr auszusetzen, meinen Sie nicht?«

»Das ist natürlich nicht meine Absicht«, erwiderte Dr. Shapiro, der gezwungen lächelte. »Und wie *geht* es unserer Patientin?«

»Ich bin sicher, es geht ihr gut«, sagte Carolyn Beavier

mit zusammengekniffenen Lippen. Vielleicht liebten Kathleen und sie einander, aber sie standen sich offensichtlich nicht nahe. Sie schienen so wenig Zeit wie möglich miteinander zu verbringen.

»Sie war nicht erfreut, als sie hörte, dass Sie kommen«, gestand ich Dr. Shapiro. »Das kann ich ihr nicht verübeln. Ich werde mal nach ihr sehen.«

Kathleen saß auf ihrem Bett. Exemplare von *Jump, Moxiegirl* und *Teen People* lagen verstreut auf der Bettdecke. Laute Neo-Swing-Musik drang aus dem Radio. Ihr Gesichtsausdruck zeigte klar und deutlich, dass sie bald an ihre Grenzen stieß. Ich verstand das voll und ganz, denn es war nicht schwer, sich in ihre Lage zu versetzen.

»Warum muss ich mich von ihm untersuchen lassen?«, fragte sie verständlicherweise. »Dr. Shapiro ist noch nicht einmal mein Arzt. Noch ein Fremder, der in meinem Intimbereich herumstochert. Ich komme mir vor, als spielte ich in einer Folge von Akte X mit. Das ist ein totales Eindringen in meine Privatsphäre.«

»Ich kann dich wirklich verstehen.«

»Gut«, sagte sie. »Dann ist der Fall damit erledigt. Schluss – Aus – Basta. Kein Fremder wird mehr mein Becken untersuchen.«

»Dr. Shapiro ist jedoch ein Arzt«, sagte ich, »der keine eigenen Interessen verfolgt. Er kennt dich nicht und ist kein römischer Katholik. In der Öffentlichkeit wird er als glaubwürdig gelten. Und das, Kathy, wird das Leben für dich und deine Eltern einfacher und für dein Kind sehr viel einfacher machen.«

Kathleen schüttelte heftig den Kopf. »Gut«, sagte sie. Ihre Lippen zitterten dennoch vor Wut. Ich dachte, sie würde anfangen zu weinen, aber sie schaffte es, die Tränen zurückzuhalten. Sie war stark.

Ich half ihr aus der übergroßen, mit Silberfäden durchwirkten Strickjacke und dem Rock, den sie sicher in einem Secondhand-Laden erstanden und den ganzen Tag getragen hatte. Eigentlich hatte ich erwartet, ihre Mutter würde zu ihr kommen, aber Carolyn Beavier hatte es höflich abgelehnt.

Kathleens Brüste waren geschwollen, und ihr Bauch war riesengroß. Sie sah aus, als würde sie jeden Moment platzen. Ich konnte es kaum erwarten zu hören, was Dr. Shapiro über ihren Zustand sagen würde.

18.

Tust du mir nichts, wenn ich hereinkomme?«, fragte Dr. Shapiro halb im Scherz.

»Solange Sie mich nicht anfassen«, antwortete Kathleen, die im Bett saß. Ich glaube, sie scherzte nicht.

Dr. Shapiro entschuldigte sich für das Eindringen und setzte sich in einen Schaukelstuhl, der am Fenster stand. Sein Blick wanderte über die Poster an der Wand: Justin Timberlake von der Gruppe *NSYNC, David Boreanaz aus der TV-Serie *Buffy der Drachentöter*, die Schauspieler Matt Damon und Ben Affleck. Auf Afflecks Stirn prangte ein goldener Stern.

Sehr ruhig, fast beiläufig stellte Dr. Shapiro Kathleen

eine Reihe Fragen über ihr Gewicht, ihre Schlafgewohnheiten, ihre Verdauung, ob sie Fieber habe und wo sie aufgedunsen sei.

Er holte ein paar Geräte aus seiner Tasche und prüfte Kathleens Blutdruck und ihre Temperatur. Dann maß er den Umfang ihres Unterleibes vom Schambein bis zur Brust, wo die Wölbung aufhörte. Er nahm ein eigenartig aussehendes Stethoskop aus seiner Tasche. Es war ein etwa zwölf Quadratzentimeter großes Plastikkästchen mit einem Lautsprecher an einer Seite.

»Das ist ein Doppler-Stethoskop«, sagte er. »Es ist eine Art Mini-Ultraschallgerät. Wir können den Herzschlag des Babys hören.«

Der Arzt drückte das Doppler an Kathleens mit Gel eingeriebenen Unterleib und bewegte das Instrument im Kreis, bis er den stärksten Laut hörte.

Kathleen war entzückt, und das war ich auch.

Der Ton, der aus dem kleinen Kästchen drang, war bezaubernd, geheimnisvoll und sehr real. Es war das schnelle Schlagen eines winzigen Herzes.

»Würde es dir etwas ausmachen, deinen Slip auszuziehen, Kathleen?«, fragte der Arzt, aber es war klar, dass er jetzt nicht nach ihrer Erlaubnis fragte. »Und rutsch bitte an die Bettkante. Danke, und nun zieh bitte deine Beine an.«

Sie zog ihre Unterwäsche aus, hob ihren Rock hoch und legte ihn über ihre Knie. Dann schloss sie die Augen.

»Kathleen«, fragte er, »du hattest noch nie Sex mit einem Jungen?«

»Genau«, sagte sie. Ihre Augen blieben geschlossen. »Niemals. Auf jeden Fall nicht in diesem Leben.«

»Aber du hattest Verabredungen?«

»Natürlich. Wer nicht?«

»Und du bist schon geküsst worden und so.«

»Und so?«, wiederholte Kathleen.

Dr. Shapiro verstummte. Ich spürte, dass er versuchte, die Frage auf taktvolle Weise zu wiederholen. »Du weißt, dass ein Junge mit seinem Penis nicht ganz in dich eindringen muss, um dich zu schwängern?«

Sie riss die Augen auf. »Niemand hat mich je dort unten berührt«, sagte Kathleen, die dermaßen erregt war, dass sie nach Luft schnappte. »Dort unten hat mich noch nie ein *Penis* berührt.«

»Okay, Kathleen, danke.«

»Ihr Besuch begeistert mich ganz und gar nicht.«

Dr. Shapiro gab mir ein Zeichen, dass ich ihm bitte helfen möge. Ich hatte das Gefühl, dass er ein wenig anmaßend war, aber ich half ihm trotzdem. Er zog einen Hocker unter Kathleens Toilettentisch weg und stellte ihn an das Bettende.

»Würden Sie das bitte für mich festhalten?«, bat er mich. Er nahm eine schmale Taschenlampe aus seiner Jackentasche und gab sie mir.

Ich hielt die Taschenlampe automatisch so, dass er Kathleens entblößten Genitalbereich sehen konnte. Dr. Shapiro legte seine Hand auf ihren Oberschenkel und gab ihr einen Klaps, um sie zu beruhigen. Dann zog er chirurgische Latexhandschuhe an.

»Ich kann natürlich kein Spekulum benutzen«, sagte er, »wenn ihr Jungfernhäutchen noch unversehrt ist.«

Mit den Fingern spreizte er Kathleens große und kleine Schamlippen.

»Dort«, sagte er zu mir, »ist das Jungfernhäutchen.«

Das umschlossene Häutchen war leicht rosa mit einem senkrechten Spalt in der Mitte. Die Öffnung war winzig, zu klein, um etwas Größeres als ein Streichholz hindurchzulassen.

Dr. Shapiro war sprachlos.

»So etwas habe ich noch nie gesehen«, murmelte er.

Er musste sich erst beruhigen, ehe er weitersprach. »Wir sind fertig, Kathy. Du kannst deine Beine wieder ausstrecken.«

Der Arzt zog seine Latexhandschuhe aus und zog Kathleens Rock über ihre Beine.

»Sie ist ganz sicher schwanger«, sagte der Experte aus New York – die andere Person in diesem Zimmer, die man auf sie angesetzt hatte. »Und das Jungfernhäutchen dieser jungen Dame ist ganz sicher unversehrt.«

19.

Colleen Deirdre Galaher war allein in dem kleinen Zimmer. Um die Kälte der Nacht zu vertreiben, hatte sie sich in Wolldecken eingewickelt. Außerhalb des Dorfes Maam Cross wussten weniger als ein Dutzend Leute von ihrer Schwangerschaft, und den meisten von ihnen war das ziemlich gleichgültig.

Die konservative Kirche in Irland hatte die Jungfrau Colleen schon als Betrügerin oder Spinnerin abgetan. Dem

Vatikan hätte es gefallen, wenn Kathleen Beavier die gleiche Anonymität genossen hätte, aber es war schwieriger für den Vatikan, Dinge in Amerika, dem Wilden Westen, geheim zu halten.

Colleen lag wach und betete wie jeden Abend zu Gott und der Heiligen Jungfrau, dass ihr Baby gesund zur Welt kommen möge.

»Alles, worum ich bitte, ist«, flüsterte sie, »dass das Kind gesund ist. Bitte, lass mein Kind ein gutes, gesundes Leben führen. Mehr will ich nicht, Herr.«

Colleen wiederholte die Bitte immer wieder, während der Wind draußen über das flache Land und die Bäume fegte und gegen das Haus peitschte.

»Lieber Gott, ich weiß nicht, warum dieser Priester aus Rom gekommen ist. Es ist mir auch egal. Ich bete nur darum, dass mein Baby gesegnet sein möge und dass es in deiner Gnade geboren und in deiner heiligen Gnade *leben* wird.«

Es war ein ganz einfaches Gebet, aber die Worte kamen dem irischen Mädchen aus tiefstem Herzen.

Immer und immer wieder, bis es schließlich einschlief.

Draußen wachte inzwischen jemand über das Haus, das Mädchen und das Kind, das in dem Mädchen heranwuchs.

20.

Kardinal John Rooney wusste, dass das, was er sich überlegte, gelinde gesagt, ungewöhnlich und gefährlich war. Er konnte nichts dagegen tun. Weder er noch irgendein anderer. Er hatte soeben lange Gespräche mit Dr. Shapiro und Anne Fitzgerald geführt. Anschließend hatte er mit Charles und Carolyn Beavier gesprochen.

Er war ins St.-Catherine-Krankenhaus gegangen und durch die Stationen gewandert, die vor kranken und sterbenden Kindern überquollen. Letztendlich gelangte er zu seiner Überzeugung, nachdem er diese armen, leidenden Kinder gesehen hatte: Zwischen dem Ausbruch der Kinderlähmung und Kathleen Beavier musste es eine Verbindung geben.

Der Kardinal rieb besorgt seine Hände aneinander. Das Glas Whisky half überhaupt nicht, vielleicht weil es an diesem Tag so höllisch kalt war in Boston.

Sterbende Kinder, eine jungfräuliche Geburt, überlegte er. *Mein Gott, wie kann das sein?*

Überall in der Stadt an der Bucht stiegen dünne, graublaue Rauchfahnen zielstrebig auf und verloren sich in dem hohen, aufgewühlten Himmel. Schon den ganzen Tag über hatten sich die Gerüchte über eine mögliche »jungfräuliche Geburt« immer mehr verdichtet. Er fragte sich, wie das Gerücht entstanden war. Wo war die undichte Stelle?

Schließlich verfasste er am späten Sonntagabend in seinem Büro hoch über der Commonwealth Avenue eine knappe Erklärung:

ALS REAKTION AUF DAS INTERESSE AN DER SCHWANGERSCHAFT VON KATHLEEN BEAVIER WIRD AM MONTAG EINE PRESSEKONFERENZ ABGEHALTEN. DIE KONFERENZ WIRD IN SUN COTTAGE STATTFINDEN, DEM HAUS DER BEAVIERS IN NEWPORT. KATHLEEN BEAVIER WIRD ANWESEND SEIN UND FRAGEN BEANTWORTEN.

NUR GELADENE GÄSTE SIND ZUGELASSEN.

GOTT SEGNE SIE BIS MONTAG. ICH WERDE FÜR SIE BETEN.

Er lehnte sich zurück, las die Erklärung zweimal durch und überlegte erneut, ob er sie an die Öffentlichkeit bringen sollte. Eine tiefe Stimme in ihm sagte: *Ja*. War es seine eigene Stimme oder die seines Gottes oder eines anderen?

21.

Um einundzwanzig Uhr neununddreißig startete der dreißigjährige Reporter Les Porter von den New Yorker *Daily News* den PC in seiner Wohnung. Diese lag im vierten Stock eines Hauses ohne Fahrstuhl im westlichen Teil der Stadt. Während seine Freundin, mit der er die Wohnung teilte, mit einer langen Fleischgabel in den Lammbraten stach, überprüfte er seine E-Mails. Les Porter hatte das Gefühl, dass die Story heute Nacht veröffentlicht werden musste. Das sagte ihm sein sechster Sinn.

In dem Augenblick, als er die brandeilige Nachricht von seinem Informanten in Rom sah, vergaß Porter alles andere: den Geruch des Bratens, Renatas lustige Anekdote über ihren Arbeitstag in der Galerie, ihre Katze, Annette Funicello, die einen Buckel machte und ihren samtigen Schwanz genau unter seine Nase hielt.

»Hau ab«, schrie er und stieß die Katze von der Tastatur des PC. »Ich muss arbeiten.«

Er fügte eine Notiz hinzu und leitete die E-Mail aus Italien an Tom McGoey, den Auslands-Nachrichtenredakteur in New York, weiter. Dann griff er nach dem schnurlosen Telefon und klappte seinen überquellenden Terminplaner auf, der auf dem lackierten Telefontisch lag. Er drückte auf die Tasten und war schließlich mit Boston verbunden. Eine Bestätigung hatte er aus Rom. Nun brauchte er noch eine aus Kardinal Rooneys Büro. Seine Kontaktperson dort war Pater Justin O'Carroll. O'Carroll war clever und weltlich – für einen Priester.

»Pater O'Carroll, können Sie mir noch weitere Bestätigungen für die Story liefern? Nichts? Keine, die Sie mir schicken können? Ich habe nun zwei Bestätigungen. Ich hätte gerne noch eine weitere. Es ist in unser aller Interesse, dass die Informationen hundertprozentig richtig sind.«

Porter legte seine Hand auf die Muschel. Er wusste, dass es eine Riesenstory war. »Renata, dreh die Musik bitte leiser.« Er blickte sie bedeutungsvoll an, bis die Filmmusik von *Les Mis* nur noch ein hämmerndes Murmeln war.

»In Ordnung, Pater. Ja, ja, ich verstehe Ihre Probleme vollkommen. Nun hören Sie mir mal bitte zu. Ich habe gerade eben mit unserem Auslands-Nachrichtenredakteur gesprochen. Er muss das noch mit dem Chefredakteur abklären. Sie bleiben neben dem Telefon sitzen? Ja, ich verstehe Sie ganz genau. Ich weiß, wie heikel diese Geschichte ist. Bleiben Sie bitte in der Nähe des Telefons. Die *News* werden ehrliche, anständige Arbeit leisten.«

Er hatte seine Wohnung schon verlassen und steuerte auf das Büro der *Daily News* in der 42. Straße zu.

Nur fünfzehn Minuten nachdem er aus der Haustür seines Wohnhauses auf die Straße gestürzt war, saß Porter an seinem Schreibtisch im Presseraum – seiner Kommandozentrale. Er öffnete das Adressbuch in seinem Officemanager-Programm und sah, wie Namen und Telefonnummern über den Bildschirm liefen. Dann drückte er auf eine Taste, die ihn telefonisch mit einem gewissen Jaime Lapinsky, einem Lokalreporter in Boston, verband. Lapinsky lag im Bett, und nach dem rauen Ton seiner Stimme zu schließen, war er aus tiefem Schlaf geholt worden, als Porter ihm sagte, dass er sofort zum Büro des Erzbistums in der Commonwealth Avenue rasen müsse.

»Natürlich sofort, Jim. Tut mir Leid, dass du Kopfschmerzen hast. ... Ja, es tut mir Leid, dass wir Sonntagnacht haben. Aber ich brauche eine persönliche Bestätigung. Es ist dringend. Pater Justin O'Carroll wird dir diese ganze Angelegenheit vom Standpunkt der Kirche aus darstellen. Er ist waschechter Ire und ziemlich redselig. Natürlich bezieht er ungern Position, aber er weiß, dass die Story so oder so veröffentlicht wird. Er ist Rooneys Sprachrohr, also ist es offiziell. Es tut mir Leid, dass ich dir den Abend versaue! – *Denkste*«, flüsterte er, als er den Hörer auflegte.

Während er wartete, dass Lapinsky seinen verdammten Job machte, ging er den Flur hinunter zu McGoeys Büro, das wie ein Glaskasten aussah. Er klopfte, trat ein und schloss die Tür hinter sich.

Dann erzählte er einem ununterbrochen knurrenden

Thomas McGoey, »dem Oberst«, die Geschichte, die soeben von Pater Justin O'Carroll von dem Bostoner Büro des Erzbistums bestätigt worden war.

Als McGoey alles gehört hatte, was Porter ihm zu sagen hatte, wählte er seine Hotline zum Chefredakteur Joseph Denyeau. Wie üblich schlug McGoey wieder diesen furchtbar schrillen Ton an, aber er sagte genau, was Sache war.

Eine Minute später legte er den Hörer auf und drehte sich zu dem jungen, ehrgeizigen Porter um.

»Offen gestanden weiß Denyeau auch nicht, was zum Teufel er damit machen soll. Es kommt geradewegs aus dem Büro des Kardinals und ist eine Story. Die Tatsache, dass sie die Gerüchte nicht abstreiten, hilft uns. Er will es schwarz auf weiß sehen, Les.«

Um dreiundzwanzig Uhr vierzig zeigte das am Computer gestaltete Layout der Tageszeitung, dass auf den Seiten eins, neunzehn und zweiunddreißig neue Berichte hinzukommen würden.

Um dreiundzwanzig Uhr neunundfünfzig drückte der Druckermeister in der Druckerei in Jersey City auf den Startknopf. Die Mitternachtsausgabe rollte an.

Um null Uhr sechzehn ratterten die riesigen Rotationsmaschinen. Allein in der Metropole würden mehrere hunderttausend Exemplare die Haushalte zum Frühstück erreichen.

Les Porter verließ das Pressegebäude kurz nach null Uhr dreißig mit einer frisch gedruckten Zeitung unterm Arm. Die Zeitung war noch so warm wie ein Laib frisch gebackenes Brot. Nein, zum Teufel, diese Zeitung war *heiß*.

Renata wartete in der vertrauten Umgebung des Künstlercafés auf ihn, zwei Häuserblocks neben ihrem Wohnhaus. Les schlug die Zeitung auf und überflog sie in dem trüben gelben Licht.

Er warf sie triumphierend zwischen Renata und ihren Smirnoff. Renata stieß ein leises »Wow« aus, als sie die Schlagzeile über dem Namen ihres Geliebten las.

DIE KATHOLISCHE KIRCHE BEOBACHTET EINE JUNGFRÄULICHE SCHWANGERSCHAFT IN NEWPORT AUS DER NÄHE.

»Ein göttliches Kind. Verdammt, ein göttliches amerikanisches Kind«, flüsterte Les Porter in dem lärmenden Künstlercafé. »Du hast es hier zum ersten Mal gehört.«

22.

Rom, Vatikan.

Seine Heiligkeit Papst Pius XIII. lag mit verdrehten Gliedmaßen im Bett. Seine Haut war wund. Er hatte Schmerzen und schreckliche Angst.

Vor der Polioepidemie in Amerika.

Vor der Hungersnot und den Überschwemmungen in Asien und Mexiko.

Vor den jungfräulichen Mädchen.

Vor seinem eigenen sterblichen Körper und was mit ihm geschah.

Er konnte noch atmen. Er konnte noch schlucken. Aber er konnte sich nicht bewegen und nicht sprechen.

Er lag praktisch hilflos in seinem eigenen Bett und konnte noch nicht einmal auf einen der Knöpfe der Anlage drücken, um Hilfe zu rufen.

Und der Papst stellte fest, dass er zum ersten Mal in seinem Leben nicht beten konnte.

Er wusste, dass man ihn am nächsten Morgen in seinem spartanisch eingerichteten Schlafzimmer finden würde. Der Kammerdiener würde seinen Tod im Beisein des Zeremonienmeisters und einer Menge anderer besorgter hochrangiger Beamter des Vatikans bestätigen. Er fragte sich, ob er dann in Gottes heiligem Licht stehen oder ob er als Gefangener seines eigenen Körpers und Geistes hier bleiben werde.

Papst Pius spürte, dass er nicht allein war. Sein Gefühl sagte ihm, dass der Teufel genau in diesem Moment bei ihm war – und das sicher schon eine Ewigkeit. Er spottete über seine Gebrechlichkeit und schleuderte eine Unzahl grotesker Bilder gegen das zarte Gewebe seines Gehirns.

Der Papst hatte keine Angst um sich, nur um die Leere, die sein Tod hinterlassen würde. Seine Sorge galt dem Volk.

Und den Jungfrauen, den *beiden* jungen Mädchen, die keine Ahnung hatten, dass ihre Schicksale sich kreuzten.

Sein Blick fiel auf das hölzerne Kruzifix, das an der Wand gegenüber vom Bett hing, und er fragte sich in aller Demut, wie er vor Gott versagt hatte und so leicht besiegt werden konnte. Er fragte sich, ob ihm überhaupt vergeben werden würde, oder war er im Begriff, in die Hölle zu kommen?

Dann richtete er seine Gedanken auf den jungen Ermittler, Pater Nicholas Rosetti. Hatte er ihm vom Wunder berichtet, das sich in Fatima zugetragen hatte? Er war sich nicht mehr sicher. Aber er fand die Erinnerung an diesen weit zurückliegenden Tag in einer unberührten Nische seines wirren Geistes.

Die Einzelheiten waren noch so deutlich wie seit mehr als achtzig Jahren.

Der Papst erinnerte sich an den 13. Oktober 1917. Dies war geschehen und in der *Times* in London und der *New York Times* berichtet worden:

Einhundertzehntausend Zeugen aus ganz Europa und den Vereinigten Staaten hatten sich in den Bergen Portugals versammelt. Sie hatten im Platzregen gestanden und auf die drei kleinen Kinder gewartet. Er war selbst dort gewesen.

Vor der Morgendämmerung hatte der Regenguss die einsame Schafweide unbarmherzig überflutet. Tausende von dunklen Regenschirmen schützten die Menge vor dem kalten, betäubenden Regen. Der Geruch von Wild, halb garem Lamm, Hühnchen und Zwiebeln verdickte die Luft.

Es wurde ein Wunder erwartet, und zu jener Zeit glaubten die Menschen noch an Wunder.

Um fünf Minuten nach eins erschienen die Kinder schließlich. Sie hatten weit aufgerissene Augen und zitterten, als sie inmitten einer dicht gedrängten Prozession von Nonnen und Priestern mit ernsten Gesichtern über den Platz schritten. Hinter ihnen gingen noch mehr Priester in tropfnassen Soutanen. Sie hielten brennende rote Fackeln und goldene Kreuze in den Händen.

Die Kinder, Francisco, Jacinta und ihre Cousine Lucia, zeigten plötzlich auf den stürmischen, schwarzen Himmel. Dies war ihre sechste und letzte Erscheinung.

»Nehmt eure Regenschirme weg, denn *sie* wird dafür sorgen, dass der Regen aufhört«, schrie die zehnjährige Lucia.

Der eindringliche Befehl des kleinen Bauernmädchens hallte durch die wogende Menge.

»Bitte, Madame, Ihr Regenschirm.«

»Senhor, bitte, Ihr Regenschirm.«

Am 13. Oktober 1917 um achtzehn Minuten nach eins verschwanden plötzlich die schwarzen Gewitterwolken, die den Himmel seit der Morgendämmerung verhüllt hatten.

Die Menschen starrten auf diesem Fest, das immer mehr Leute anzog, mit offenen Mündern und aufgerissenen Augen gen Himmel.

Ein goldener Schein flammte am Horizont auf. Und Sekunden später erstrahlte die Sonne am Himmel mit blendendem Glanz. »Schaut! Die Sonne ist hervorgekommen.«

»Unsere Jungfrau ist hier!«

Tausende knieten in dem dicken Schlamm nieder. Und wie kurz darauf in der *New York Times* und in allen anderen Zeitungen berichtet wurde, erzitterte die Nachmittagssonne und bewegte sich dann mit erschreckender Geschwindigkeit auf die Erde zu. Glänzendes Licht regnete vom Himmel auf die erstarrte Menge, die beobachtete, wie die Strahlen spiralförmig wieder gen Himmel aufstiegen.

»Bitte, betet zu Unserer Jungfrau«, rief die kleine Lucia. »Sie sagt, dass der Krieg auf Erden bald aufhören wird. Sie sagt, dass dies ein *Zeichen* sei, um dem Teufel jetzt Einhalt zu gebieten.«

Die unzähligen Männer und Frauen, die die drei Kinder umringten, schlugen sich auf die Brust und schrien: »Ich sehe sie! Sie ist wunderschön! Die Mutter Gottes ist hier in Fatima zurück auf die Erde gekommen!«

Seine Heiligkeit Papst Pius XIII. hütete diese Erinnerung sorgsam. Er war als kleiner Junge in Fatima gewesen, hatte auf den Schultern seines Vaters gesessen. Doch er war zu jung gewesen, um es wirklich zu verstehen.

Aber es hatte sich zugetragen.

Die Mutter Gottes hatte zu ihm gesprochen. Die Mutter Gottes war erschienen. *Und sie hatte alles vorhergesagt, was nun geschah – alles!*

Ein Anfall durchfuhr das Gehirn des Mannes, der im ganzen Christentum hoch geschätzt wurde, und löschte alles außer einen Gedanken des Bedauerns aus.

Er würde nie erfahren, welche Jungfrau das göttliche Kind gebären würde.

23.

Ich bin Priester. Ich bin in einer wichtigen Kirchenangelegenheit hier.

Pater Justin O'Carroll stand in einem hellen Sonnenfleck am Fuße der Auffahrt zum Hause der Beaviers und rang nach Atem. Es würde eine schwierige Aufgabe sein.

Ich bin Priester.

Er runzelte die Stirn, aber sein schwaches Lächeln hatte mehr mit dem grellen Sonnenschein als mit seiner frohen Erwartung zu tun. Hier im Hause würde er Anne Fitzgerald wieder sehen, und er war sich nicht sicher, ob er das wollte. Es hatte lange gedauert, bis er die Geschichte mit ihr überwunden hatte, und er wollte diese herzzerreißende Erfahrung nicht noch einmal durchmachen.

Pater O'Carroll glaubte jedoch an das Schicksal, und nun stand er hier und war Anne wieder ganz nahe. Zum Teil trug er die Verantwortung dafür, dass sie im Haus war, denn er hatte sie dem Kardinal für diese Aufgabe empfohlen, der sofort zugestimmt hatte. John Rooney sagte, Anne sei zu diesem Zeitpunkt ihres Lebens hart, vielleicht sogar zynisch, und genau das werde in Newport gebraucht.

Bei ihrem letzten Zusammentreffen war Justin sich ganz sicher gewesen, dass er ihr nie mehr begegnen würde. Er erinnerte sich noch immer an ihre Wut, als er an der Mädchenschule, an der sie arbeitete, aufgekreuzt war. Diese Wut war berechtigt gewesen, aber – mein Gott – sie hätte ihn ja nicht gleich so schroff abweisen müssen.

Anne ist eine Prüfung Gottes, dachte er. Eine Prüfung, die er verdient hatte. Vielleicht war er früher egoistisch gewesen. Aber diesmal würde er ihr seine Gefühle nicht aufdrängen.

»Mein Gott«, flüsterte er plötzlich. »Da ist sie.«

Eine sportliche, auffallend attraktive junge Frau ging über die Dünen zum Haupthaus. Er war noch nicht darauf vorbereitet, aber sie war da. Seine Gedanken waren die gleichen geblieben. Nichts hatte sich wirklich verändert. Er liebte diese Frau noch immer, nur dass er jetzt so vernünftig sein würde, es nicht zu zeigen.

Annes selbstsicherer Schritt war ihm ebenso schmerzlich vertraut wie die Art, in der ihr dickes schwarzes Haar im Wind flatterte. Sie schien sehr langsam zu gehen. Es konnte keine andere logische Erklärung dafür geben, warum es eine Ewigkeit dauerte, bis sie bei ihm war.

Er bekam weiche Knie. Auf diesen Augenblick hätte er sich niemals vorbereiten können, auch wenn er noch so viel geübt oder sich noch so gut gewappnet hätte.

Schließlich standen sie sich vor dem Haus der Beaviers gegenüber. Irgendwie schien der beeindruckende und dramatische Ort für ihre Begegnung wie geschaffen zu sein.

Anne starrte ihn wortlos an. Vielleicht war sie wütend, weil er sie wieder überrascht hatte. Er wusste, dass er sie hätte anrufen oder vorwarnen können.

»Hallo Anne«, sagte Justin. Es war untypisch für ihn, dermaßen sprachlos zu sein. »Ich gehöre auch zum Stab des Erzbistums. Teil der ganzen Intrige.«

Schließlich murmelte sie ein ruhiges »Hallo Justin.« Das war alles. Sie hatte offensichtlich nicht mehr zu sagen.

Er starrte einen Augenblick zu lang in ihre braunen Augen. Sie sah besser, weiser und hübscher aus als je zuvor. Sein Herz zog sich schmerzhaft zusammen, als er sie jetzt wiedersah.

»Es tut mir Leid, dass ich so einfach hier hereinschneie«, entschuldigte er sich, »aber du hast nicht nein gesagt, als der Kardinal es dir mitteilte.«

»Ich weiß, Justin. Wir sind beide aus demselben Grund hier.«

Er stand wie angewurzelt in der Auffahrt. Das Blut pochte in seinen Schläfen, als er in ihrer Miene nach einem kleinen Hinweis auf ihre Gefühle suchte. Würde sie sagen, dass sie sich freue, ihn zu sehen, oder würde sie sich umdrehen und weggehen oder plötzlich anfangen zu schreien?

Als sie schließlich lächelte, hatte er das Gefühl, gesegnet worden zu sein.

Anne reichte ihm ihre schmale Hand. Förmlich, vielleicht freundschaftlich, mehr nicht. »Ich freue mich, dich zu sehen, Justin. Wir haben hier viel zu tun. Kathleen Beavier ist eine erstaunliche junge Frau, aber *ich* glaube nicht, dass sie die Mutter Gottes sein wird.«

24.

Les Porter hatte die besten Beziehungen, die er sich vorstellen konnte. Der *Daily-News*-Reporter drückte seine zweite Zigarette dieses Morgens aus und stellte den Aschenbecher zurück auf den Nachttisch. Von seinem breiten Doppelbett im Newport Goat Island Sheraton hatte Les einen schönen Blick auf die geschwungene Jaimetown-Brücke.

»Was haben Gott und die *News* angerichtet?«, murmelte er leise. Auf der Brücke war ein höllischer Verkehrsstau –

obwohl er dieses Wort vielleicht besonnener benutzen sollte.

Wer waren diese Menschen, die nach Newport eilten? Gläubige? Schaulustige? Verfolger von Krankenwagen? Alles zusammen?

Der Bericht der jungfräulichen Geburt war wie eine Bombe eingeschlagen. Fox, Hearst Entertainment und Warner Brothers hatten eine Sekunde nachdem er bei UTA unterschrieben hatte, versucht, ihn auf Filmrechte festzunageln. Seine neuen Agenten, Richard und Howie, hatten sich die Lippen geleckt und ihm versichert, dass ihm die Kathleen-Beavier-Story große Dienste erweisen werde. Das war ihm schon bewusst gewesen. Das war Stoff für die Titelseite bis weit in die Zukunft hinein.

Erstens: Spekulationen vor der Geburt mit all den erforderlichen Zutaten – Geheimnisse, Kontroversen, Religion und Sex oder zumindest Anspielungen darauf.

Und dann das Schauspiel der Geburt selbst.

War es ein Scherz?

Oder stimmte es?

Und was dann?

Er persönlich dachte, dass Kathleen die andere Seite der Tawana Brawley verkörperte, aber von seinem Standpunkt aus war es egal, ob das Mädchen der Beaviers eine Jungfrau oder eine clevere Betrügerin war.

Er hatte die Story herausgebracht, konnte das jedoch nicht zugeben. Aber er konnte überall seine Fingerabdrücke hinterlassen, und genau das beabsichtigte er zu tun.

Les Porter zog schnell seine Kordhose, den Angorapullover und eine irische Öljacke an. Er gab mehr für seine Garderobe aus als für die Miete seiner Wohnung. Er hatte schon immer eine Schwäche für gute Klamotten gehabt, aber jetzt waren die Kosten zum ersten Mal berechtigt. Heute würden Kameras *auf ihn* gerichtet sein.

Sein Mietwagen stand vor dem Sheraton, und als er aus der Parklücke herausfuhr, tat er etwas, was er seit fünfzehn oder zwanzig Jahren nicht mehr getan hatte.

Les Porter, Absolvent der Regis Highschool und des Manhattan Colleges, sprach leise das Vaterunser. Es war nicht so, dass er an die Jungfrau glaubte. Es war nur so, dass er es ... trotz seines betont forschen Auftretens ... einfach nicht schaffte, *nicht* zu glauben.

25.

Schon zu früher Stunde hatte sich rings um das Landhaus der Beaviers eine große Menschenmenge gebildet. Die Newporter Polizei war mit großem Aufgebot vor Ort vertreten, und ich verbrachte eine halbe Stunde draußen vor den Barrikaden, um mit den Beamten zu sprechen. Die meisten Polizisten waren in höchstem Maße skeptisch und zynisch, was die so genannte jungfräuliche Geburt anging – genau wie ich.

Einer der gesprächigeren Streifenpolizisten sagte zu mir, dass »reiche Leute ihr Unglück auf diese Weise in ihren Vorteil verkehrten«. Es war eine merkwürdige Auffassung, aber ich glaube, der Polizist meinte es todernst, und vielleicht lag er damit sogar goldrichtig.

Als die Stunde der Pressekonferenz näher rückte, wurde den Journalisten und einigen Freunden der Familie erlaubt, das Grundstück der Beaviers zu betreten. Ich sprach mit einigen Verwandten der Beaviers, aber niemand konnte mehr Licht in das Geheimnis bringen.

Trotz aller Bemühungen kam ich nicht weiter. Die Menschen, mit denen ich mich unterhielt, konnte man eindeutig zwei Gruppen zuordnen, den Gläubigen und den aggressiven Skeptikern.

Ich bemerkte drei Jugendliche, denen der Zugang zum Haus verweigert wurde und die deswegen ziemlichen Ärger machten. Sie waren nach der neuesten Mode gekleidet, und es lag nahe, dass sie Freundinnen von Kathleen waren. Ich eilte zu ihnen.

»Kann ich euch helfen?«, fragte ich durch die Holzbarrikaden, die die Newporter Polizei errichtet hatte.

»Wer sind Sie?«, fragte eines der Mädchen trotzig. Sie trug Jeans, hohe Schuhe und einen tarnfarbenen Parka. Alle drei Mädchen hatten WWJT-Stoffarmbänder um ihre Handgelenke gebunden. Ich überlegte, was die Abkürzung WWJT bedeuten konnte: »Was würde Jesus tun?«, oder »Wir wollen Jack Daniels trinken.« Oder beides.

»Wer ich bin? Nun, im Moment bin ich eine, die vor den Barrikaden steht. Seid ihr Freundinnen von Kathleen?«

»Waren wir vor *dieser Sache*«, sagte das Mädchen, das von der Gruppe als Sprecherin akzeptiert wurde.

»Bevor ihre Eltern sie derartig abschirmten«, fügte eine große Blonde hinzu. »Ihre Eltern und diese böse Hexe, Mrs. Walsh.«

»Wir waren ihre Neuengland Ya-Yas«, sagte das dritte Mädchen. Ich vermutete, dass das mit dem Buch *Geheimnisse der Ya-Ya Schwesternschaft* zu tun hatte, das mir rein zufällig gut gefiel.

»In Ordnung. Kommt rein und nehmt am Fest des Jahres teil.«

Ich öffnete die Absperrung einen Spalt für sie, und meine neuen Freunde bei der Polizei ließen uns passieren, denn sie nahmen an, dass ich das mit den Beaviers abgesprochen hatte.

»Wo wird sie gefangen gehalten?«, fragte mich die Anführerin der Mädchen.

»Unten im Keller. Noch unter dem eigentlichen Keller, wo es besonders schmutzig und eiskalt ist«, sagte ich. »Ich heiße Anne. Ich gehöre zu dem Unternehmen hier, doch ich habe zumindest noch Sinn für Humor. Und ich werde die Damen ins Haus bringen.«

»Sara«, stellte die große Blonde sich vor.

»Francesca«, sagte das Pummelchen, das wie eine Italienerin aussah.

»Chuck«, sagte die Anführerin und reichte mir die Hand.

»Okay«, sagte ich zu ihnen. »Dann wollen wir mal zu eurer Freundin gehen.«

26.

Kathleen konnte gar nicht glauben, dass ich die Hausordnung verletzt und ihre Freundinnen ins Haus gebracht hatte, aber sie strahlte übers ganze Gesicht, als sie die drei vor der Schlafzimmertür stehen sah.

»Es sind nur deine Ya-Yas, Liebste«, sagte Chuck in schleppendem Ton, und dann lagen sie sich im Schlafzimmer in den Armen.

Ich ließ die Mädchen einige Minuten allein, doch dann entschied ich, dass wir die Hausordnung hinreichend übertreten hatten und es Zeit war, sie wieder hinauszubringen.

»Danke, danke, danke, Anne«, sagte Kathleen an der Tür, wobei sie mich fest umarmte. »Habe ich mich eigentlich schon bedankt? Also, vielen Dank. Du hast bei mir was gut.«

In der Eingangshalle trafen wir Mrs. Walsh, die uns einen viel sagenden Blick zuwarf.

Ich führte Sara, Francesca und Chuck die Treppe zur Hintertür hinunter und unterhielt mich währenddessen mit ihnen.

»Und warum seid ihr drei aus dem Hause verbannt worden?«, fragte ich.

»Die Beaviers sind unglaublich zickige Arschlöcher«, sagte Francesca ganz unverblümt. »Das sind die Schlimmsten. Mrs. Beavier behandelt Kathy wie einen der Porzellanhunde, die überall im Salon stehen.«

»*Salons*«, verbesserte Chuck. »Salons. Plural.«

»Und?«, fragte ich.

»Wir, hm ... haben Kathy bei dem Abtreibungsversuch geholfen. Wir haben die Klinik für sie ausgesucht und alles für sie arrangiert.«

»Aber sie ist ganz allein hingegangen. Warum habt ihr sie allein gehen lassen?«

Chuck wurde wütend. Ihre Augen waren nur noch winzige dunkle Schlitze. »Sie sagte uns, ihr Termin sei erst am *nächsten* Tag. Natürlich wären wir mit ihr in die Klinik gegangen. Was glaubst du denn?«

Auf den unteren Stufen blieb ich stehen und schaute die Mädchen an. Ich konnte sehen, dass sie sich in meiner Gesellschaft wohl fühlten – bis zu einem gewissen Grad.

»Und wer bist du?«, fragte Sara.

Ich zögerte und sagte dann: »Ich bin jemand, der versucht, etwas Licht in diese Sache zu bringen.«

»Tja, schön, dann gesell dich zu der Menge. Das liegt jenseits unseres Verständnisses. Es *kann nicht* geschehen sein«, sagte Sara, »ergo ist es nicht geschehen.«

Ich nickte. »Ihr glaubt also nicht, dass Kathleen Jungfrau ist?«

Sie verstummten alle und fingen an zu tuscheln.

»Doch, eigentlich schon. Kathleen lügt niemals. Niemals. Das ist ihr persönlicher Ehrenkodex. Keine Lügen.«

»Und was ist mit dem geheimnisvollen Mann in dieser ganzen Geschichte?«, fragte ich. »Wisst ihr, wer es ist?« Ich hielt den Atem an.

Francesca platzte mit dem Namen heraus. »Sein Name ist Jaime Jordan III., und er ist nicht der v.V. Das heißt übrigens verdammter Vater. Obwohl er *sagt,* er sei es. Er ist ein verdammtes Arschloch, und er ist zweifellos nicht der Vater des neuen Jesuskindes.«

Alle drei Mädchen stimmten zu.
Und nun hatte ich einen Namen: Jaime Jordan III.

27.

Die Mädchen waren im Haus gewesen – *diese abscheulichen, niederträchtigen, frechen Mädchen. Alle miteinander Gotteslästerinnen!* Die Haushälterin, Mrs. Walsh, glaubte, sie habe Kathleen laut in ihrem Zimmer sprechen hören, nachdem sie gegangen waren. Mit wem hat sie gesprochen? fragte sie sich.

Neugierig zog sie auf das Holzbett im Gästezimmer saubere, weiße Bettwäsche. Dann schlich sie auf den trübe beleuchteten Korridor und näherte sich auf Zehenspitzen Kathleens Zimmer. Sie spitzte unter ihrer weißen Haarpracht die Ohren.

Ida Walsh konnte die Worte nicht deutlich verstehen, aber es hörte sich tatsächlich so an, als spräche Kathleen mit jemandem. Aber mit wem? Sie hatte niemanden die Treppe hochkommen sehen, nachdem die Gotteslästerinnen gegangen waren.

Sprach Kathleen vor dem wichtigen Treffen mit den Presseleuten Gebete? Natürlich hatte sie Angst. Kathleen war ja selbst noch fast ein Kind, auch wenn sie schwanger war.

Ida Walsh näherte sich vorsichtig noch einen Schritt dem Zimmer des Mädchens. Sie umklammerte den Türknauf, und dann drang die sechzigjährige Frau so leise wie möglich in Kathleens Zimmer ein.

»Heiliger Joseph«, stöhnte Ida Walsh, die ihre Hände vors Gesicht schlug. Sie traute ihren Augen und Ohren nicht.

Sie fiel rücklings auf den Boden. Mit ihrer rechten Hand tastete sie über ihrer Brust vergebens nach dem Kruzifix, das immer an einer Kette um ihren Hals hing.

Es war weg! Das Kruzifix war nicht mehr da! Wie konnte es weggekommen sein?

Plötzlich konnte sie nichts mehr sehen! Sie war von Blindheit geschlagen.

Sie konnte nichts hören! Keinen einzigen Ton! Sie war taub!

Ida Walsh öffnete den Mund und brüllte stumm. Sprechen konnte sie auch nicht mehr! Sie glaubte in der vollkommenen Stille, dass sie stumm und taub oder sogar tot sei! Darauf brach sie auf dem Teppichboden zusammen, stöhnte und tastete über ihre Augen.

Und dann blitzte in ihrem Geist die schreckliche Erkenntnis auf. Sie *wusste* es. Sie hatte sich das selbst zuzuschreiben. Es war wie bei Lots Frau, die zurück nach Sodom geschaut hatte und dann zu einer Salzsäule erstarrt war.

Sie hatte GOTT herausgefordert!

In dem kurzen Augenblick, ehe sie zusammengebrochen war, hatte sie gesehen, dass Kathleen Beavier mit jemandem gesprochen hatte. Sie hatte laut gesprochen und lebhafte Gebärden gemacht. Und dann – und dann hatte Kathleen die niederträchtigsten Flüche ausgestoßen.

Sie hatte eine zweite Stimme gehört, und die war sehr

tief – die Stimme eines Mannes. Die Stimme nannte Kathleen *eine Hure! Satans Hure!* Sie hätte es besser zugegeben. Sie sollte es jedem auf der großen Pressekonferenz erzählen.

Aber es war niemand anderes in Kathleens Schlafzimmer gewesen. Niemand, den Ida Walsh hätte sehen können!

Und die Haushälterin war sicher, im Spiegel des jungen Mädchens für einen kurzen Augenblick lodernde goldene und rote Flammen gesehen zu haben. Sie hatte die schrecklichen Flammen der Hölle gesehen.

»Mutter Gottes, rette mich«, flüsterte sie, als sie wie eine Wahnsinnige zuckend auf dem Boden lag. Sie hatte gerade mit eigenen Augen die Hölle gesehen, und sie glaubte felsenfest, dass sie den Teufel mit Kathleen hatte sprechen hören.

28.

Nasser, grauer Dunst und Nebelschwaden lagen über Sun Cottage, als Kathleen die lange Holztreppe auf der Rückseite des Hauses heruntergeführt wurde. Der aschgraue Himmel über uns war mit violetten Streifen durchzogen. Der Anblick war fast unheimlich. Die Lampen unten in den Wohnzimmerfenstern spendeten warmes, gelbes Licht und sorgten für diese Art Gemütlichkeit, die späten Herbst- und Winterabenden eigen ist.

Unter dem Eindruck dieses Wetters dachte ich an die fürchterlichen Dinge, die in der Welt passierten, den Ausbruch von Krankheiten, die tödlichen Seuchen und Hungersnöte. Alles war so furchtbar, und ich suchte immer wieder nach einem Zusammenhang mit der jungfräulichen Geburt. Die Apokalypse? Das konnte ich nicht glauben. Und dennoch konnte ich die Bilder des Chaos und des Bösen nicht aus meinem Kopf vertreiben.

Ich bemerkte, wie Kathleen ihre Hände schützend vor ihre Augen hielt, als Hunderte von Kameras auf sie gerichtet wurden. Was für eine unglaubliche Gelegenheit, ein Foto zu machen!

Ihre Familie und ihre Freunde bildeten einen engen, schützenden Kreis um sie, als sie sich dem gewaltigen Knäuel von Mikrofonen näherte, die auf dem sieben Meter langen Bankettisch aufgebaut worden waren.

Auf der anderen Seite des Tisches standen mehr als hundert Reporter. Einige von ihnen gehörten zu den bekanntesten Zeitungen. Und hinter ihnen blitzten Unmengen blendender Lichter auf dem dunklen Rasen auf. Videokameras starrten mit unverschämten roten Augen auf Kathleen, und ich nahm die zahllosen Satellitenschüsseln wahr, die auf den Lastwagen der Filmgesellschaften, die entlang der Straße parkten, aufgebaut worden waren.

Ein halbes Dutzend Pressehubschrauber ratterte laut über uns. Ich hatte Angst, sie würden in der Luft zusammenstoßen.

Reporter und Kameramänner drängelten und stießen einander, um einen guten Platz zu ergattern.

Und genau vor ihnen stand schließlich Justin. Er war hier, weil der Kardinal große Pläne mit ihm hatte. Aber warum jetzt? Warum waren er und ich wieder zusammengebracht worden? Mir drängte sich der Gedanke auf, dass es einen bestimmten Grund dafür geben musste. Ich wünschte, dass sich alles logisch, klar und vernünftig entwickelte, aber würde es das tun?

Als Kathleen in die laute, unwirkliche Szenerie schaute, zitterte sie. Sie tat mir Leid.

Immer mehr Lichter blitzten auf. Sie blinzelte ins Licht und riss ihre Augen schließlich auf.

Gedankenverloren klammerte sich das Mädchen an ihre weite Bluse und zerknitterte den Stoff des einzigen Kleidungsstückes, das ihr in diesen Tagen eine gewisse Bequemlichkeit ermöglichte. Ich kannte ihre Gedanken, denn sie hatte sie mir gesagt.

Was dachten diese wichtigen Männer und Frauen über sie? Sie waren nicht dumm und wurden dafür bezahlt, skeptisch zu sein. Dachten die Zeitungsleute, sie sei eine schreckliche Lügnerin? Eine Verrückte? Eine Betrügerin? Was konnte sie nur sagen, damit sie ihr glaubten?

Kardinal John Rooney, der in seiner vornehmen roten Bischofsrobe groß und imposant aussah, schritt schließlich zu den Mikrofonen.

Die Pressekonferenz hatte begonnen. *Irgendetwas* musste der Welt berichtet werden.

29.

»Ich danke Ihnen allen, dass Sie trotz der kurzfristigen Benachrichtigung hergekommen sind«, sagte der Kardinal im liebenswürdigsten Ton eines Mannes aus dem Volke. Er schenkte der wogenden, unruhigen Menge ein gewinnendes Lächeln, und es sah fast so aus, als schaute er jedem Einzelnen in die Augen.

Niemand sollte erfahren, wie besorgt oder ängstlich er war. Vor allem wollte er seine Gefühle über die miteinander in Zusammenhang stehenden apokalyptischen Ereignisse, die sich seit einigen Wochen überall in der Welt zutrugen, verbergen.

»Wollen Sie bitte ein kurzes, stilles Gebet mit mir sprechen?« Er faltete die Hände und senkte den Kopf. Viele – sogar jene, die nie Mitglied der katholischen Kirche waren – senkten ihre Köpfe.

Nach einigen Schweigeminuten eröffnete der Erzbischof von Boston die Pressekonferenz, um Fragen zu beantworten, die Hintergrundinformationen betrafen.

Eine attraktive Frau in einem gelbbraunen Burberry-Regenmantel begann.

»Terry Mayer von *Chicago Sun-Times*. Ich habe, wie viele andere, mit denen ich darüber sprach, den Eindruck, als mache die Kirche vernichtende Zeiten durch.« Die Reporterin hatte einen angenehmen Akzent des Mittelwestens. »Wir haben Gerüchte gehört, dass eine Spaltung zwischen den Konservativen und den Liberalen möglich sei. Gibt es irgendeinen Zusammenhang zwischen diesen politischen Auseinandersetzungen und dem, was hier heute passiert?«

Kardinal Rooney schüttelte bereits den Kopf, bevor Terry Mayer ihre Frage beendet hatte.

»Dies soll keine Entschuldigung sein, aber es sollte wirklich nicht zu Enttäuschung und Betroffenheit führen, wenn die Kirchenoberhäupter miteinander streiten. Die Kirche *ist* menschlich. Das ist ihr Schwachpunkt. Aber das ist auch ihre Stärke *und* ihre Schönheit.

Zwischen der Kirchenpolitik und Kathleen Beavier besteht überhaupt kein Zusammenhang. Die Geburt des Kindes hat mit Kirchenpolitik nichts zu tun.«

Kardinal Rooneys tiefe Stimme hallte über die Menschenmenge hinweg. Er sprach zugleich ernst und weise, und er wirkte wahrhaftig und aufrichtig.

Er beantwortete noch weitere Fragen, ehe der Reporter von den New Yorker *Daily News* an die Reihe kam.

»Les Porter von den New York *Daily News.* Kardinal Rooney, könnte uns Kathleen Beavier von ihrem Standpunkt aus einige Hintergrundinformationen liefern? Es gibt eine Reihe von Mutmaßungen. Wir möchten Kathleen selbst sprechen hören.«

Der Kardinal nickte nachdenklich und gab Kathleen dann ein Zeichen vorzutreten. »Ja, Kathleen wird zu Ihnen sprechen. Sie möchte angehört werden.«

30.

Kathleen fühlte sich wie betäubt. Alles erschien ihr unwirklich. Als sie die Reporter anschaute, herrschte in ihrem Kopf einige Sekunden vollkommene Leere.

Dann sah sie ihre drei Freundinnen, Sara, Francesca und Chuck, und dadurch wurde es etwas besser – oder schlimmer. Sie war sich nicht ganz sicher. In Bezug auf gar nichts.

»Ich habe noch nie zu so einer großen Menge gesprochen«, sagte sie schließlich. Ihre Stimme dröhnte über den Rasen, und die Lautstärke überraschte sie.

Sie drehte sich zu mir um, und ich lächelte sie an und zwinkerte ihr ermutigend zu. »Und daher«, fuhr Kathleen fort, »bin ich nicht sehr gut darin. Um ehrlich zu sein, habe ich vorhin im Haus ein wenig geübt, und es war schrecklich.«

Kathleen musste schließlich über ihr spürbares Unbehagen lächeln. Bisher schien bei den Reportern Ehrlichkeit und Einfachheit am besten anzukommen.

»Im letzten Frühjahr«, fuhr Kathleen fort, »entdeckte ich, dass ich schwanger war, obwohl ich Jungfrau war, was ich noch immer bin. Ich war natürlich entsetzt und verwirrt, doch dann nahm ich meinen ganzen Mut zusammen, um es meinen Eltern zu sagen. Sie brachten mich zu unserem Hausarzt, der erklärte, dass ich zweifellos schwanger und Jungfrau sei.

Andere Ärzte in Boston führten weitere Untersuchungen durch und dann Ärzte der Harvard Universität. Mir wurde von verschiedenen Priestern eine ganze Reihe argwöhnischer Fragen gestellt, und zu guter Letzt schaltete sich Rom ein. In der letzten Woche schneite ein weiterer Arzt aus New York hier ins Haus. Und wieder wies er nach, dass ich unversehrt bin. Das ist alles, was es zu sagen gibt. Das ist bisher alles. Ich bin jetzt im achten Monat schwanger, und ich bin gesund. Das Kind ist vollkommen gesund. Ich sehe es einmal im Monat auf dem Monitor des Ultraschallgerätes.«

Die Stimme eines Reporters ertönte aus der Menge. »Miss Beavier, Sie sagten gerade, dass sei alles, was es zu sagen gäbe. Mit allem Respekt vor Ihrer Person, aber warum sollten wir das akzeptieren? Viele von uns glauben, dass es da noch etwas anderes geben müsse.«

Kathleen zögerte. Sie *spürte,* dass sie ihnen alles sagen müsste.

Und dann hörte sie die Stimme: *Ja, tu es. Sag ihnen alles! Sag es ihnen!*

»Nun, im vergangenen Januar ist etwas mit mir geschehen«, flüsterte Kathleen. Ihre Atemlosigkeit hörte sich an wie ein Grollen, das durch die Mikrofone und Lautsprecher noch verstärkt wurde.

»Wollen Sie uns sagen, was es war, Miss Beavier?«

Sag ihnen die Wahrheit über dein verdammtes Kind! Ja, ja, ja – sag es jetzt!

»Es tut mir Leid«, sagte Kathleen kopfschüttelnd. Ihr seidiges, blondes Haar leuchtete im grauen Licht der Abenddämmerung. »Es gibt einige Dinge, die ich Ihnen noch nicht sagen kann. Verzeihen Sie. Im Moment müssen Sie einige Dinge einfach *glauben.*«

Unaufhörlich leuchteten die Lichter der Kameras auf, und sie hatte plötzlich das Gefühl zu ersticken. Sie fror und hatte Angst, und sie fühlte sich vor diesen ganzen Mikrofonen schrecklich allein. Sie wollte nicht weinen, aber sie konnte ihnen nicht die Wahrheit sagen. Es war ihr einfach nicht möglich.

»Ich hatte wirklich nicht vor zu weinen. Verzeihen Sie«, sagte sie und senkte den Kopf.

Und in diesem Augenblick schien Kathleen abgelenkt zu werden.

Im Schatten einiger Kiefern, die wie riesige Wachposten hinter der Menge der Reporter in die Höhe ragten, geschah etwas.

Kathleens Herz fing fürchterlich an zu klopfen. Das Kind in ihr bewegte sich heftig. Eine seltsame Hitze stieg in ihr auf, und sie hatte furchtbare Angst.

Sie hörte wieder die Stimme: *Sag es ihnen! Sag ihnen die Wahrheit, du Schlampe! Sag ihnen, wessen Kind es ist!*

Kathleen schüttelte den Kopf, und dann hallte ihre Stimme über die Menschenmenge und übertönte die *andere* Stimme. »Sie ist hier. Sie ist jetzt hier!«

Die Reporter drehten sich um und schauten in die Richtung, in die das junge Mädchen zeigte.

»Unsere Jungfrau Maria ist gekommen.«

Kathleens sanfte, blaue Augen wurden glasig. Ihr friedlicher Blick verlor sich in der Ferne, und ihr Gesicht strahlte.

Jede Kamera wurde in die richtige Position gebracht, um eine Nahaufnahme von dem jungen Mädchen zu machen. Alle wollten die Unschuld und Verzückung seines Gesichtes einfangen.

»Können Sie sie alle sehen?«, flüsterte Kathleen. Tränen rollten über ihre Wangen. Plötzlich zitterte sie fürchterlich. Sie sah aus, als fiele sie jeden Moment in Ohnmacht.

»Können Sie sie sehen? Oh, bitte Gott, warum ich? Warum ich allein? Sie ist jetzt hier, und keiner von Ihnen kann sie sehen. Sie ist hier, ich schwöre es. Oh, Gott, sie ist so schön. Kann keiner von Ihnen sie sehen?«

31.

Die Menschen hatten schon immer das Bedürfnis, an etwas zu glauben, aber besonders jetzt. Sie wollten glauben, aber vielleicht wussten sie nicht mehr, wie sie es anstellen sollten. An jenem Abend saß ich mit Justin, Kardinal Rooney, den Beaviers und Kathleen im Arbeitszimmer des Hauses der Beaviers. Wir sahen uns die Berichte aus aller Welt an.

Es war die erstaunlichste Sache, die ich je erlebt hatte. Ich erinnerte mich immer wieder an die alte TV-Show »Du bist da«, und dachte, *ja, das bin ich*.

Ein laut schallender Sprechgesang erhob sich, der um die ganze Welt zu gehen schien. *»Ein Wunder! ... Ein Wunder!«*

Ein achtzigjähriger italienischer Arbeiter tanzte auf dem weiten heiligen Platz vor dem Petersdom in Rom ausgelassen mit seiner Frau, die in seinen Armen wieder wie eine Zwanzigjährige aussah. Ein Pressefotograf hatte den zauberhaften Tanz des Paares auf dem Kopfsteinpflaster eingefangen.

Große, goldene Glocken von zwei Metern Durchmesser

läuteten über den Platz vor der majestätischen Basilika. Das zeitlose Glockengeläute erhielt eine neue, besondere Bedeutung für die mehr als zehntausend Gläubigen, die sich im riesigen Schatten vor der größten Kirche der Welt versammelt hatten.

Eine große Schar Deutscher strömte aus Berlins berühmter Kirche, der Kaiser-Wilhelm-Gedächtniskirche, deren Fassade eine Art Waffelmuster zierte. Die Menschenschlange zog sich bis zum prächtigen Kurfürstendamm.

In der St. Patricks Cathedral in New York las Kardinal John O'Connor um einundzwanzig Uhr eine außerplanmäßige Messe. Fast sechstausend New Yorker drängten sich in der gotischen Kirche. Kardinal O'Connor wusste, dass es eine düstere Botschaft zu verbreiten galt, eine warnende Botschaft.

Aber die Gemeinde wollte sie anscheinend nicht hören.

In Dublin und Cork wehten auf der Hauptpost in der O'Connell Street, auf allen Restaurants und Kneipendächern und auf dem Portal des berühmten Gresham-Hauses weiß-gelbe päpstliche Flaggen.

Der Südturm von Notre-Dame in Paris begrüßte die Menschen mit dreizehn Glockenschlägen und sandte die heilige Botschaft zum linken Seine-Ufer an die Sorbonne, den Blumenmarkt und das Hallenviertel. Unter den großen Türmen auf dem Place de Paris blieben die Schaulustigen, die Gaukler und die Clochards für einen feierlichen Augenblick stehen. Die Menge widmete dem jungen amerikanischen Mädchen ein Gebet. Und die Franzosen waren besonders stolz auf sie, da in Kathleens Adern französisches Blut floss.

Um Mitternacht stieg aus dem kleinen Schornstein des

Papstpalastes in der Nähe der Kapelle Rauch auf. Feierliche Kanonenschüsse ertönten über dem ellipsenförmigen Platz am Petersdom in Rom. *»Wir haben einen neuen Papst«*, schrien die Menschen in Ekstase.

An einem Fenster hoch oben in der höchsten Etage des Apostolischen Palastes mit der Goldkuppel erschien schließlich eine winzige Gestalt in einer weißen Robe und mit einem Käppchen auf dem Kopf. Der Heilige Vater, der neue Papst, Benedikt XVI., breitete seine Arme aus und segnete die Menschen.

Die Menschen in der Menge winkten der fernen päpstlichen Gestalt zu. »Vater, Vater«, riefen sie im Chor. »Erzähl uns von der Jungfrau.«

32.

An jenem Tag suchten zwei Nonnen, Lehrerinnen aus der Schule, und der Gemeindepriester am frühen Abend Colleen zu Hause auf. Sie sah den alten Volkswagen des Priesters, der über die Felder fuhr, und lief auf den Dachboden, um sich zu verstecken.

In einer Ecke des Raumes lagen ein Stapel muffig riechender alter Kleider, Betttücher und zerfetzte Brücken. Selbst wenn die Glühbirne an der Decke brannte, war es dunkel dort.

Colleen vergrub sich unter den Kleidern und vergewisserte sich, dass sie ganz bedeckt war.

Sie konnte nichts sehen und kaum etwas riechen. Nur der Geruch der Kleider und der Mottenkugeln, die ihre Mutter einst dort verstreut hatte, stieg Colleen in die Nase. Aber sie hörte alles.

Die Leute waren nun unten im Haus. Sie unterhielten sich und riefen dann ihren Namen.

»Colleen, Colleen, hier ist Schwester Katherine.«

»Hier ist Pater Flannery. Bist du da, Colleen?«

Dann waren sie oben im Schlafzimmer bei ihrer Mutter.

Mutter würde ihnen nicht helfen, sie zu suchen, auch wenn sie dazu in der Lage gewesen wäre. Sie schenkte selten noch irgendjemandem Beachtung. Auch ihre Erinnerung war ausgelöscht. Colleen war in diesen Tagen buchstäblich allein zu Haus, nur das Baby war natürlich bei ihr.

Sie wiegte ihren Bauch mit dem Baby vorsichtig mit beiden Händen.

»Hallo, liebes Baby. Hab keine Angst. Niemand wird dir wehtun, Baby. Niemand wird uns stören.

Nur wir zwei sind hier, liebes Baby. Nur wir zwei sind hier, aber es wird uns gut gehen. Du wirst sehen, mein liebes Baby. Nur wir zwei.«

33.

Irland.

In der gleichen Nacht nahm Pater Nicholas Rosetti einen Zubringerflug vom Flughafen Shannon. Er wusste, wohin er nun reisen musste. Er musste das *zweite* Mädchen sehen. Es gab zwei Jungfrauen. Eine in Irland und eine in Amerika.

Er war froh, dass die Geschichte der Colleen Galaher nicht bekannt geworden war, da sie in einem so kleinen und abgeschiedenen Dorf wohnte. Er hätte sich gewünscht, dass es in Amerika ebenso gewesen wäre, aber die Story dort hatte sich wie ein Lauffeuer verbreitet. Rosetti fragte sich, warum? Was bedeutete das? Was konnte er daraus schließen? Was sagte es über die beiden Mädchen aus?

Rosetti versuchte sich zu entspannen und hoffte, dass er die verdammte Stimme nicht wieder hören würde.

Er machte sich mehrere Seiten Notizen über Colleen. Danach versuchte er einzuschlafen, aber es gelang ihm nicht. Rings um ihn dämmerten friedlich die anderen Passagiere vor sich hin, und er konnte nicht umhin, sie zu beneiden.

Pater Nicholas Rosetti hatte seinen Sitz zurückgestellt und las seine Aufzeichnungen noch einmal durch. War er schon besessen? Plötzlich fing das kleine Nahverkehrsflugzeug an zu bocken und zu schlingern. Er erinnerte sich an seinen Anfall in Rom. *Was geschah nun? Was in Gottes Namen?*

Rosetti schaute sich um. Plötzlich waren alle wach. Die Passagiere hatten Angst.

Und dann schien es, als würde die Maschine Beech

1900 auseinander brechen. Es war so, als wäre eine kleine Bombe in seinem Kopf explodiert.

Einen Augenblick lang glaubte er, das Flugzeug sei mit einer anderen Maschine zusammengestoßen. Er schlug unwillkürlich die Arme vors Gesicht. Der Mann, der neben ihm saß, klammerte sich an ihn. »Das Flugzeug stürzt ab! Wir werden sterben!«, schrie er.

Die Schreie in der Kabine offenbarten das Entsetzen der Passagiere. Sekunden wurden zur Ewigkeit. Das Flugzeug sauste mit unverminderter, Schwindel erregender Geschwindigkeit in die Tiefe.

Das kann nicht sein. Es ist zu viel. Es kann einfach nicht sein. Mein Flugzeug kann nicht abstürzen.

Aber das Flugzeug stürzte ab! Es trudelte in einem großen, spiralförmigen Kreis in die Tiefe. Da die Maschine eine starke Rechtskurve beschrieb, konnte der Pilot nicht erkennen, wohin sie steuerte. Die Feuchtigkeit, die gegen die Scheiben schlug, sah aus wie zerfetzte Mullbinden. Ein Wolkenschleier hüllte sie ein.

Die Schreie in der Maschine wurden lauter und lauter.

»*FESTHALTEN! FESTHALTEN!*«, vernahm er die Stimme des Piloten.

Rosetti beugte sich vor und umklammerte seine Fußknöchel, so fest er konnte. Er betete wie ein Wahnsinniger. *In nomine Patris, et Filius, et Spiritus Sancti* ... Die Gesichter seiner Mutter, seiner Schwester und seines älteren Bruders blitzten vor ihm auf. Und dann sah er das Gesicht der Jungfrau Colleen im Geiste so deutlich vor sich, dass er Angst bekam.

Er erwartete, die gefürchtete Stimme zu hören, aber sie ertönte nicht.

Das kleine Flugzeug sauste steil nach unten und stürzte krachend in die Bäume. Die Maschine schlug auf der Erde auf. Die Flügelspitzen berührten den Boden zuerst.

Knirschend schob sich Metall ineinander. Eine weitere ohrenbetäubende Explosion folgte ... Rosettis Brustkasten prallte auf seine Knie, als das Flugzeug sich überschlug, zerschellte und Stücke der Maschine über den Boden geschleudert wurden.

Dann verstummten alle Geräusche der Menschen und der Maschine. Es trat Totenstille ein.

Er öffnete im schwarzen Chaos der Maschine die Augen.

Plötzlich brach ohrenbetäubender Lärm aus, und Flammen schossen über seinen Kopf.

Ich werde bei lebendigem Leibe verbrannt. All die Menschen werden sterben. Bin ich in der Hölle?

Er atmete schwer, löste mit feuchten, zitternden Fingern seinen Gurt.

Nicholas Rosetti war verwirrt. Er rollte und purzelte durch das umgestürzte Flugzeug, rappelte sich auf, bahnte sich seinen Weg durch heruntergefallenes Gepäck und weiche, nasse Objekte und steuerte instinktiv auf die Öffnung zu, die der Notausgang gewesen war.

Hinter dem Flugzeug ergoss sich das Sonnenlicht über ein smaragdgrün schimmerndes Kornfeld.

Das konnte nicht geschehen sein. Aber es war geschehen. Überall lagen Tote.

Er zögerte und schaute dann zurück auf die Flammen. Die Hitze entwickelte sich unvermindert.

»Lebt noch jemand?«, schrie er zurück in die Feuersglut.

Als er keine Antwort erhielt, sondern nur das Zischen

von schmelzendem Kunststoff vernahm, sprang er durch die prasselnden Flammen auf die feste Erde. Eine andere Wahl hatte er nicht. Er rannte auf wackeligen Beinen bis zur Mitte des Feldes. Sein Atem zerriss in seinen brennenden Lungen. Er wartete auf eine weitere Explosion.

Als er sich umdrehte, sah er, dass der größte Teil der Kabine auf dem Rücken lag, während sie von einem riesigen schwarzen Feuerball verzehrt wurde.

Ist das die Hölle? Der direkte Eingang zur Hölle?

Die Luft um ihn herum roch nach verbranntem Kunststoff und verkohltem Fleisch. So etwas hatte er noch nie erlebt.

Das Einzige, was sich in der Maschine noch bewegte, waren die erhitzten Luftmoleküle.

Rosetti wischte sich mit dem Arm über die Stirn und schaute aus einer Entfernung von fünfzig Metern auf das Feuer. Er war der Einzige, der sich vom Ort der Katastrophe entfernt hatte. Warum er?

Es beschämte ihn, einen kurzen Augenblick lang Erleichterung zu verspüren, weil er überlebt hatte.

Aber dieses Gefühl machte schnell überwältigendem Kummer Platz.

Er fiel auf die Knie, um für die Seelen der Toten zu beten. Wieder erinnerte er sich an die Worte, die der Papst kürzlich in Rom zu ihm gesagt hatte. *Sie werden allein sein*. Die Stimme überflutete ihn wie ein Segen.

Mühsam stand er auf. Er musste sich zwingen, zu denken und zu handeln. *Denken, denken.* Wenn hier ein Kornfeld war, musste es auch ein Bauernhaus geben. Es musste auch eine Stadt geben.

Sein Hemd und seine Hose waren schmutzig, aber unbeschädigt, und er hatte noch seine Schuhe. Er sah aus, als habe er im Freien übernachtet, doch andererseits hatte er nicht einen einzigen Kratzer.

Du wirst allein sein.

Nicholas Rosetti rückte seine Jacke zurecht und bewegte sich auf eine Hecke zu, die den Straßenrand markierte. Die nächsten Gedanken schossen ihm mit großer Klarheit durch den Kopf.

Etwas oder jemand will mich umbringen.

Und etwas oder jemand möchte, dass ich lebe.

34.

Sie hörte ganz in der Nähe ein *Hämmern* in der Dunkelheit und riss die Augen auf. Ihr Herz pochte wild. Ein Mann war in ihrem Schlafzimmer. Sie konnte die Gestalt von der Seite sehen.

»Hast du mich vermisst?«, fragte er lachend. Seine Stimme war tief und voll. Er beugte sich über sie und warf Mondschatten auf ihr Bett.

»Nicht eine Sekunde«, erwiderte sie, wobei sie versuchte, den frechen Ton des Mannes nachzuahmen, aber ihr Herz klopfte wild. Sie wollte ihn tief in sich spüren.

Seine derbe Wollhose rutschte auf seine Füße. Münzen fielen heraus und rollten in alle Richtungen. Sein erigiertes Glied war samtig und hart und schimmerte in den blassen weißen Strahlen des Mondlichts.

Sie streckte ihre Hand aus und berührte es. Er führte es an ihren Mund, und sie nahm es auf.

»Oh ... Gooott«, seufzte er und lachte wieder. Er zog sich aus ihr zurück, warf mit einer schnellen Bewegung die Bettdecke zurück und streckte seinen muskulösen Körper neben ihrer milchigen Wärme aus. Er wanderte langsam mit seiner schwieligen Hand über ihren geschwollenen Bauch und versetzte ihr zärtliche Schläge.

»Du bist ein Teufel«, sagte sie, »und ich will dich wieder spüren. Ich kann nicht genug von dir bekommen.«

Ein anderer Mann, der neben dem Bett stand, löste den Ersten ab. Er tastete gereizt an seinem Ledersäckchen, denn er hatte ein Geschenk für sie, einen goldenen Ring mit einem glitzernden karminroten Stein in der Mitte.

»Das musst du nicht tun. *Du* bist mein Geschenk«, sagte sie. »Berühr mich. Bitte, du bist ein richtiger Engel.«

Seine Berührung war wie Samt. Er rieb wissend über den nassen Spalt ihres Geschlechts, bis sie bettelte, dass er in sie eindrang ...

Ein dritter Mann stieß den zweiten zur Seite. Die Matratze gab unter seinem Gewicht nach. »Du hast ganz weiche Haut bekommen, weißt du das?«, sagte er. »Du bist ein Wunder.«

»Ich weiß. Das ist die Wahrheit.«

Er drang in die göttliche nasse Stelle ein, die sie ihm darbot, hielt ihre Brüste fest und schrie seine Ekstase in ihr Haar.

Als er mit ihr fertig war, kam ein Vierter zu ihr. Er roch nach Meerwasser, ungewaschener Wolle und Tannennadeln. Dieser Junge war erst vierzehn Jahre alt, und er liebte sie auch. Er spritzte seinen Samen auf ihren Oberschenkel, und dann kam er noch einmal, als er in sie eindrang.

Ein riesiger Mann kam als nächster und zog den Jungen grob aus ihrer Umarmung. Er legte seine schmerzenden Glieder neben sie. »Wärm mich, meine Liebste«, sagte er. »Es ist sehr kalt heute Nacht.«

Er war der Erste, der Anführer, der erfahrenste und bei weitem der beste Liebhaber. Er trug Schaffell und Tweed und roch nach einer Mischung aus Moschus, Gewürzen und Tabak, was sie unwiderstehlich fand. Seine Stimme war tief und ruhig und klang wie ein Cello, und als er ihren Namen sagte, traten Tränen in ihre Augen.

Sie kniete sich neben ihn, führte ihre Brüste an seinen Mund, und er saugte an beiden. Dann bestieg sie ihn und ritt auf ihm, bis ihre zerrissenen Schreie aus ihrer Kehle drangen und sich in der kalten Nachtluft verloren.

»Warum gehorchst du mir nicht?«, fragte er plötzlich brüllend.

Kathleen Beavier schreckte aus dem Schlaf hoch. Sie war verschwitzt und keuchte, als ob sie um ihr Leben gerannt wäre. Sie hatte laut geschrien!

Sie konnte die Stimme noch hören – quälend und spöttisch.

Ihr ganzer Körper war nass. Ihr Bett war zerknittert und tropfnass, als hätte sie die Bettwäsche wochenlang nicht gewechselt. Sie hatte weiter die schleppende Stimme im Ohr. Aus den Betttüchern drang ein seltsamer Geruch.

Aber sie war ganz allein. Es war so wie jede Nacht seit Monaten.

Genau in dem Moment, als Kathleen Beavier erwachte, schreckte auch Colleen Galaher in ihrem Bett hoch und schrie. Dann flackerten Bilder vor ihren Augen und zerplatzten wie riesige Seifenblasen. Die Flanellbetttücher waren um ihre nackten Füße geschlungen. Wie war das geschehen?

Sie fing hysterisch an zu schreien.

35.

Irland.

Natürlich wussten einige Leute über Colleen Bescheid. Die Einheimischen wussten es, behielten es aber für sich. Es war ihr Problem, ihre verdammte Angelegenheit und von keinem anderen.

Die Jungen und Mädchen in Maam Cross waren grausam und hatten kein Mitleid, keine Gewissensbisse und keinen Verstand. Sie nannten Colleen »die kleine Hure von Liffey Glade«. Die Jugendlichen malten ihre Meinung über sie auch in grellen roten Buchstaben auf die kürzlich frisch getünchte Wand von MacDonald's in der Stadt: COLLEEN LUTSCHT AN SCHWULEN SCHWÄNZEN!

Wenn sie in die Stadt ging, musste sie an dieser schrecklich obszönen Schmiererei vorbei. Ihr wurde ganz übel.

Heute erledigte sie die Einkäufe. Ihr Vater war an Krebs gestorben. Ihre Mutter war seit vielen Jahren bettlägerig. Sie und ihre Mutter wurden vom Staat und der Kirche unterstützt.

Das Haus von Donal MacCormack, Lebensmittel-Einzelhändler, war das dritte einer Reihe frisch gestrichener, einstöckiger Geschäfte in einer der Seitenstraßen des Dorfes. Seitdem Billionen von Pfund ins Land geflossen waren, um Irland zu restaurieren, sah man überall Gebäude, die neue Anstriche in grellen bunten Farben erhalten hatten: ringelblumengelb, veilchenviolett, orangenrot, himmelblau. Schilder waren verschönert worden, um Touristen anzulocken.

Colleen fand, dass das Leben nun besser in Irland sei als je zuvor, aber engstirnige Gesinnungen und veraltete Werte hafteten an den Menschen wie Teer an einem Holzlöffel.

Sie wickelte den dünnen Stoffmantel, den sie vor drei Jahren bei Dunnes in Galway gekauft hatte, noch enger um ihren aufgeblähten Bauch und starrte auf die orange bemalte Fassade des Lebensmittelgeschäftes mit dem Schieferdach. Neben der Satellitenschüssel blies ein Schornstein Rauch in den nasskalten Herbsthimmel.

Sie senkte ihren Kopf wieder und ließ ihren Blick über eine blutige Kalbshälfte gleiten, die im Ladenfenster hing. *Ekelhaft! Widerlich!*

Dann seufzte sie und ging hinein, um ihre Einkäufe zu machen. Colleen erfreute sich an dem ungewöhnlichen Luxus eines elektrisch geheizten Ladens in der Nachbarschaft und legte sechs Eier, Mehl, gesalzene Heringe, Kartoffeln, Milch, Honig und ein großes Stück Bauernkäse in einen Einkaufskorb.

Als sie ihre zerknitterten Geldscheine auf den Ladentisch legte, war sie sich des prüfenden Blicks der Verkäuferin bewusst. Es war ihr sehr unangenehm.

Colleen war daher noch abgelenkt, als sie den Laden verließ und Michael Colom Sheedy direkt in die Arme lief.

»Oh, es tut mir verdammt Leid, *gnädige Frau.*« Michael täuschte ein höfliches Lächeln vor und zog seinen Donegal-Tweedhut. Sein kahl geschorener Kopf glänzte.

Ein schwarzer Stein zierte sein Ohrläppchen. Er trug eine Kapuzenjacke mit Reißverschluss und eine ausgebeulte Baggy-Hose, aber es war nicht etwa so, dass er die Klamotten seines Vaters oder eines großen Bruders trug. Gangsterklamotten waren für diese Jugendlichen, die dem Verhalten von Großstadtgangstern nacheiferten, der letzte Schrei.

»Na, kaum zu glauben!« Der sechzehnjährige Junge schlug mit beiden Händen auf seine drahtigen Hüften. »Es ist die kleine Colleen Galaher mit ihrem furchtbar dicken, furchtbar beschämenden Bauch direkt aus der Akte X. Noch immer schwanger mit Gottes Sohn? Ist er es selbst dort unten?«

Colleens Augen wanderten schnell von Michael zu den anderen seiner Gruppe, die gegenüber vom Süßwarengeschäft herumlungerten. Sie alle hatten ihre Schuluniform – graue Hose und blaue Schuljacke – bereits gewechselt. John O'Sullivan, Finton Cleary, Liam McInnie und auch Michaels Mädchen, Ginny Anne Drury. Die Melodie des Hits »Because we want to« von Billie Piper war im Hintergrund zu hören.

Sie hatten auf sie gewartet.

Colleen wich zurück und ließ fast die Lebensmittel fallen. »Bitte, Michael, meine Mutter ist sehr krank. Ich muss jetzt gehen.«

»Ja, Colleen, aber das hier dauert nur eine Minute, Liebling. Wir hatten gerade so eine Art Gruppendiskussion. Wir wollen wissen, ob Gott dich zuerst mit ins Kino genommen oder dich gleich auf dem Rücksitz seines Wagens gevögelt hat.«

Colleen schnappte nach Luft. »Du solltest nicht so unanständig reden, Michael.«

Plötzlich hob Michael Sheedy die kleine Colleen hoch. Ihre Einkäufe purzelten auf den Gehweg und rollten auf die rote Sonne zu, die soeben über den Dächern des Dorfes unterging.

Colleen war blass geworden. Aus ihren hellgrauen Augen quollen Tränen hervor. »O lieber Gott, nein, Michael Sheedy!«

»O lieber Gott, nein, Michael Sheedy!«, ahmte der Junge das Mädchen in einem hohen, spöttischen Ton nach.

Als seine Kumpane in Gelächter ausbrachen, schubste der Anführer dieser Schlägergang Colleen.

»Hochschwanger, denk daran, John: Der Ball, die *Gottheit,* darf jetzt nicht stürzen.«

John Sullivan, der fast einhundertfünfzig Kilo wog und erst sechzehn Jahre alt war, ließ Colleen jedoch fast fallen. Er konnte gut Fußball spielen, aber mit den Händen war er ungeschickt.

Er jonglierte sie noch eine Sekunde durch die Luft und stieß sie dann zu Liam McInnie weiter, Michaels rechter Hand, seinem Bewunderer und Nachahmer. Liam hatte ein Hakenkreuz-Tattoo auf seiner Hand.

»Bitte, Liam«, schrie Colleen. »Ginny Anne, bitte, sag ihnen, sie sollen aufhören. Ich habe niemandem etwas getan. Ich bin schwanger.«

Der irische Bauernjunge mit den Sommersprossen hielt

Colleen hoch über seinen Kopf. Er brüllte laut einen Croke-Park-Fußballruf. Die anderen brüllten vor Lachen.

»Schwanger mit einem kleinen Bastard, willst du wohl sagen. Ja, ja, die kleine Hure Colleen! Du hast dich noch nie mit mir verabredet. Und andererseits vögelst du mit dem Herrn im Himmel.«

In diesem Augenblick geschah eine seltsame Sache auf der einsamen Hauptstraße von Maam Cross, die seltsamste Sache, die sich je in dem alten Druidendorf zugetragen hatte.

Wie von Zauberhand kam plötzlich mit der Geschwindigkeit einer Gewehrkugel eine braungelbe Drossel angeflogen! Der kleine Vogel kreischte einmal und prallte dann mit voller Wucht gegen Liam McInnies Kopf.

Der irische Junge ließ Colleen sofort los. Er schlug seine Hände vors Gesicht, zu spät, um seine Augen zu schützen.

»Scheiß Vieh!«, schrie er vor Schmerzen, als sich der Vogel wieder auf ihn stürzte. »Oh, du verdammtes Vieh! Meine Augen. Oh Jesus! Meine Augen!«

Colleen schaute noch einmal auf die schreckliche Szene zurück, als sie sich davonschlich. Liam drückte die Hände auf seine Augen. Blut lief über sein Gesicht. Rote Hautfetzen hingen an den Wangen des Jungen herunter.

Die Drossel war nirgends zu sehen. Sie war so schnell, wie sie gekommen war, wieder verschwunden.

Der Vogel war ein Engel, dachte Colleen. Das war er wirklich. Der Himmel musste ihn geschickt haben, um Liam McInnie und seinen niederträchtigen, abscheulichen Kameraden Einhalt zu gebieten.

36.

New York City.

Nicholas Rosetti schreckte aus dem Schlaf hoch. Sein Geist war noch auf das unglaubliche Geheimnis gerichtet – er hatte die ganze Nacht daran gedacht. Er meinte zu wissen, warum er den Unfall erlitten hatte, obwohl ihm niemand mit einem gesunden Menschenverstand glauben würde.

Um die Bilder der Gewalt und des Grauens zu vertreiben, blinzelte er mit den Augen, bis sich sein Blick auf den Ort richtete, an dem er sich befand. Er war in einem Hotelzimmer im Zentrum von Manhattan, einer Stadt, in der er noch nie zuvor gewesen war und die ihm sofort, als er sie betreten hatte, ungeheuer missfallen hatte.

Indem er sich umschaute, entdeckte er eine verblasste elfenbeinfarbene Tapete, Mahagonimöbel und die schwere Bordüre der rosa, pink und beige gestreiften Vorhänge, die nun die Sicht auf den Broadway versperrten.

Geistesabwesend hörte Rosetti dem Jaulen einer Polizeisirene zu, die das leise Surren der Klimaanlage übertönte.

Er bestellte Tee und verschiedene Brötchen beim Zimmerservice. Dann duschte er und wusch den Schweiß der Nacht fort.

Nicholas Rosetti zog eine schwarze Hose und einen dicken, grauen Rollkragenpullover an. Er stellte die Teetasse auf den Schreibtisch an dem Fenster, das zur Straße hinausging, und öffnete die schwarze Aktentasche.

Die Tasche enthielt die komplette Arbeit seiner Ermittlungen. Er strich einen alten Zeitungsausschnitt glatt.

Das vergilbte Papier trug das Datum vom 14. Oktober 1917, und die Titelzeile war so mitreißend wie das Ereignis selbst: »Wunder in Fatima.«

Der Reporter jener Oktoberausgabe der *New York Times* hatte den Bericht geschrieben: *»Den erstaunten Geistern und Augen dieser verwirrten und entsetzten Menschenmenge, deren Verhalten bis in biblische Zeiten zurückgeht und die es wagte, blass vor Angst und mit entblößten Köpfen in den Himmel zu schauen, wurde das Schauspiel einer stark zitternden Sonne geboten. Die Sonne beschrieb nie zuvor gesehene abrupte seitliche Bewegungen. Die Sonne führte heute am Himmel einen makabren Tanz auf, als die Mutter Gottes angeblich zu drei kleinen Kindern sprach.«*

In Fatima war eine schreckliche Warnung ausgesprochen worden. Selbst die *New York Times* gab das unumwunden zu.

Und das Geheimnis war seit dieser Zeit gehütet worden – fast zweiundachtzig Jahre lang!

Die Dokumente der jüngsten Ereignisse lagen in seiner voll gestopften Tasche obenauf. Eine neunzehnseitige Aufzeichnung über sein Treffen mit der vierzehnjährigen Colleen Galaher in Maam Cross.

Dann folgte ein Paket von zwei oder drei Tage alten Zeitungsausschnitten. Ausschnitte aus der Londoner *Times,* der *Los Angeles Times,* dem *Observer,* der *Irish Press* und anderen. Berichte über Viren, die außer Kontrolle geraten waren, Seuchen, seltsame unerklärliche Todesfälle.

Rosetti spürte, dass sich sein Nacken versteifte. Die Anspannung kehrte in Wellen zurück. Er hatte wieder Angst.

Er konnte sich nicht verstecken, noch nicht einmal in New York City.

Papst Pius hatte ihm das Geheimnis von Fatima anvertraut. *Nein, bitte!* betete Rosetti. *Ich bin nicht würdig!*

Aber er wusste, dass das Geheimnis der Wahrheit entsprach. Er war ein Gläubiger, und er glaubte.

Es gibt zwei Jungfrauen, Tausende von Meilen voneinander entfernt.

Ein Mädchen wird den Sohn Gottes, den Erlöser, gebären.

Das andere Mädchen wird den Sohn des Teufels gebären.

Zweiter Teil
Kathleen & Colleen

37.

New York City.

Am Nachmittag wurde Nicholas Rosetti von grenzenloser Verzweiflung geplagt, als er die belebte 8th Avenue in New York hinunterging, auf der um diese Zeit besonders viel Betrieb herrschte. War er in der Hölle?

Rosetti wurde vom Strom der Fußgänger hin und her gestoßen und zuckte immer wieder zusammen, wenn ihn Fremde berührten. Er war nur noch ein nervöses Nervenbündel und erschreckte bei jedem Geräusch, das er sich einbildete oder tatsächlich vernahm.

Streiter Christi, dachte er. *Nein, nur Streiter. Streiter!*

Die Menschenmenge riss ihn mit, und er trauerte um Seine kürzlich verstorbene Heiligkeit Papst Pius, den guten Papst. Sein Tod war für viele Millionen Menschen ein schwerer Verlust. Doch er spürte den Verlust stärker als alle anderen. Ihm war eine Mission anvertraut worden, und er hatte die Größe, sie anzunehmen.

Und jetzt war er allein. Sicherlich war er in der Hölle. Diese New Yorker waren alle verdammt. Er konnte es in ihren Augen sehen. Überall, wo er ging, spürte er das Böse und die Trostlosigkeit.

Seine Verzweiflung und Hoffnungslosigkeit hatten mit dem Eintreffen der New Yorker *Daily News,* die heute Morgen vor seiner Tür gelegen hatte, ihren Höhepunkt erreicht. Auf der Titelseite, wo er ganz sicher nicht hingehörte, stand ein Bericht über Kathleen Beavier.

Es war ein schlimmer Fehler, dass diese Nachrichten

verbreitet worden waren. Allerdings typisch für Amerika, nicht wahr? Das ganze Land war ein Zirkus. Es gab keine Geheimnisse. Kathleen war reich und Amerikanerin, und daher war sie eine Nachricht wert. Colleen war Irin und arm, und wo war der Bericht? Er hätte sich gewünscht, dass von beiden nichts an die Öffentlichkeit gedrungen wäre.

Nachrichten – das war sein heutiger Auftrag. Er hatte mehrere Telefonate mit Rom geführt und war mehrmals in New York angerufen worden. Um sechs Uhr abends traf er im Studio an der West Side ein, das dem Fernsehsender ABC gehörte. Dort wurde er in ein kleines Fernsehzimmer geführt und dann gnädigerweise allein gelassen.

Er machte sich auf einiges gefasst und sank immer tiefer in den Sessel. Doch er zwang sich dazu, die Nachrichten anzusehen.

Es waren ausgesprochen schlimme, grauenhafte Nachrichten.

Der unveröffentlichte, ungekürzte Bericht war in der letzten Woche gefilmt worden und schilderte das immer noch andauernde Drama einer schrecklichen fünfmonatigen Dürreperiode im indischen Staat Rajasthan.

Die erste, verwackelte Großaufnahme zeigte das verarmte Dorf Sirsa. In einer rauen, herrischen Sprache beschrieb der Nachrichtensprecher die auf dem Bildschirm dargestellten Zustände.

»Im größten Teil des modernen Indien ist das Leben nicht so, wie Sie oder ich es in Filmen über die britische West Indien Company oder die bengalischen Ulanen gesehen haben. Vor allem der Staat Rajasthan wird manchmal aufgrund seiner ausgedehnten, ausgetrockneten Ebenen mit einer Durchschnittstagestemperatur von fünfzig Grad die große indische Wüste genannt.«

Die Hölle, dachte Rosetti. *Wie treffend.*

»Dieser indische Staat mit einer Bevölkerung von mehr als vierundvierzig Millionen Menschen ist das schlimmste Dürre- und Hungersnotgebiet der ganzen Welt. Von April bis Juli verbrennt eine unbarmherzig glühende Sonne das schwelende Land und die Menschen wie eine teuflische Fackel. Meilenweit nichts als Staub. Heiße, erstickende Winde wehen Staub und Schrotspreu bis nach New Delhi in den Norden.

Dörfer sind rauchende Hochöfen. Die großen reglosen Sanddünen lassen die alte ursprüngliche Anwesenheit des Teufels dort in der indischen Wüste erahnen.

Die schreckliche Dürreperiode dauert noch immer an. Das ist länger als je zuvor. Der indische Staat wurde für die Verstorbenen zu einem schwelenden Scheiterhaufen.

Sechshunderttausend Männer, Frauen und Kinder sind hier seit April gestorben! Über sechstausend sterben jeden Tag!

Wenn es eine Hölle auf Erden gibt, dann ist sie hier im verdammten Rajasthan.«

Die Zeit ist nahe, dachte Rosetti. Zu nahe. Wohin er auch sah, er konnte überall die Gefahr spüren. Und diese Gefahr gab es wirklich. Das bildete er sich nicht ein.

Es gab überall deutliche Zeichen für die Anwesenheit der Bestie.

Gehenna.

Sechshunderttausend Tote! Das war gar nichts für die Bestie.

Er zählte für sich im Stillen auf:

Die Dürre im Staat Rajasthan, die unbeschreibliche Hungersnot in Indien.

Das Gemetzel in Ruanda. Ein derartig brutaler, sinnloser Völkermord konnte nur vom Teufel angezettelt worden sein.

AIDS mit seinen Todeskrallen in China, großen Teilen Afrikas und nun in Spanien und Sizilien.

Die Kinderlähmung klammerte sich an der Westküste fest und brach nun auch in Neuengland aus.

Eine aufkeimende Viruserkrankung, die Ebola ähnelte, war plötzlich in Südfrankreich aufgetaucht und breitete sich in der Nähe des Wallfahrtsortes Lourdes aus, dem wundersame Heilkräfte nachgesagt wurden.

Der Feind war wie vorhergesagt gekommen.

Luzifers Armee war hier – gefallene Engel, Legionen von ihnen.

Ihre Zeit war gekommen.

38.

Newport, Rhode Irland.

Ich war mir Justins Nähe deutlich bewusst, als wir den Uferpfad entlangspazierten. Ich war mir auch bewusst, was für ein hübsches Paar wir waren, denn mehrere Leute, die an uns vorbeigingen, sahen uns von der Seite an. Wenn sie nur die Geschichte – unsere Geschichte – gekannt hätten. Ich war Nonne gewesen, und Justin war noch immer Priester.

Und wir waren kein Paar. Weit gefehlt! Es war so, als wäre eine dicke Wand starken elektrischen Stroms zwischen uns, der uns beide zugleich anzog und abstieß.

Wir waren in den vergangenen zwei Tagen dreimal zusammen spazieren gegangen oder weggefahren. Angeblich um über Kathleen Beavier zu sprechen. Justin war der Mittelsmann des Kardinals. Er nahm seinen Job sehr ernst und machte ihn gut. Ich wusste nicht, ob er an Kathleen glaubte, aber sein Geist stand allen Möglichkeiten offen.

Natürlich war zwischen uns viel mehr als nur das. Und ich dachte immer wieder: *Ich bin keine Nonne mehr und kann in jeder Weise, die mir gefällt, an Justin O'Carroll denken.*

Während unserer kleinen Wanderung erzählte ich ihm eine kurze, harmlose Geschichte über Cliff Walk, den schmalen, dreieinhalb Meilen langen Klippenweg am Meer, der sich wie ein enger Gürtel an Newports anmutige Südostküste schmiegte.

»William Backhouse Astor ging hier einst mit seiner Dame, der ›Königin der Vierhundert‹, spazieren«, sagte ich, womit ich vermutlich mein Verständnis fürs Triviale bewies. »John F. Kennedy soll Jacqueline hier auf dem Klippenweg den Hof gemacht haben, als er bei der Marine war und sie in die Newporter Gesellschaft eingeführt wurde.«

Ich dachte daran, dass Justin und ich nun den gleichen historischen Pfad benutzten, aber es gab einen wesentlichen Unterschied. Wir waren kein Liebespaar und würden es niemals sein. Außer einer Berührung seiner Hand vor drei Tagen in einem Café berührten wir uns nie. Ehrlich gesagt wünschte ich mehr als alles andere auf der Welt, ihn festzuhalten, aber ich wusste, dass ich es nicht tun würde.

Warum waren wir auf diese Weise wieder zusammengebracht worden? *Zusammengeprallt* war wohl der passendere Ausdruck. Es bewies mir, dass Gott ein Sadist war.

Wir folgten noch eine Weile dem windigen Klippenweg, den Brombeerbüsche überwucherten und zu dessen beiden Seiten historische Newporter Villen mit hohen Zäunen standen. Es war alles makellos. Wir gingen an den Millionärsvillen vorbei.

»Weißt du, Annie«, sagte Justin schließlich, »manchmal glaube ich, dass du ein seltsames Bild von dir hast. Du scheinst sehr offen, sehr frei und unkompliziert zu sein. Und doch hältst du dich von Menschen fern.«

Ich blieb stehen und schaute ihn an. Was er gesagt hatte, verletzte mich, ob es nun stimmte oder nicht. »Ich weiß nicht, was du meinst. Ich habe viele Freunde. Ich liebe mein Leben sehr. Meinst du, ich wäre nicht ausgefüllt, nur weil ich nicht verheiratet bin?«

Er lächelte gezwungen. Er wollte sich nicht streiten. »Ich meinte es nicht so, wie es sich anhörte, Anne.«

»Wie denn?«

»Ach, Annie. Alles, was ich sagen wollte, ist, dass du dem Leben eine wundervolle und ganz besondere Liebe entgegenbringst. Ich habe dich in Boston und hier in Newport beobachtet. Du hast schon jetzt ein wunderbares Verhältnis zu Kathleen. Aber du verschließt dich vor dir selbst. Oje, ich sollte mein vorlautes Mundwerk halten, spazieren gehen und die vergoldete Fantasie der

Jahrhundertwende Amerikas bewundern. Es ist herrlich hier. Da gebe ich dir Recht.«

Justin hatte jetzt Angst, mich anzuschauen. Als er es tat, sah er die dicken, glitzernden Tränen, die über meine Wangen rannen.

Er hatte mich verletzt, arg verletzt. Der Schlag hatte richtig gesessen. Er hatte kein Recht, mich so zu verletzen.

Ich ließ Justin O'Carroll einfach stehen. Hier konnte ich nicht länger bleiben. Wütend und vollkommen ziellos rannte ich den mit wildem Wein bestandenen Pfad hinunter. Auf jeden Fall konnte ich die Nähe von Justin O'Carroll nicht länger ertragen. Ich musste hier weg.

39.

Kathleen wurde im Haus ihrer Eltern schier verrückt. Sie wünschte sich verzweifelt, bei ihren Freunden, Sara, Fran und der unbezähmbaren Chuck zu sein. In diesen Wänden und der hohen Wölbung ihres eigenen Fleisches fühlte sie sich eingeengt.

Als sie vorsichtig die Treppe hinunterstieg, hielt sie sich an dem zierlichen Treppengeländer fest. Jeder einzelne Schritt knarrte unter ihrem Gewicht.

Es war noch immer schwer für sie, sich an die Veränderungen ihres Körpers zu gewöhnen. Ihre Brüste waren größer als die ihrer Mutter. Ihre Finger und Fußknöchel waren angeschwollen, und sie hatte rote Ränder unter den geschwollenen Augen. Es machte sie wütend, dass sie keine normale Kleidung mehr tragen konnte.

Würde die alte Kathleen wieder zum Vorschein kommen, wenn das hier vorbei war? Das wusste nur Gott allein.

Bis zur Geburt des Babys war ihr einziges Vergnügen der Strand. Gott sei Dank gab es den Strand!

Es war ein Wunder, dass Kathleen die Vorratskammer erreichte, ohne dass jemand sie hörte. Insbesondere wollte sie in diesem Moment nicht Mrs. Walsh begegnen. In den vergangenen Wochen schien ihre alte Freundin nicht mehr dieselbe zu sein. Auf einmal schien sie alles zu missbilligen, was Kathleen sagte oder tat.

Die Kammer für die nassen, schmutzigen Sachen neben dem Vorratsraum war verlassen. Eine Ansammlung von Schuhen stand unter der Bank. Kathleen quälte sich in ein Paar Docksiders und zog die gelbe Strickjacke ihres Vaters, die an einem Haken hing, über ihren Pullover.

Minuten später war sie am Ufer und sah und hörte dem hypnotischen Brechen der Wellen zu. Gott, was für ein Tag! Es waren sicher zwanzig Grad. Bisher war der Herbst unglaublich mild gewesen. Sie zog die Strickjacke aus und hängte sie über ihren Arm.

Ihr schoss ein Gedanke durch den Kopf, der ihr ungeheuer gut gefiel. Sie hatte einmal etwas über das Wasser und die Schwerelosigkeit gelesen und schloss daraus, dass das Wasser dem Baby die Schwere nehmen würde. Sofort zog sie ihre Docksiders und ihren Pullover aus und ging auf die Wellen zu.

Das war so wagemutig, aber genau das Richtige. Das Wasser war an der Oberfläche warm, und es war ein wunderschönes Gefühl, als es gegen ihre geschwollenen Beine klatschte – als ob kleine Hunde ihre Füße ableckten.

Kathleen ging noch einige Schritte weiter. Noch war sie nur wenige Meter vom Ufer entfernt. Sie befand sich fast in einem Trancezustand, als wäre sie nicht mehr ganz bei Sinnen. Wagte sie es? Ja. Sie holte tief Luft und hockte sich hin, sodass das Wasser fast bis an ihr Kinn reichte. Es war ein unbeschreiblich schönes Gefühl.

Das ist wie im Himmel.

Die Wellen hoben sie ein wenig in die Höhe und ließen sie dann wieder los. Sie seufzte, und dann lachte sie laut. Das war die Schwerelosigkeit, nach der sie sich gesehnt hatte. Sie fühlte sich leicht und nicht mehr wie der schwerfällige Elefant, der sie geworden war. Seit Monaten hatte sie sich nicht so behaglich gefühlt und einen so großen Frieden empfunden.

Die nächste Welle zog sie mit ihrer starken, betörenden Kraft vom Strand weg. Sie ließ sich von der sanften Strömung treiben, streckte ihre Arme aus, legte ihren Kopf in den Nacken und schwamm einen Moment auf dem Rücken. Das Wechselspiel der Farben am Himmel war faszinierend: blau, rosa, lila, indigo ...

Kathleen verlor das Zeitgefühl. Wie lange trieb sie schon auf dem Wasser? Mühsam rollte sie sich auf den Bauch und blieb in dieser Lage liegen.

Sie war viel weiter draußen, als sie geglaubt hatte. Wie konnte das geschehen? *Das kann doch nicht wahr sein! Wie bin ich hierher gekommen?*

Nun ergriff sie die Angst. Sie schlug auf das Wasser und schwamm auf das Ufer zu.

Immer, wenn sie sich ein Stück dem Ufer näherte, zog sie die nächste Welle wieder zurück ins Meer.

Nur nicht in Panik geraten, beruhigte sie sich.

Schau einfach aufs Haus und schwimm.

Dennoch fragte sie sich, wie sie so dumm gewesen sein konnte. Sie kannte doch die Gezeiten. Sie kannte die Gezeiten schon ihr ganzes Leben! Etwas sehr Sonderbares war geschehen. *Es war so, als hätte sie das Zeitgefühl verloren. War sie verrückt?*

Ihre Arme schmerzten. Sie hatte Seitenstiche, und die Kälte raubte ihrem Körper die Kraft. Sie wollte um Hilfe schreien, aber dort draußen war niemand, überhaupt niemand, der sie hören konnte. Das Meer schlang seine Arme um ihre Taille, zog sie wie ein dicker, starker Mann ins Wasser und drückte sie unter die Wasseroberfläche. Die Klauen des Meeres machten ihr Angst.

Hab keine Angst, hörte sie. Es war die Stimme, sie klang beschwichtigend.

Nein! Sie schluckte Wasser und schaffte es dann, wieder an die Oberfläche zu kommen. Sie stieß einen langen, stummen Schrei aus.

Du musst nur mit der Strömung schwimmen, Kathy. Das Meer ist das Universum, und es ist ewig. Sei das Meer!

Sie schlug vergebens in die Luft, als zersplitterte Bilder vor ihr aufflackerten. Ihre Freunde, Mama, ihr Daddy, ihr Baby ...

Die nächste Welle zog sie wieder ins Wasser. Der starke Schmerz in den Lungen wurde unerträglich, und dann stillte das Meer ihre Schmerzen.

Sie ertrank und mit ihr das Baby.

40.

Erst als ich das Pflaster der wunderschönen, baumbestandenen Bellevue Avenue unter meinen Füßen spürte, hörte ich auf zu rennen.

Was ist los mit mir? Was ist los?

Ich wischte die lächerlichen Tränen mit dem Kleenextuch, das ich aus dem Ärmel meiner Jacke zog, von meinen Wangen. Dann stand ich neben dem turmhohen schwarzen Eisentor einer der Villen und schaute auf einen hellgelben Bus aus Batavia, New York, der mit »Pilgern« beladen war.

Nach einer Weile gelang es mir, meine Beherrschung zurückzugewinnen.

Ich wusste ganz genau, warum ich vor Justin davongelaufen war. Das war schon lange kein Geheimnis mehr für mich. Ich war noch immer in ihn verliebt, oder? Und nun war ich außerdem wütend auf ihn. *Ich war nicht vom Leben abgeschnitten!*

Er war es. Er war ein katholischer irischer Priester. Aber was hatte er denn eigentlich schon erlebt, auch wenn er so schlau und aufgeschlossen war?

Als ich wieder zu Atem gekommen war, ging ich hinter den Häusern zu einem Fußweg hinunter, der zum Strand führte, und spielte mit den schaumigen Lippen des Meeres »Fang mich doch«. Dieser Mann machte mich noch wahnsinnig! Vielleicht liebte ich Justin wirklich. Ich dachte ständig an ihn. Er wollte, dass ich heiratete und Mutter wurde. Hatte er vielleicht nur einen selbstlosen Gedanken geäußert? Oder erinnerte er mich an das, was ich schon wusste?

Ich wanderte am Strand entlang, und meine Gedanken

kreisten nur um Justin und mich, bis die Dämmerung den Himmel mit immer dunkler werdenden blauen Streifen durchzog. Von einem blassen Aquamarinblau über dem Meer zu einem dunklen, mit Sternen besetzten Indigo am Himmelszelt. Ich ließ meinen Blick schweifen, um mich zu orientieren.

Etwas am Strand zog meine Aufmerksamkeit auf sich. Ein Körper lag reglos im Sand.

Der Körper einer jungen Frau.

»Kathleen!«, schrie ich.

41.

Ich rannte los und schrie noch einmal: »*Kathleen!*«

Als ich bei ihr war, ließ ich mich neben ihr in den Sand fallen. Ich rollte sie vorsichtig auf den Rücken, griff unter ihr Kinn und rief ihren Namen. Dann drehte ich ihr Gesicht zu mir und begann mit einer Mund-zu-Mund-Beatmung, aber das war anscheinend nicht nötig.

Kathleen war bewusstlos, aber Gott sei Dank atmete sie noch. Warum lag sie am Strand? Wie war sie so triefend nass geworden? War sie geschwommen?

»Mein Gott, Kathy! O mein Gott.«

Tragen konnte ich sie nicht, denn dazu war sie zu schwer, und wir waren ganz allein am dunklen Strand. Was war Kathleen zugestoßen? Hatte sie wieder versucht, sich absichtlich Schmerzen zuzufügen? Was war mit dem Baby?

Auf jeden Fall atmete sie. Ich rief wieder ihren Namen und versuchte, einen klaren Gedanken zu fassen. Es gab zwei Möglichkeiten, die ich gegeneinander abwog.

Bei ihr bleiben.

Oder: So schnell ich konnte, Hilfe holen.

»Okay, Kathy. Kathy ... Es ist alles gut.«

Ich tätschelte ihre Wange.

Kathleens Haut war ganz kalt. Hatte sie eine Überdosis Tabletten genommen, ehe sie ins Wasser gegangen war? Ich wusste es nicht, aber ich war nicht weit davon entfernt zu glauben, dass sie noch einmal versucht hatte, Selbstmord zu begehen.

Und dann hörte mein Herz fast auf zu schlagen. Ich flüsterte: »O mein Gott. Kathy!«

Ich schrie immer wieder ihren Namen.

Kathleens Fruchtblase war geplatzt.

Als ich mich umdrehte, sah ich Justin, der, so schnell er konnte, auf uns zurannte.

»Justin«, rief ich. »Kathleen verliert ihr Kind!«

42.

Wir kamen mit heulenden Sirenen vor dem Krankenhaus an. Ein halbes Dutzend Ärzte und Krankenschwestern stürzten auf uns zu. Ich war in Justins Anorak und in eine Wolldecke gehüllt. Als ich versucht hatte, Kathleen zu helfen, war ich tropfnass geworden. Ich sah lächerlich aus, aber das war mir im Moment gleichgültig.

Jeder verfügbare Gynäkologe im Newporter Krankenhaus wurde zu Kathleen gerufen, um eine Diagnose zu stellen. Sie war bei Bewusstsein und ganz ruhig – ganz im Gegensatz zu allen anderen.

Die Ärzte waren einhelliger Meinung: Die Fruchtblase war geplatzt. Das Kind musste durch Kaiserschnitt geholt werden, bevor es zu spät war.

Kathleen weigerte sich strikt. »Dem Baby geht es gut«, sagte sie. »Lasst uns beide allein.«

Ihre Hausärztin, Dr. Armstrong, hatte sie angefleht, die Ärzte einschreiten zu lassen. Ihre Eltern hatte sich ihren Bitten angeschlossen. Tränen liefen über ihre Gesichter. Wenn die Ärzte das Baby nun holen würden, hätte es eine Chance. Wenn man wartete, könnte es sterben. Kathleen war noch minderjährig. Der Wille der Mehrheit hätte sich durchsetzen können. Doch es war keine Kleinigkeit, eine Frau zu einem Kaiserschnitt zu zwingen, die im Vollbesitz ihrer geistigen Kräfte war.

»Anne ... sag es ihnen. Ich habe die Jungfrau Maria gesehen. Sie sagte mir, ich brauche keine Angst zu haben.«

Ich erblasste sichtlich, als sie diese Bitte äußerte. Aus medizinischer Sicht war ein Kaiserschnitt der richtige Schritt. Kathy würde es schaffen, und das Baby hätte eine gute Überlebenschance. Das war die einzig vernünftige Entscheidung.

Aber dann wäre die Entbindung natürlich kein Wunder. Bei der Geburt würde der Geburtskanal umgeleitet werden. Und die Kirche würde niemals behaupten können, das Kind sei ein Wunder.

»Kathleen«, sagte ich, »ich möchte, dass du erst einmal allen zuhörst. Vertraue den Ärzten, höre sie an, und tu dann das, was du für das Beste hältst.«

Diese Nacht war der reinste Albtraum für mich, und das sage ich nicht leichthin. Wir blieben stundenlang im Krankenhaus. Eine der Krankenschwestern brachte mir trockene Sachen aus ihrem Spind.

Schließlich ließ ich mich vor Erschöpfung in einen Sessel fallen. Ich war fast eingeschlafen, als ich merkte, dass mich jemand rüttelte. Carolyn Beavier schluchzte und schlang ihre Arme um mich.

»Es geht ihr gut. Kathleen geht es gut«, sagte sie, »und dem Baby geht es auch gut. Das Loch in der Fruchtblase hat sich von allein wieder geschlossen. Es hat sich mit Fruchtwasser gefüllt. Kathleen hat ihr Baby noch. Es ist wirklich ein Wunder.«

Man sagte mir, dass es eigentlich kein Wunder sei, aber es war ungewöhnlich genug, um das ganze Personal des Newporter Krankenhauses in Erstaunen zu versetzen. Kathleen war die Einzige, die sich weder überrascht noch beeindruckt zeigte.

»Ich danke dir, dass du mir vertraut hast«, sagte sie zu mir. »Du warst die Einzige. Du bist einzigartig, Anne. Und darum bist du hier. Du und Justin. Ihr seid meine Schutzengel.«

Ich blieb bei Kathleen im Krankenzimmer, bis Justin gegen ein Uhr morgens ins Zimmer schaute. Er gab mir ein Zeichen, mit ihm auf den Flur zu gehen. Kathleen schlief, und daher folgte ich ihm.

Als ich auf den Flur trat, sah ich, dass Justin blass war und mich mit weit aufgerissenen Augen anschaute. Ich machte mir Sorgen um ihn.

»Was ist los? Ist alles in Ordnung?«, fragte ich.

»Hier im Krankenhaus ist etwas ganz Unglaubliches geschehen«, sagte er in einem leisen Flüsterton. »Anne, hier ist ein Fall von Polio aufgetreten. Es ist, als wäre die Seuche Kathleen hierher gefolgt.«

43.

Irland.

Colleen Galaher glaubte, dass ihr Kopf in tausend Stücke zerspringen würde, die niemals mehr zusammengefügt werden könnten, wenn sie noch länger in der Enge des Hauses bliebe. Sie überzeugte sich davon, dass es ihrer Mutter an nichts fehlte, schlich sich aus dem Haus und sattelte das Pferd.

Als sie den Berg hinunterritt, vergrub sie ihre Hand in der Mähne von Gray Lady, dem Pferd ihrer Mutter. Sie sang ihr Lieblingslied von der englischen Pop-Gruppe BoyZone und hielt mitten in der Strophe inne, um den Zigeunern unten auf dem Feld zuzuwinken. Wie gerne wäre sie wieder ein normales Schulmädchen gewesen! Sie wollte ihr altes Leben zurück.

Diese Zigeuner gehörten nicht zu dem dunkelhäutigen romanischen Typ aus Zentraleuropa, sondern sie waren Nachkommen von vertriebenen Iren, die ihren Besitz während der großen Hungersnot im Jahre 1845 verloren hatten. Seit Generationen wanderten sie von Grafschaft zu

Grafschaft, bettelten, fuhren ihre Sulkys auf Jahrmärkten. Im Dorf hieß es, sie würden stehlen oder noch Schlimmeres tun.

Die Zigeuner werden ebenso wie ich verachtet. Das ist nicht fair. Es ist nicht richtig.

Sie erinnerte sich jetzt beschämt, dass auch sie die Zigeuner verachtet hatte. Vor sechs Monaten war dann etwas eingetreten, was ihre Meinung geändert hatte.

Wie heute war sie auf dem Weg zu ihrem idyllischen Platz, der rund um Maam Cross weithin als Liffey Glade bekannt war, über das Feld geritten. Eine Frau mit feuerrotem Haar in einem lilafarbenen Samthemd und einer alten Tweedjacke hatte ihr zugewinkt.

Die Zigeunerin hatte sich ihr mit erstaunten Augen genähert, sich bekreuzigt und angefangen, zu beten. Dabei hatte sie ihren Rosenkranz umklammert, als wäre er ein mit dem Himmel verbundener Rettungsanker.

Colleen hatte der Anblick schockiert und Angst eingejagt, aber dennoch seltsam mutig gemacht. Einen Augenblick später hatte sie die Einladung der Zigeunerin angenommen, im Wohnwagen eine Tasse Tee mit ihr zu trinken. Die Frau hieß Margot, und der Wohnwagen war ein Wunder an Ordnung. Auf sauberen Brettern lag Werkzeug. In Hutschachteln befand sich Papier, zum Auslegen der Regale. An Garderobenständern hing alles nach Farben sortiert, und erstaunlicherweise stand im Wohnwagen ein neues, teures, batteriebetriebenes Fernsehgerät.

Neben dem TV-Gerät war eine Heiligenfigur der Jungfrau Maria unübersehbar. Es war eine wunderschöne Porzellanmadonna, die ihre Hand hob, als spräche sie den Segen. Sie trug über ihrem lose herabhängenden Haar ein blauweißes Kopftuch, das mit richtigem Gold eingefasst war.

»Du hast *sie* leibhaftig und im Geiste gesehen«, sagte Margot. »Ich weiß es. Stimmt das?«

Colleen hatte sich verblüfft zu ihr umgewandt. Was wusste diese fremde Frau?

»Du liebst Kinder, Colleen«, sagte Margot dann mit demütiger, ehrfürchtiger Stimme, wobei sie ungeniert auf Colleens Bauch schaute, der damals kaum angeschwollen war.

»Ich kenne dein Geheimnis, kleines Mädchen. Du bist wie *sie*. Dein Geheimnis wird die Welt verändern.«

44.

Ich kenne dein Geheimnis, kleines Mädchen.

Colleen ritt an diesem Tag langsam in den Norden der Stadt. Es war ein ziemlich weiter Weg, aber dort befand sich das große Krankenhaus der Grafschaft, und sie wollte es sich ansehen, bevor ihre Zeit gekommen war.

Sie band Gray Lady an einer alten Eiche auf einem üppigen Feld in der Nähe des Krankenhauses fest. Dann überquerte sie die Rasenfläche hinter dem Krankenhaus und betrat die kleine Eingangshalle. Colleen war schon im St.-Brendan-Krankenhaus gewesen, um kranke Verwandte zu besuchen, doch sie erinnerte sich nicht daran, je allein dorthin gegangen zu sein.

Sie kam sich vor wie eine Erwachsene, und vielleicht hatte sie auch das Gefühl, ein wenig unverfroren zu sein, als sie langsam die gewundene Treppe in den zweiten Stock hinaufstieg.

Colleen wusste, wohin sie gehen wollte – auf die Entbindungsstation. Diese befand sich im zweiten Stock auf der linken Seite des Hauptkorridors.

Sie stieß die Schwingtür auf und traf sofort auf eine Krankenschwester. Die Frau sah, in welchem Zustand sie war, und lächelte sie verständnisvoll an. »Hallo, meine Liebe.«

»Ich gehe nur ein wenig spazieren«, sagte Colleen. Das war eigentlich keine Lüge.

In einem der Zimmer stöhnte eine Frau laut, und dann fing sie an zu schreien.

Fast unmittelbar danach stieß eine zweite Frau weiter unten auf dem Korridor wie aus Sympathie einen durchdringenden Schrei aus.

Colleen lehnte sich gegen die Wand und versuchte sich zu beruhigen. *Mein Gott, das hört sich ja furchtbar an. Werde ich in der Lage sein, es zu tun, wenn meine Zeit gekommen ist?*

Sie hörte den beiden Frauen zu, die noch immer stöhnten und schrien.

Eine von ihnen rief den Namen ihres Ehemannes, und fast im gleichen Atemzug verfluchte sie ihn.

Ich werde allein sein, dachte Colleen. *Ich muss sehr mutig sein.*

Sie hatte geglaubt, dieser Besuch im Krankenhaus vor der Entbindung sei eine gute Idee, doch das schien nicht der Fall zu sein. Jetzt war sie fast noch ängstlicher als zuvor.

Dennoch ging sie den Korridor in die entgegengesetzte Richtung hinunter. Was verbarg sich in den Zimmern dort?

Weitere Kreißsäle? Noch mehr Frauen mit unerträglichen Schmerzen?

Dann sah Colleen das Glasfenster und die winzigen Babys hinter der Scheibe. Einige weinten, aber die meisten schliefen oder schauten umher und erforschten die Welt.

Colleen lächelte, vermutlich das erste Mal seit Monaten. Alles wird gut, dachte sie, denn jetzt bin ich nie mehr allein. Bald wird mein Baby bei mir sein.

45.

Als Colleen nur noch einen halben Kilometer von zu Hause entfernt war, konnte sie die kalte, lieblich duftende Luft von Liffey Glade riechen. Sie freute sich darauf, die Grotte auf der Lichtung zu betreten, die lange vor dem Einzug des Christentums und sogar vor den Druiden eine heilige Stätte gewesen war. Wenn Colleen allein sein wollte, ging sie nach Liffey Glade.

Ein klarer Bach sprudelte auf seinem Weg nach Lough Corrib munter durch die Grotte. Kiefern und Fichten neigten sich über das Wasser.

Colleen hatte vor neun Monaten, am 23. Januar, in Liffey Glade das erlebt, was sie heute als mystisches Erlebnis betrachtete. Vor dieser Nacht hatte man sie in Maam Cross nur als ruhige, wohlerzogene Schülerin der Holy Trinity-

Schule, der Mädchenschule der Heiligen Dreifaltigkeit, gekannt.

Colleen war in der Schule beliebt, aber sie wurde von den meisten Mitschülerinnen nie ganz akzeptiert. Von den Schwestern der Nonnenschule wurde sie hoch geschätzt, vielleicht weil diese sich selbst in dem ruhigen, nachdenklichen Mädchen wiederfanden, das meistens zu den Besten der Klasse gehörte.

Colleen war glücklich, wenn sie anderen helfen konnte, und war daher zu ihrer Entscheidung gekommen. Sie wollte Nonne werden.

Und dann änderte sich von einer Minute auf die andere alles in Liffey Glade. Colleen Galaher wurde nicht nur geistig die Braut Christi, sondern auch körperlich.

Und an diesem Oktobertag ritt Colleen am frühen Nachmittag auf dem Rücken von Gray Lady langsam über die durchnässten Kuhweiden.

In Liffey Glade band sie ihr Pferd an einem Baum fest und bahnte sich den Weg durch nasse, raschelnde Zweige. Das Mädchen kniete auf dem weichen, mit Kiefernnadeln übersäten Humusboden in der kleinen Privatkapelle im Freien nieder.

Sie senkte ihren Kopf mit dem leuchtenden, dunkelroten Haar.

»Lieber Vater im Himmel, ich bin deine demütigste Dienerin. Ich weiß, dass du meine Traurigkeit und meine Liebe zu dir spüren kannst. Lieber Vater, ich bin jetzt so allein. Ich bin so schrecklich allein in diesen neun Monaten.«

Aber Colleen Galaher war nicht allein.

Sie wurde beobachtet. Sie wurde ständig beobachtet.

46.

Ich kam immer mehr zu der Überzeugung, dass Kathleen Beaviers Baby auf gewisse Weise etwas Besonderes war, und das verwirrte mich mehr, als ich sagen konnte. Es beunruhigte mich maßlos, allmählich zu glauben, dass Kathleen die Wahrheit sagen und meine Objektivität schwinden könnte. Meine Einstellung hatte sich von »das ist eine Betrügerin« zu »es könnte ein Körnchen Wahrheit an der Sache sein« gewandelt.

Zum ersten Mal, seitdem ich ins Sun Cottage gekommen war, hatte ich ein paar Stunden Zeit für mich selbst. Kathleen machte im Wintergarten ein Nickerchen. Als ich in die Küche ging, um mir eine Kanne Tee zu holen, sah ich, dass Mrs. Walsh wie eine Verrückte Kuchen backte. Carolyn und Charles Beavier waren in die Stadt gefahren, um Einkäufe zu machen. Justin joggte irgendwo durch die Gegend.

Ich hatte mich darauf gefreut, die Bibliothek im Hause der Beaviers unter die Lupe zu nehmen. Sie war so groß wie einige Kleinstadtbibliotheken und daher ein Ort, an dem ich ernsthafte Recherchen durchführen konnte. Ich fand Geschichtsbücher, Biografien, meterweise Lesestoff über Segeln, Muscheln, Gartenarbeit, Vögel und Finanzen vor.

Und der Teil des Regals genau neben dem Kamin war mit Büchern über Theologie voll gestopft. Viele von ihnen waren erst kürzlich bei Barnes & Nobles, Lauriat und im Maryknoll-Buchladen gekauft worden, sodass noch die Kassenzettel zwischen den Seiten steckten.

Im Kamin prasselte ein Feuer. Ich goss eine Tasse Tee

ein und legte dann einen Stapel Bücher, die sich mit der Jungfrau Maria befassten, auf den Mahagonitisch, der neben einem gemütlichen rosafarbenen Ohrensessel stand. Da ich schon fast alles Verfügbare über Maria gelesen hatte, war die Lektüre eine Wiederholung für mich. Ich wanderte mit meinen Händen über die Buchrücken von *Unsere Jungfrau im Evangelium, Unsere Jungfrau von Fatima, Frauenwunder: alte und moderne,* und dann schlug ich ein wundervolles Buch auf, das in den späten Siebzigern geschrieben worden war und *Maria, einzigartig unter ihresgleichen* hieß. Es war mir nicht möglich, dieses Buch zu lesen, ohne wieder große Bewunderung für Maria zu empfinden.

»Die Jungfrau, erhabenes Beispiel an Keuschheit«, schrieb die Autorin, »bleibt für mich das heiligste Wesen, das ich mir je vorstellen konnte. Ihr Zauber war so stark, dass ich einige Jahre lang keine Kirche betreten konnte, ohne Schmerz darüber zu empfinden, dass ich die Verlässlichkeit und Schönheit dieses Seelenheils aufgegeben hatte. Ich erinnere mich an einen Besuch von Notre Dame in Paris, als ich im Mittelschiff stand und mir Tränen in die Augen traten.«

Ich stimmte ihr aus tiefster Seele zu. Auf diese Weise wirkte der Glaube, so hatte ich ihn empfunden. Es war die Macht der Heiligen Mutter Maria, die viele Frauen verstanden. Etwas weiter hinten in ihrem Buch schrieb Marina Warner, dass die Jungfrau »eine der wenigen weiblichen Gestalten sei, die den Status eines Mythos erreicht haben.« Sie zitierte auch Henry Adams' Auffassung: »Das Studium unserer Jungfrau führt unmittelbar zu Eva zurück und legt das ganze Thema des Geschlechtes bloß.«

Eine ganz interessante Gegenüberstellung, fand ich. Und viele Millionen Menschen waren der Meinung, der Jungfrau solle die gleiche Bedeutung wie ihrem Sohn zuerkannt werden – und dann Eva, die von Satan in Versuchung geführt worden war, den Apfel des verbotenen Baumes gegessen hatte und aus dem Paradies vertrieben worden war. Eva hatte Satan anerkannt. Unsere Jungfrau hätte ihn vernichtet.

Ich vergaß die Zeit, als ich über die Literatur nachdachte, und suchte nach Anhaltspunkten für die Situation in Newport. In der Bibel stand jämmerlich wenig über Maria, nur sechs kleine Hinweise. Und es gab auch nicht viele historische Belegstellen, die auf sie verwiesen.

Zwei wichtige Theorien, die auf dem basierten, was Gelehrte die »Christliche Tradition« nannten, wurden üblicherweise in theologischen Kreisen anerkannt. Die erste war, dass Maria selbst im Leib ihrer Mutter »unbefleckt« empfangen worden war – sie war ohne Ursünde geboren worden. Die zweite anerkannte Theorie besagte, dass der Körper und die Seele von Maria, die vermutlich in der antiken Stadt Ephesus in West-Kleinasien gestorben war, direkt in den Himmel aufgestiegen sei. Diese Gegebenheit wurde Mariä Himmelfahrt genannt.

Ich war nach all diesen Jahren noch immer erstaunt, dass Maria diejenige war, über die wir am wenigsten wussten und die bei weitem die Geheimnisvollste von allen großen biblischen Gestalten war.

Und warum?

Ich brauchte keine Feministin zu fragen, um eine Antwort zu bekommen. Maria war eine Frau und Mutter. Die Verfasser der Heiligen Schrift waren Männer.

Einige Dinge hatten sich seit der Geburt Christi geändert. Dieses moderne freudige Ereignis, dem die *Jungfrau* Kathleen Beavier entgegensah – wenn es denn so war –, würde die am vollständigsten dokumentierte Geburt in fast zweitausend Jahren sein. Es würde zweifellos Bücher und Filme geben.

Und ich – ich hoffte, dass es nicht zu eitel war, das zu hoffen – würde am Fußende des Bettes der Gebärenden stehen.

Vielleicht würde ich dann die ganze Wahrheit über die Jungfrau Kathleen erfahren.

47.

Es lag noch viel Arbeit vor mir, und endlich hatte ich ein wenig Zeit dazu. Nachdem ich meinen uralten grünen Mantel aus dem Garderobenschrank genommen hatte, ging ich schnell hinaus zu meinem Wagen. Wenige Minuten später fuhr ich über Newports berühmte Bellevue Avenue in Richtung Westen zum Memorial Boulevard.

Ich fuhr die eineinhalb Meilen am Sachuest Point vorbei, wo Kathleen offensichtlich mit einem Jungen vor fast neun Monaten im Januar geparkt hatte. Der geheimnisvolle und vielleicht mystische Abend des 23. Januar.

Mit der Entfernung vom Sun Cottage brachen meine latent vorhandenen Zweifel wieder hervor. Kathleen verwirrte mich eigentlich mehr denn je. Wenn ich genau darüber nachdachte, ergab nichts einen richtigen Sinn. Alles verlangte etwas Glauben von meiner Seite. Der Glaube. Es lief immer wieder darauf hinaus.

Kardinal Rooney schien die Tatsache der Jungfräulichkeit zu akzeptieren, und ich wusste, dass er sich nicht leicht zum Narren halten ließ. Der Kardinal war ein hervorragender Priester der alten Schule, der sarkastisch, zynisch und zugleich störrisch war. Und Rooney glaubte an Kathleen Beavier. Er war offensichtlich der Auffassung, dass die Geburt eines heiligen Kindes kurz bevorstehe. Justin glaubte das auch, und auch er ließ sich von niemandem in die Irre führen.

Warum? Was machte sie so sicher? Was wussten sie? Was sollte ich hier in Newport herausfinden? Welche Rätsel mussten noch gelöst werden?

Und wie war es um Kathleen selbst bestellt? Sie war Jungfrau, und sie war schwanger. So viel wusste ich ganz sicher. Kathleen sagte, sie habe die Heilige Jungfrau gesehen, und ich – wenn auch störrisch und zynisch – war gefühlsmäßig davon überzeugt, dass sie die Wahrheit sagte, zumindest die Wahrheit, wie sie sie verstand.

Keine Tatsachen, nur Gefühle, die mich jedoch in ihren Bann zogen, als ich durch Newport fuhr.

Es gab noch eine andere Tatsache: Kathleen hatte versucht, Selbstmord zu begehen, und der Versuch war gescheitert. Wenn sie mit dem heiligen Kind schwanger war, warum hatte sie dann versucht, sich und dem Baby das Leben zu nehmen? Oder sollte ich die Kehrseite der Medaille betrachten? Wie kam es, dass in der Abtreibungsklinik, die abends bekanntlich geschlossen war, jemand sie entdeckte? Ein anderer Patient war noch spät über den Flur gegangen, Hilfe, die Kathleens Leben gerettet hatte.

Niemand hatte gewusst, dass Kathleen an diesem Tag dort war, noch nicht einmal ihre drei besten Freundinnen. Sie hatten gedacht, sie gehe am nächsten Tag dorthin. Es war so geplant gewesen.

Schließlich galt es, eine wichtige historische Perspektive zu betrachten. Das Christentum basiert auf dem Glauben an Wunder. Christen in der ganzen Welt glauben an die jungfräuliche Geburt und daran, dass Jesus Christus, der Sohn Gottes, Mensch wurde. Was ist Wahrheit und was ist Mythos?

Ich wollte *Fakten*. Ich war ausgehungert nach einer lumpigen, lausigen Tatsache, die bewies, was ich allmählich glaubte.

Als ich den Memorial Boulevard hinunterfuhr, sah ich ein goldblaues Schild, das genau hinter der Spring Street nach links wies: ROGERS HIGHSCHOOL.

Ich betätigte den Blinker. Es gab jemanden an der Schule, der mir das geben konnte, was ich haben wollte, und der ein wenig Licht in dieses fantastische Puzzle bringen konnte. Kathleens Verabredung vom Abend des 23. Januar.

Jaime Jordan.

Er war ein nüchterner, harter *Fakt*.

48.

Ich steuerte den Wagen durch die Allee von herbstlichbunt gefärbten Ahornbäumen, die Straße zur Schule, und trat auf das Gaspedal.

Auf meiner Uhr war es vierzehn Uhr siebenundfünfzig. Ich kam genau rechtzeitig zum Schulschluss.

Eine elektrische Klingel ertönte, und der Lärm von ausgelassenen Jugendlichen drang in die frische Herbstluft. Eine Gruppe Schüler stürzte aus einer der acht Schwingglastüren der Schule. Hupen kreischten und ein praller Fußball, dessen braune Farbe schon etwas verblasst war, flog aus dem ruhigen Schulgebäude im Kolonialstil heraus.

Ich starrte eine Weile auf den Schwarm zotteliger Jugendlicher und versuchte einen von ihnen auszuwählen.

Mein Blick blieb schließlich auf einem großen muskulösen Jungen mit einer hellblonden Mähne, die ihm über die Augen fiel, haften.

Er stolzierte inmitten der anderen einher, drängelte und ließ sich auf eine Rauferei mit einem Klassenkameraden ein, der ihm nicht gewachsen war.

Ich wusste, dass er es war, da ich in Kathleens Zimmer ein Bild von ihm gesehen hatte. Es konnte kein Irrtum sein. Jaime Jordan war ein großer Junge, fast ein Mann.

Er war schätzungsweise einsneunzig und wog an die hundert Kilo. Jaime sah unbestritten gut aus, aber irgendwie konnte ich ihn mir nicht mit Kathleen vorstellen.

Der Gedanke, dass es vielleicht verrückt war, eine Konfrontation erzwingen zu wollen, beunruhigte mich ein wenig, aber ich preschte vor. Ich weiß, dass in meinem Job eine übersteigerte Angst vor Gesprächen mit Unbekannten nicht angebracht ist.

»Hallo, Entschuldigung«, sagte ich, womit ich seinem unsinnigen Gerangel mit seinem Kumpel ein Ende bereitete. »Bist du Jaime Jordan?«

Er blieb stehen und drehte sich um. Es dauerte einen Moment, bis er mir ein cooles, abschätzendes Lächeln schenkte.

»Ich vermute, das bedeutet, du bist es«, sagte ich. Ich zwang mich zu lächeln, wonach mir gar nicht zumute war, während er sich aus einer rot-weißen Schachtel eine Zigarette nahm.

»Ich heiße Anne Fitzgerald. Ich bin eine Freundin von Kathleen.«

Jaime zündete sich die Zigarette an und warf seinen Freunden, die sich um ihn versammelt hatten, einen vielsagenden Blick zu. Sie kicherten, musterten mich und versuchten, sich so flegelhaft wie möglich zu benehmen.

»Ja, ich bin Jaime. Und du bist eine ›Freundin‹ von Kathy? Was denn für eine Freundin?«

»Ich möchte gern ein paar Minuten mit dir sprechen.«

Ich verzog keine Miene und schaute Jaime Jordan ruhig an. Auch zeigte ich keine Angst und ließ keinen Zweifel daran aufkommen, dass er mit mir sprechen würde.

Seine Neugier auf mich gewann die Oberhand und besiegte sein blödes Getue. Ich hatte es gewusst. Damit verdiene ich mein Geld.

49.

Seine Freunde scharrten mit den Füßen wie eine Herde gereizter junger Bullen. Sie waren mir zu sehr auf die Pelle gerückt und übertraten damit den unsichtbaren Sicherheitsabstand, den ich in der Regel versuchte, zu Fremden einzuhalten. Das wussten sie auch.

»Wer bist du? Bist du von *Hard Copy* oder so?«, fragte einer von ihnen.

»Nein«, erwiderte ich ganz cool. »Ich bin keine Reporterin der Boulevardpresse, nur eine Freundin.«

»Okay«, sagte Jaime nach einige langen Sekunden. »Gehen wir ein Stück und reden miteinander – *Freundin.* Ich schenke dir fünf Minuten meine volle Aufmerksamkeit.«

»Oh, danke, danke«, sagte ich und lächelte schließlich.

Und das tat Jaime auch. Ich konnte sehen, dass ich ihm gefiel, und auch, dass er von sich glaubte, es gut mit Frauen zu können, selbst mit einer älteren wie mir.

Am Ende des Häuserblocks war eine Seitenstraße, in der hübsche kleine Häuser standen. Vor den Einfahrten parkten Jeeps und dergleichen, und an den Häuserwänden standen Fahrräder und Skateboards. Jaime Jordan war einen Kopf größer als ich und hatte ein Kreuz wie ein Holzfäller. Diesen Jungen hatte noch nie etwas aus der Fassung gebracht, oder zumindest wollte er mir das weismachen.

»Okay«, sagte er, als wir um die Ecke bogen. »Ich schenke dir immerhin meine Aufmerksamkeit. Also, wer zum Teufel bist du wirklich? Und was willst du? Du bist nicht Kathleens Freundin. So viel steht fest.«

»Ein Scheißdreck steht fest, Jaime«, sagte ich, »und das ist eine Tatsache.«

Ich sagte ihm, wer ich war, erzählte ihm aber wenig über meinen eigentlichen Auftrag. Außerdem legte ich ein eindeutiges »Lass dich nicht auf mich ein«-Verhalten an den Tag. Männlichkeitswahn kann ein zweischneidiges Schwert sein.

»Im letzten Januar«, fuhr ich fort, »bist du mit Kathleen Beavier ausgegangen. Das ist auch eine bewiesene Tatsache. Ihr beide habt euch mindestens einmal verabredet.«

Er schüttelte den Kopf. »Ich habe geahnt, dass dieser Scheiß kommen würde. Ihr seid alle so durchschaubar. Du bist noch so eine, die ein Buch schreibt, nicht wahr? Schreib doch! Ich bin *einmal* mit Kathleen Beavier ausgegangen. Wir hatten eine Verabredung. Außerdem sind wir noch ein paar Mal nach der Schule einen Big Mac oder etwas Ähnliches essen gegangen.«

»Warum habt ihr euch nur einmal verabredet?«

»Warum haben wir uns nur einmal verabredet? Na ja, ich kann mich schließlich nicht zerreißen, nicht wahr?«, erwiderte Jaime.

Seine Selbstgefälligkeit wirkte unglaubwürdig. Mir drängte sich der Gedanke auf, dass dieser Knabe ein Herzensbrecher wie dieser Brad Pitt sein wollte. Er und Kathy hätten sicher ein bemerkenswertes Pärchen abgegeben, aber ich konnte mir die beiden einfach nicht zusammen vorstellen. Vielleicht war sie ein wenig in ihn vernarrt, aber sie konnte Großmäuler nicht leiden.

»Könntest du mal eine Minute ernst bleiben? Zurück zum 23. Januar. Du bist mit Kathy zu einer Tanzveranstaltung ihrer Schule gegangen. Dann ist *etwas* passiert. Das hat Kathy mir gesagt. Was ist passiert?«

Auf seinem Gesicht spiegelte sich ein Anflug von Wut. Ich sah, wie er als Erwachsener aussehen würde, und das gefiel mir nicht. »Verdammt noch mal, hör mir zu. Ist das denn nicht sonnenklar? Sie will es nicht sagen, weil wir es nach dem Tanzen gemacht haben. Ich gebe zu, dass jeder wusste, dass Kathy eine echte Mimose war, aber das macht aus ihr noch lange nicht die Heilige Jungfrau!«

Sein böser Blick schüchterte mich ein. Ich hätte gerne die Hand gehoben und gesagt: »Danke, Tschüss«, aber ich konnte nicht gehen – nicht jetzt.

»Ein Facharzt aus New York ist vorgestern hierher gekommen, ein Arzt, der keinen Grund hat zu lügen. Jaime, ich stand genau daneben, als er sie untersuchte. Kathleen ist *noch* Jungfrau. Sie hat es nie mit jemandem *gemacht*! Weder mit dir noch mit einem anderen.«

»Scheiße«, schrie er mich an. »Ich habe sie gehabt.« Er griff zwischen seine langen Beine. »Damit.«

Ich musste ihm meine Zweifel signalisiert haben, denn er machte ein böses Gesicht. Und ehe ich ausweichen konnte, versetzte er mir einen harten Stoß.

Ich fiel zu Boden und schlug die Hände vor die Brust. Meine Verlegenheit war größer als der Schock. Der Knabe hatte mich niedergestreckt. Mir tat die Seite weh, auf der ich gelandet war.

Aber ich stand sofort wieder auf und versetzte dem Arschloch einen Stoß und dann noch einen.

»Du bist ein richtig zäher Bursche, nicht wahr? Wie zäh bist du?«, brüllte ich ihn an. Ich ging immer wieder auf ihn los. »Beantworte meine Frage! Was ist in jener Nacht am

Sachuest Point passiert? Es ist etwas passiert. Ich kann es in deinen verlogenen feigen Augen sehen. Ich durchschaue dich genau.«

Plötzlich drehte er sich um und rannte davon. Ich wollte hinterherlaufen, aber ich wusste, dass es keinen Zweck hatte.

Er log mich an – ich war ganz sicher.

Wenn das jedoch stimmte, dann sagte Kathleen die Wahrheit.

50.

Alles, was ich wollte, war die einfache, ungeschminkte Wahrheit, aber suchen wir nicht alle danach? An jenem Abend saß ich in einem alten Schaukelstuhl aus Kiefernholz neben Kathleens Himmelbett. Der Mond war gerade wie ein großer gelber Ball über dem Meer aufgegangen, aber heute Abend schaffte er es nicht, mich mit seiner Schönheit und Heiterkeit zu beeindrucken.

Ich war nach meinem Gespräch mit Jaime Jordan noch ganz durcheinander. Zugegebenermaßen stand ich allen Dingen misstrauisch gegenüber. Was für eine schreckliche Sache war zwischen Jaime Jordan und Kathleen Beavier am Sachuest Point vorgefallen? Das musste ich in Erfahrung bringen.

Kathleen war schwach und erschöpft. Ich sah es ihr an. In dem dunklen Schlafzimmer brannte nur eine kleine

Nachttischlampe. Ich stellte die Anlage auf dem weißlackierten Bücherregal an. Musik drang ins Zimmer. Ich erkannte Jewel. Eine bekannte Liebesballade, die sie mochte.

»Du fährst doch nicht auf dieses sentimentale Zeug ab, oder?«, fragte Kathleen.

»Ich dachte, es sei gute Musik zum Einschlafen«, erwiderte ich. Dann ging ich zurück zu meinem Schaukelstuhl und wippte ruhig hin und her. Mein Gespräch mit Jaime Jordan war ziemlich schlecht gelaufen, aber es wäre trotzdem der Mühe wert gewesen, wenn ich wenigstens etwas erfahren hätte, was mich weitergebracht hätte. Warum wollte keiner von beiden über diesen Abend sprechen?

»Kathy, ich muss dir eine Frage stellen«, sagte ich schließlich.

Ihr Blick verlor sich in der Ferne. Offensichtlich hatte sie mir nicht zugehört.

»Als meine Fruchtwasserblase platzte«, sagte sie unvermittelt, »hatte ich schreckliche Angst. Ich hatte noch nie in meinem Leben so schreckliche Angst. Ich liebe das Baby«, gab sie zum ersten Mal zu. »Ich kann es jetzt nicht verlieren.«

Und dieses Eingeständnis berührte mich. Eine ganze Weile schaukelte ich schweigend hin und her. Ich wollte mich von meiner Ergriffenheit jedoch nicht erweichen lassen.

»Vertraust du mir, Kathy?«

Kathleen schenkte mir ein unglaublich unschuldiges Lächeln und warf mir diesen charismatischen Blick zu, der ihr eigen war.

»Ich vertraue dir. Natürlich tu ich das. Du bist ehrlich und offen.«

Ich holte tief Luft. Kathleen konnte mir fast immer mit ein paar Worten den Wind aus den Segeln nehmen. Wie kam es, dass sie mich derartig rühren konnte? Fing ich an, ihr zu glauben?

»Kathy, bitte erzähl mir etwas über Jaime Jordan. Ich habe ihn heute an der Rogers Highschool gesehen. Ich habe mit Jaime gesprochen. Er sagte, dass ...«

»Er sagte, wir hätten es getan. Er erzählt das den Leuten, weil er glaubt, dass sie es gern hören wollen. Ehrlich gesagt, tut Jaime mir Leid. Sein ganzes Macho-Gehabe ist so albern.«

Ich konnte erkennen, dass Kathleen versuchte, ihre Kränkung zu verbergen. Sie presste eine alte zerfetzte Puppe an ihre Brust und sah jetzt noch jünger aus als sechzehn.

»Wir hatten keinen Sex, Anne. Jaime nahm mich mit zu einem Parkplatz an der Sachuest Park Road, aber ich wollte nichts mit ihm machen. Er drängte sich mir wie ein wildes Tier auf. Ich wollte es nicht tun. Ich habe gar nichts mit Jaime getan. Das ist alles, was es jetzt dazu zu sagen gibt«, sagte sie.

Ich sah sicher verdutzt aus, aber mein Gehirn arbeitete heftig.

»Glaubst du mir nicht?«, fragte Kathleen. »Bitte, glaub mir, Anne. Wenn mir niemand glaubt, was soll dann aus mir werden? Was wird aus meinem Baby?«

Ich legte den Zeigefinger auf meinen Mund, um sie zum Schweigen zu bringen, stand auf, streichelte ihr übers Haar und zog die Bettdecke bis ans Kinn. Sie hatte wiederholt gesagt, dass sie unschuldig sei, aber es nagte an mir, dass sie immer hinzufügte: »Das ist alles, was ich jetzt sagen kann.«

Ich wollte glauben, dass Kathleen ehrlich war, weil ich mich so sehr um sie sorgte. Aber ... ich schaffte es nicht. An jenem Abend am Sachuest Point war Kathleen etwas widerfahren. Man hatte mich nach Newport geschickt, um herauszufinden, was es war.

Bis jetzt hatte ich noch keinen Erfolg gehabt.

51.

Im Norden des Staates New York.

St. John of the Cross lag tief in den bewaldeten Bergen, neunzig Meilen nördlich von New York City am Hudson River. Nicholas Rosettis Wagen rumpelte über den ausgefahrenen Weg. Er hatte noch nie größere Angst um sein Leben oder seine Seele gehabt. Das aus einem burgähnlichen Landsitz und einem Dutzend aus Sandstein gebauten Landhäusern bestehende Anwesen war ein Erholungsheim für alkoholabhängige, geistesgestörte und depressive Priester des Erzbistums New York.

Aber hier war jemand, der Pater Rosetti ein wenig Hoffnung gab. Wenn auf der Welt überhaupt Hilfe möglich war, würde sie von Monsignore Bernard Stingley kommen. Dies war sein letzter Zwischenstopp, bevor er nach Newport fuhr, um die zweite Jungfrau aufzusuchen.

Auf dem fast mittelalterlich anmutenden Gutshof wurde Rosetti von einem schlanken Mönch mit einem Bürstenhaarschnitt empfangen, der den Besucher über steinerne Korridore führte. Ihre Schritte und Stimmen hallten wie Pistolenschüsse in einem Untergrundtunnel.

Am Ende des dritten oder vierten Korridors klopfte der Mönch an eine schwarze Eichentür und stieß sie dann auf. Ein Priester in einer Robe stand am Fenster. Rosetti wurde ganz warm ums Herz, als er ihn sah.

Dann hörte er die Stimme, die obszön lachte und gackerte. *Du dummer, dummer Narr. Dieser eitle alte Mann kann dir nicht helfen. Niemand kann dir helfen.*

Monsignore Bernard Stingley war sein früherer Mentor und Beichtvater im Lateran in Rom. Der alternde Priester hielt sich schon seit den vergangenen sechs Jahren an sein Schweigegelübde. Er war ein großer Bibelgelehrter und berühmt wegen seiner Werke über die Apokalypse.

»Nicholas.« Stingley ging auf den viel jüngeren Priester aus dem Vatikan zu und umarmte ihn. »Ich kann es gar nicht glauben. Es ist sehr schön, dich zu sehen.«

»Bernard«, sagte Nicholas, der sein Gesicht im groben Stoff der Robe des älteren Mannes verbarg. Die Umarmung war ihm unangenehm, und als er zurücktrat, sah er mit Entsetzen die besorgte Miene in dem ausgemergelten, verhärmten Gesicht des Priesters mit den silbernen Haaren.

»Geht es dir gut?«, fragte er.

»Über *meine* Gesundheit solltest du nicht nachdenken«, erwiderte der ältere Mann.

Wieder lachte die Stimme laut in Rosettis Kopf. Er versuchte, sie zu ignorieren, aber es gelang ihm nicht.

Nicholas Rosetti schloss vorsichtig die Tür hinter sich und schaute auf die Bücherwände. Auf den Regalen auf der längsten Wand standen Stingleys Sammlungen chinesischer, griechischer und fernöstlicher Statuen, die alle christusähnliche Figuren darstellten. In einer Ecke stand ein ungemachtes Ruhebett, über dem ein einfaches Holzkruzifix hing. Unter einem der beiden Flügelfenster stand ein unordentlicher Arbeitstisch.

Die beiden Männer setzten sich an den Tisch am Fenster, von dem aus man über den Hudson River schauen konnte, der wie eine breite gläserne Straße tief unten floss. Sie wechselten Beileidsbekundungen über das Verscheiden von Papst Pius.

Dann sagte Stingley: »Ich glaube, ich weiß, warum du gekommen bist, Nicholas. Ich habe ein ungutes Gefühl. Eigentlich habe ich es schon seit Wochen.«

Nicholas Rosetti zweifelte nicht daran. Die Trommeln mussten an dem Tag laut geschlagen haben, als er Rom verlassen hatte. Die Gemeinschaft des Vatikans war klein, fast inzestuös. Er schaute in Stingleys vertraute stahlblaue Augen. Natürlich wäre es ungerechtfertigt und unpassend gewesen, wenn sie noch länger unverbindlich miteinander geplaudert hätten.

»Bernard, ich *weiß*, dass du das Geheimnis von Fatima kennst. Pius sagte mir, dass du tatsächlich die Worte gelesen hast. Die Botschaft der Jungfrau: das Versprechen *und* die Warnung.«

Monsignore sagte noch immer nichts. Seinem Blick war nichts zu entnehmen. Er hörte kaum zu.

Rosetti fuhr fort, aber plötzlich war er sich der engen Verbundenheit seines alten Freundes nicht mehr ganz sicher. »Als Pius das erste Mal erkrankte, warst du die meiste Zeit bei ihm. Das war 1990. Er sprach über Fatima und du warst da. Du hast alles gehört. Und nun weiß ich alles, was du schon weißt.«

Auf Monsignore Stingleys Gesicht spiegelte sich Kummer. »Pius hatte kein Recht dazu, kein Recht, dich zu bitten.«

»Es ist zu spät, um sich gegenseitig zu beschuldigen oder etwas zu bedauern. Ich weiß von den beiden Jungfrauen. Die eine ist gut und die andere sehr böse.«

»Dann weißt du *nichts*«, ertönte Stingleys Stimme. »Das ist noch lange nicht alles. Gott erschafft nichts in Schwarz und Weiß. So einfach ist es nicht. Die Wahrheit hat wenig mit dem logischen System der Menschen zu tun.«

Rosetti spürte, noch während Stingley sprach, dass sich das kleine Zimmer anfing zu drehen und ihn wieder auf den Bürgersteig in Rom schleuderte. Wieder drehte sich alles vor seinen Augen, und heiße Messer bohrten sich in sein Herz. Aus dem wogenden Bürgersteig wurde das kleine Flugzeug, das spiralförmig in die Tiefe stürzte, sich überschlug und in den Bäumen landete, wobei Metall und Knochen zersplitterten. Es war mehr als eine Erinnerung oder eine Halluzination. Er spürte die prasselnde Hitze rings um sich und den scharfen Geruch verbrannten Fleisches.

Die Vision war eine Warnung. *Verlass diesen Ort! Geh jetzt!*

Doch das wollte er nicht.

Er konnte es nicht!

Warum wurde er dennoch gewarnt? Warum war er dennoch verschont worden?

Er hörte seine eigene Stimme, als käme sie von weit her.

»Bitte, ich muss wissen, wie ich mich vorbereiten kann. Die Suche nach der richtigen Jungfrau. Was willst du damit sagen, *dass ich nichts wisse?* Ich möchte, dass du mir genau sagst, wie es sein wird. Ich fürchte, dass meine Fahrt in die Hölle schon begonnen hat.«

52.

Das hat sie, Nicholas. Du hast das ganz richtig begriffen. Du bist schon verloren! Du hast deinen Seelenfrieden verwirkt!

Die Stimme brüllte lachend in Rosettis Kopf. Es schienen Hunderte von Stimmen zu sein, und der Schmerz war unerträglich, als ob sein Schädel weggerissen würde.

Der alte Priester stand plötzlich auf und stieß einen großen Eichenstuhl um, der laut krachend zu Boden fiel.

»Sie sind *hier*! Du hast sie hierher gebracht!« Seine Augen waren vor Angst weit aufgerissen. »Die Legionen sind hier! Sie sind überall! Ich kann die furchtbaren Bastarde *sehen*! Nun warten sie darauf, freigelassen zu werden.«

Pater Rosetti versuchte, zu seinem früheren Mentor zu gehen, aber seine Arme und Beine wollten sich nicht bewegen. Er hatte das Gefühl, ihn drückten Steine nieder.

Was in Gottes Namen ist mit mir los? Habe ich einen Schlaganfall erlitten? Ist das wieder ein Anfall? Werde ich noch einmal überleben?

Nicholas sah mit Entsetzen, dass die gleiche Kraft Stingley niederdrückte. Der Priester fuchtelte mit den Armen durch die Luft, als versuche er, eine unsichtbare Gestalt wegzuschlagen. Er stolperte zu den überfüllten Bücherschränken und rang nach Atem. Dann sackte Monsignore Stingley zusammen.

Als er sprach, war seine Stimme leise und heiser, als ob es ihm Schwierigkeiten bereitete, die Worte auszusprechen.

»Zuerst wirst du die Gewalt über alles verlieren«, sagte er, während sein Kopf unkontrolliert von einer Seite auf die andere fiel. »Du wirst feststellen, dass dir *keine freie Wahl* bleibt.

Keine Gedankenfreiheit mehr.

Keine Handlungsfreiheit mehr.

Und das ist erst der Anfang!«

Das ist noch gar nichts! hörte Rosetti die Stimme in seinem Kopf. *Das Beste kommt noch.*

»Dann wirst du einen Zerfall deines Körpers, deines Geistes und deiner Seele spüren, Nicholas. Du wirst alle Hoffnung verlieren. Und diese widerliche, moderige Hoffnungslosigkeit, dieses bittere Gefühl von Sinnlosigkeit und Nutzlosigkeit ist die vernichtendste aller menschlichen Erfahrungen.«

Das ist ein cleverer Mann, Nicholas. Für einen Priester! Hör auf ihn!

»Wenn es passiert und du nichts mehr hast außer dieser elenden schwarzen Hoffnungslosigkeit, dann weißt du, dass du die Schwelle zur Hölle überschritten hast.«

Monsignore Stingley stand am Fenster. Sein Rücken war gekrümmt. Das Licht brach sich um ihn und blendete den Priester aus dem Vatikan. Er fuhr mehrmals mit der Hand über seine Brust, als versuche er, die Beengtheit dort zu lindern, und dann sprach er weiter.

»Ich sollte Gott den Vater *anflehen*, unendliches Erbarmen mit dir zu haben, aber das würde bedeuten, dich mit eitler Hoffnung zu täuschen!«

Rosetti wollte sprechen, um Monsignore um seinen Segen zu bitten, als der alte Mann plötzlich aufschrie. Bernard Stingleys Gesicht war kalkweiß. Seine Lippen, die Ränder seiner Ohren und seine Fingerspitzen hatten sich blau verfärbt.

Ein tiefer, krächzender Atemzug drang aus seinem Mund, als er seine Hand mit aller Kraft gegen das Brustbein drückte. Schaumiger, weißer Schleim floss aus seinem Mund und seiner Nase.

Er schrie: »Überall sind *Legionen* von Teufeln und gefallenen Engeln. Schau bei den beiden Jungfrauen, Nicholas. Schau bei den Jungfrauen! Die Legionen sind genau vor deinen Augen.«

Rosetti versuchte zu ihm zu gehen, aber er konnte sich nicht von seinem Stuhl erheben.

Die dürren Beine des alten Mannes krümmten sich, und dann sank er auf die Knie. Er rollte mit den Augen. Noch immer quoll Schaum über seine Lippen hinunter auf sein Kinn, und er kämpfte wild gegen unsichtbare Mächte.

Mit unglaublicher Anstrengung erhob sich Nicholas Rosetti taumelnd von seinem Stuhl. Er wurde zu Boden gedrückt und kroch auf Händen und Füßen zu der Stelle, wo Bernard Stingley lag.

»Monsignore, nein! Lieber Gott, nein! Geht weg von ihm! Nehmt mich!«

Der alte Mann flüsterte, aber das Flüstern glich einem

Donnern. »DU WIRST ERGRIFFEN UND FÜR ALLE EWIGKEIT IN DIE HÖLLE VERDAMMT. BEGREIFST DU DIE EWIGKEIT? SCHAU BEI DEN JUNGFRAUEN. DIE ANTWORT FINDEST DU DORT!«

Und in diesem entsetzlichen, bedrückenden Augenblick glaubte Nicholas Rosetti etwas verstanden zu haben.

Er war nun bei den Legionen. Sie waren die Hölle und aus dem Abgrund des Feuers auf die Erde gekommen.

Monsignore Stingley schrie wie am Spieß. »Jag sie weg von mir! Bitte, bitte! Sie fressen mich bei lebendigem Leibe auf!«

53.

Kathleen kam alles total gespenstisch vor. Das war genau das richtige Wort.

Wenngleich eigentlich gar nichts passiert war, spürte sie einen starken Druck in sich, und ihr Gefühl sagte ihr, dass bald etwas sehr Schlimmes im Sun Cottage geschehen werde, das jeden, der hier lebte, und besonders diejenigen, die versuchten, ihr zu helfen, betreffen würde.

Kathleen zog ängstlich die Chintzvorhänge in ihrem Schlafzimmer zurück. Zuerst sah sie das Spiegelbild ihres Gesichtes auf der Fensterscheibe.

Und obwohl ihr Atem das Glas beschlug, bemerkte sie goldene Lichter, die die Dunkelheit durchbrachen. Die Autolichter auf der Zufahrt warfen einen verschwommenen Lichtschein auf die Ocean Avenue.

Zwei private Sicherheitskräfte in dunklen Parkas mit Pelzkragen standen vor dem Haustor. Doch ihre Anwesenheit vermittelte Kathleen überhaupt kein Gefühl der Sicherheit.

Eine Bewegung fesselte plötzlich ihren Blick.

Unmittelbar unter ihrem Fenster wurde eine Autotür geöffnet, und ein Mann stieg aus dem Wagen.

Dieser Mann wirkte bedrohlich. Er trug einen schwarzen Anzug, einen schwarzen Hut mit einer tief herabgezogenen Krempe, und er hatte eine ausgebeulte, schwarze Aktentasche unter dem Arm.

Er sah *unheimlich* aus.

Sogar von oben konnte Kathleen erkennen, dass seine Schultern so stark gebeugt waren, als trüge er eine zentnerschwere Last auf seinem Rücken.

Und sie hatte einen sehr seltsamen Gedanken: *Sie* sind meinetwegen hier. Plural. *Sie* sind hier.

Plötzlich ertönten Stimmen. Die Haustür wurde geöffnet und Pater O'Carroll trat auf die Veranda. Er streckte der dunklen Person herzlich seine Hand entgegen, und jetzt wusste Kathleen ganz sicher, wer der Mann war.

Er war der andere Ermittler.

Der Priester aus Rom.

Kurz bevor er das Haus betrat, hob er den Blick.

Kathleen dachte mit einem Schaudern: *Er hat genau in meine Augen gesehen.*

Er kennt bereits die Wahrheit, aber ihm fehlt der Glaube an diese Wahrheit.

Diesem Priester fehlte der Glaube.

54.

Pater Rosetti war endlich angekommen. Damit wachten jetzt drei von uns über Kathy und versuchten, die Wahrheit herauszufinden. War seine Anwesenheit ein Beweis dafür, dass ich versagt hatte?

Hatte ich das?

Wir waren zu einem Meinungsaustausch gebeten worden. Ich nahm in einem der geschmackvoll eingerichteten großen Salons in der ersten Etage von Sun Cottage auf einem Stuhl mit gerader Rückenlehne Platz. Bei diesem Treffen war es nur meine Aufgabe, als Beobachterin teilzunehmen. Ich hatte große Angst um Kathleen, und darum klopfte mein Herz doppelt so schnell.

Sie saß neben mir in einem Lehnstuhl. Ihr vorstehender Bauch sah aus, als platzte er in der nächsten Minute. Ich hoffte, dass sie keine allzu große Angst haben und der Stress sie nicht zu sehr angreifen würde.

Charles Beavier bot allen etwas zu trinken an, und als er keine Abnehmer fand, goss er sich selbst einen starken Scotch ein. Mrs. Beavier wirkte geschwächt, als sie auf der anderen Seite ihrer Tochter in einen Sessel sank. Justin saß neben der Eichenschiebetür.

Im Salon trat sofort Ruhe ein. Wir warteten alle darauf, was der Priester aus Rom erzählen würde. Er wusste mehr als wir, und er sah so verdammt geheimnisvoll aus.

Er war eine Furcht erregende Erscheinung. Ein ausgesprochen seltsamer Alien. Ein schwarzer Monolith mit einer unbekannten Tagesordnung. Ich beobachtete ängstlich, wie er seine großen Arbeiterhände nervös knetete.

Schließlich lächelte er, aber es wirkte gekünstelt.

Pater Rosetti hatte sich keineswegs so in der Gewalt, wie er uns glauben machen wollte. Er begrüßte uns mit einer zischenden Stimme, in der der melodische Klang seiner Muttersprache mitschwang.

Dann schritt er in die Mitte des Raumes und stellte sich gegenüber von Kathleen breitbeinig hin.

»Kathleen, der Vatikan schickt mich«, sagte Rosetti. »Mein offizieller Titel ist ›Chefermittler der Glaubenskongregation‹. Die Glaubenskongregation ist das Gremium der Kirche, das Wunder, alle Arten übernatürlicher Phänomene und Ansprüche auf eine Heiligsprechung untersucht.«

»Ich nehme an, Sie sind hier richtig«, antwortete Kathleen.

Der Priester mit dem breiten Gesicht lächelte. »Nichtsdestotrotz solltest du keine Angst vor mir haben, Kathleen. Lass dich von dem imposanten Titel nicht blenden. Ich bin letztendlich bloß ein Bürokrat. Eine Art Steuerfahnder des Übernatürlichen.«

Kathleen schüttelte den Kopf. »Ich habe keine Angst vor Ihnen, Pater.«

Ich war froh, als ich das hörte, aber ich war besorgt um sie. Sie sah blass und müde aus. Ich hatte Angst, dass die Wehen jeden Moment einsetzen könnten.

Pater Rosetti schien das nicht zu beachten. Er war keineswegs eitel. »Kathleen, ist die Heilige Jungfrau heute hier bei uns?« Er stellte diese seltsame einleitende Frage, als ob er sich nach der Uhrzeit erkundigte und sie ihm ganz nebenbei eingefallen wäre.

Kathleen holte tief Luft und strich eine Strähne ihres seidigen blonden Haares zur Seite.

»Ja, sie ist hier«, sagte sie mit leiser Stimme.

»Hier im Haus, genau in diesem Zimmer bei uns?«

»Ja, *genau hier* in diesem Zimmer, Pater. Sind Sie überrascht? Glauben Sie nicht an die Heilige Jungfrau?«

»Es tut mir Leid, Kathleen«, sagte Rosetti. Seine Hände waren wieder in Bewegung. Er presste sie immer wieder zusammen. »Ich bin es nur nicht gewohnt, unsere Heilige Mutter um mich zu haben. Ist sie sehr schön? Steht sie, Kathleen, oder sitzt sie vielleicht auf diesem blauen Stuhl?«

»Pater Rosetti«, entgegnete Kathleen, »mir ist klar, was Sie hiermit bezwecken, aber bitte versuchen Sie nicht, ein falsches Spiel mit mir zu treiben. Das ist gänzlich unter Ihrer Würde. Unsere Jungfrau ist hier bei uns. Sie hat das Aussehen einer schönen Frau. Sie glauben doch an sie?«

»Kathleen, ich beschäftige mich nur mit dem, was du glaubst«, sagte der Priester aus dem Vatikan in einem scharfen Ton. Ich hörte es, und ich sah, dass seine Gesichtsmuskeln zuckten.

Ich hatte nicht mehr den geringsten Zweifel. Der Priester aus dem Vatikan hatte schreckliche Angst vor Kathleen Beavier.

Warum hatte er Angst vor Kathleen?

Was wusste er, was wir nicht wussten?

Welche Nachforschungen sollte er hier anstellen?

55.

Pater Rosetti zog mich in seinen Bann, als er in einem kleinen Kreis in der Mitte des großen Raumes hin und her ging. Im Sun Cottage machte sich in immer stärkerem Maße Angst breit, aber vor allem schien sich die Atmosphäre mit Energie aufzuladen. Und an dem Zucken und Zappeln um mich herum erkannte ich, dass sich hier offensichtlich alle unbehaglich fühlten.

Rosetti benahm sich wie ein Panter im Käfig. Er schien fast besessen zu sein. Er hatte das Vertrauen, das nur mit absoluter Macht einhergeht.

»Ich habe einige außergewöhnliche Neuigkeiten«, sagte er schließlich. Es war offensichtlich, dass er über uns alle hinwegging und sich nur auf Kathleen konzentrierte. Er richtete seinen Blick starr auf sie.

»Eine Sache habe ich bisher enthüllt. Eines der wenigen Dinge, derer ich mir sicher bin«, sagte der Chefermittler, »ist, dass es *zwei* Jungfrauen gibt. Kathleen ist nicht allein.«

Ich hielt den Atem an und schüttelte ungläubig den Kopf. Aber Kathleen zuckte nicht mit der Wimper. Das Mädchen war im Gegensatz zu uns tatsächlich äußerst gelassen. War das nur die Ruhe vor dem Sturm?

»Ich habe gespürt, dass es zwei gibt. *Mindestens zwei*«, sagte Kathleen so leise, dass ich mich anstrengen musste, um sie zu verstehen. Sie sah fast aus, als wäre sie in einem Trancezustand. »Alle Dinge, die jetzt geschehen, betreffen viele Menschen. Seuchen, Todesfälle, Krankheiten, und das trifft sogar auf die Jungfrauen zu. Es ist die unheimlichste Zeit, die es je auf Erden gab.«

Der Priester aus dem Vatikan kniff die Augen zusammen. »Woher weißt du das, Kathleen? Du musst mir alles sagen was du weißt. *Sag es mir jetzt.*«

Es war so, als wäre auf der anderen Seite des Raumes ein Vulkan ausgebrochen. »Sprechen Sie nie mehr in diesem Ton mit meiner Tochter!« Charles Beavier, der seinen Zorn schweigend genährt hatte, kochte vor Wut.

Mit zwei Schritten war er bei dem kräftigen Priester.

Ich brüllte »Aufhören!«, als Justin versuchte, ihn von Pater Rosetti, der mit den Armen herumfuchtelte, wegzuziehen. Es entstand ein Handgemenge, und Mr. Beavier fluchte und drohte, den Priester aus dem Haus zu werfen. Ein Damm war gebrochen. Seine Tochter wurde schon wieder belästigt, und das konnte er nicht dulden.

Seine Frau und seine Tochter beugten sich über ihn. Er befreite sich und fing ziemlich laut an zu brüllen.

»Jetzt reicht's mir aber endgültig«, schrie Charles Beavier in scharfem, zornigem Ton. »Wie wäre es denn, wenn *Sie* mir einmal eine Frage beantworten würden? Und hören wir mit diesem Blödsinn vom Steuerfahnder auf. Was ist Ihre Aufgabe hier, Pater Rosetti? Warum sind Sie hier im Haus und versuchen, uns zu Tode zu erschrecken?«

Ich schaute Justin bestürzt an, der mir ebenfalls einen äußerst beunruhigten Blick zuwarf.

Kathleen beugte sich auf ihrem Stuhl vor. Ihre aufgerissenen blauen Augen wanderten von mir zum Priester und dann zu ihrem Vater.

»Ich kann diese Frage beantworten, Vater. Pater Rosetti ist hierher gekommen, um herauszufinden, welches der beiden Mädchen die richtige Jungfrau ist.«

56.

Als ich an jenem Abend schlafen ging, versuchte ich, die niederschmetternde Neuigkeit, dass es zwei Jungfrauen gab, zu begreifen, und überlegte, was das für die Kirche bedeutete. Es war halb fünf Uhr morgens, als ich von einem hartnäckigen Klopfen an der Tür aus meinem tiefen Schlaf gerissen wurde.

Mir schossen sofort ein Dutzend Katastrophen durch den Kopf, die passiert sein könnten, als ich aus dem Bett kroch und einem lächelnden Pater Rosetti, der aussah, als hätte er gar nicht geschlafen, die Tür öffnete.

»Was ist los? Ist mit Kathleen alles in Ordnung?«, fragte ich.

»Guten Morgen. Ich bedaure, Sie so früh wecken zu müssen«, entschuldigte er sich, wobei er allerdings nicht so aussah, als meinte er es ernst. »Kathleen schläft noch wie ein Murmeltier.«

Er bat mich zu einem Gespräch in die Bibliothek.

Um fünf Uhr gesellte ich mich zu Justin und dem anderen Priester. Ein Blick auf die beiden sagte mir, dass sie sicher schon eine Weile miteinander geredet hatten.

Justin fasste zusammen, was er bis jetzt wusste. »Die sogenannte *zweite* Jungfrau ist ein junges Mädchen aus Irland. Sie heißt Colleen, was sich auf Kathleen reimt. Die Kirche versucht, ihre Schwangerschaft geheim zu halten. Es ist einfacher dort drüben als hier. Pater Rosetti hat sie befragt ...«

»Und ich hätte sehr gerne eine zweite Meinung gehört«, unterbrach ihn Rosetti. »Unbestritten sind Sie beide am besten dazu geeignet. Sie kennen Kathleen und können daher einen Vergleich anstellen. Kardinal Rooney und der Vatikan stimmen zu. Sie halten es auch für weise, unseren Kreis klein zu halten.«

Nun war ich hellwach. Was hatte er gesagt? Dass wir nach Irland fliegen sollten, um dieses Mädchen kennenzulernen? Aber was würde aus Kathleen werden? Und aus Jaime Jordan? Was war mit jenem Abend am Sachuest Point? Ich musste hier in Newport und nicht in Irland ermitteln.

Als hätte der Priester meine Gedanken erraten, sagte er: »Ich habe schon mit dem Kardinal in Boston gesprochen. Ich werde hier bei Kathleen bleiben und auf Ihre Rückkehr warten. Brechen Sie gleich auf. Sie werden rechtzeitig zurück sein.«

Justin und ich schauten uns an. Mir schoss der Gedanke durch den Kopf, dass ich diesen Priester aus Rom nicht besonders mochte. Ich traute ihm nicht, und ich sorgte mich um Kathleen. Hier in Newport gab es außerdem eine Menge für mich zu tun.

Dann tat Rosetti etwas, was mich überraschte. Er kroch fast zu Kreuze. »Bitte. Ich brauche wirklich Ihre Hilfe«, sagte er. »Es hängt so viel davon ab ... für so viele Menschen in der ganzen Welt, und ich kann die Arbeit nicht allein machen. *Bitte, Sie müssen mir helfen.*«

Es berührte mich, dass er uns so inständig um Hilfe bat.

»Natürlich, wir werden nach Irland fliegen«, stimmte ich zu.

Rosetti war sichtlich erleichtert. Er lächelte wieder, und ich spürte einen Stich in der Magengrube, als ich erkannte, dass er keineswegs so alt war, wie ich geglaubt hatte. Er war Ende dreißig, höchstens vierzig. Ich fragte mich, was diesen Mann so hatte altern lassen. Was hatte er gesehen, bevor er nach Newport gekommen war? Was wusste er? Was würden Justin und ich in Irland sehen? Waren wir in Gefahr? Sollte ich meinen Revolver mitnehmen?

»Ich glaube, Sie werden Colleen Galaher ungeheuer interessant finden. Sie hat viele Eigenschaften, die Sie auch bei Kathleen erkennen können«, sagte Rosetti. »Fahren Sie, und Sie werden es sehen. Bitte, fahren Sie. Die beiden könnten Schwestern sein.«

57.

Kaum zwölf Stunden später landeten wir in Irland, und ich tat mein Bestes, um mich auf eine Reihe ganz neuer Probleme zu konzentrieren.

Ich hatte mich von Kathleen und ihren Eltern verabschiedet und auch mit Kardinal Rooney gesprochen. Er hatte mich gebeten, so eng wie möglich mit Rom zusammenzuarbeiten. Nun stand ich also kurz davor, das zweite Mädchen kennenzulernen, und ich fragte mich, was das alles bedeutete. Und ich *führte* meine Waffe bei mir.

Wir fuhren in einer kleinen Klapperkiste einen Feldweg hinunter. Justin schien sich in seiner Heimat wohlzufühlen und genoss es offensichtlich in gewisser Weise, hier zu sein.

Seine Freude tröstete mich ein wenig, und ich bewunderte die Schönheit der Landschaft. Aber die meiste Zeit konnte ich mich nicht gegen meine Sorgen und Ängste wehren. Zu viele schlimme Dinge waren schon passiert.

Nachdem wir fast zwei Stunden durch eine flache, eindrucksvolle Hügellandschaft gefahren waren, die in Hunderten von Grüntönen schimmerte, kamen wir an ein hölzernes, graues Straßenschild, das den Weg zur Stadt wies. Neben dem Namen stand in dicken, schwarzen Buchstaben: *Gottes Land.* Zu einem anderen Zeitpunkt hätte ich über diese Ironie des Wortes gelächelt, aber nicht jetzt.

Als wir in eine enge gepflasterte Gasse einbogen, steuerten wir auf eine Schar fast anachronistisch anmutender Druiden zu: zwanzig Dörfler, die alle erdbraune Anzüge, Schottenhüte und schwarze Stiefel trugen, die offensichtlich von demselben Schuster stammten.

Zwanzig Augenpaare warfen misstrauische Blicke in unseren Wagen, als wir an ihnen vorbeifuhren.

»Was für eine sehr seltsame Gruppe von Männer«, meinte ich.

»Das letzte richtige Bauernvolk in ganz Westeuropa«, sagte Justin mit einem gezwungenen Lächeln, das entweder Stolz oder leichte Verlegenheit ausdrückte. »Wir befinden uns jetzt offiziell in Maam Cross.«

»Ich komme mir vor, als hätten wir einen mittelalterlichen Weiler betreten«, sagte ich.

»Das haben wir auch«, erwiderte er.

Auf der Hauptstraße des Dorfes standen ein paar eingeschossige Geschäfte. Ruß befleckte Werbeplakate klebten an den Wänden: *Player's Please, Guinness for Greatness.* Ein Mietstall und eine Garage waren in einem Gebäude untergebracht. Eine Reihe Bauernhäuser war neu gedeckt und gestrichen worden.

Justin erklärte mir, dass es in jedem Bauernhaus ein neun Quadratmeter großes Wohnzimmer gäbe, das mit Andenken, einem Fernsehgerät und zahllosen frommen Bildern vollgestopft sei. Die Schlafzimmer seien alle eng und winzig. Das Innere sei schlecht beleuchtet und rieche stark nach Torffeuer.

Ich wusste, dass Justin mir diesen regelrechten Ortskundevortrag nur hielt, um seine Nervosität zu überspielen. Das Geplapper hörte abrupt auf, als wir die Wandschmiererei an dem Fast-Food-Laden sahen, der hier im Zentrum des Dorfes fehl am Platze wirkte.

Die Buchstaben waren böse, rote Pinselstriche hoch oben auf einer frisch getünchten Wand.

COLLEEN LUTSCHT AN SCHWULEN SCHWÄNZEN!

»Ah, das erklärt alles«, sagte Justin grinsend, als wir weiterrasten.

58.

Das Haus der Galahers lag etwas weiter östlich, ungefähr eineinhalb Meilen von der Dorfmitte entfernt. Justin und ich fuhren auf direktem Wege dorthin, fast als wären wir schon einmal dort gewesen.

Ich wurde das Gefühl nicht los, dass wir über nichts mehr die Kontrolle hatten, und das machte mir große

Angst. An diesem Morgen hatte die *Herald Tribune* Berichte über eine schreckliche Hungersnot in Indien, eine Seuche in Mexiko und den Ausbruch von Polio in den Vereinigten Staaten gebracht. Die Artikel erinnerten mich an ein unheimliches Buch mit dem Titel *Die heiße Zone,* das ich vor Jahren gelesen hatte. Es hatte fast so ausgesehen, als wäre Ebola das Werk des Teufels.

Als wir auf den mit Kies bestreuten Parkplatz fuhren, hüllten Wolken die Sonne ein und warfen Schatten auf das winzige strohgedeckte, getünchte Bauernhaus. Nichts an dem Haus, dem Hof oder auch dem Fußweg wirkte einladend.

»Was du hier riechst, ist ein Torffeuer«, sagte Justin, als wir aus unserem Mietwagen stiegen. »Es riecht so richtig torfig und muffig. Du wirst diesen Geruch nie mehr vergessen.«

Was ich nie mehr vergessen würde, war, wie ich mich fühlte, als wir auf das Haus zugingen. O Gott, wir waren in Irland. Wir standen kurz davor, die zweite Jungfrau kennenzulernen, und unsere Meinung war wichtig, um Licht in ein großes Geheimnis zu bringen.

»Colleens Vater ist vor Jahren gestorben. Er war ein waschechter Ire«, sagte Justin. »Ihre Mutter hatte einen Schlaganfall. Sie ist mit vierzig Jahren fast senil und liegt meistens im Bett. Die Ärzte hier draußen sind nicht sehr beschlagen. Für das Mädchen ist es nicht die beste Situation. Es ist nicht so wie das Leben der Beaviers.«

»Kathleens Leben ist nicht einfach«, sagte ich, da ich das Gefühl hatte, sie aus bestimmten Gründen ein wenig verteidigen zu müssen. »Das ist es ganz und gar nicht.«

»Ich weiß, Anne«, antwortete Justin. »Ich mag Kathleen sehr. Aber nun müssen wir etwas über Colleen herausfinden.«

»Wie konnte die Kirche in Irland es geheim halten?«, fragte ich.

Justin zuckte mit den Schultern. »Das überrascht mich nicht, denn ich kenne die irische Kirche. Wäre Jesus Christus in Irland geboren worden, wäre die Nachricht auch noch nicht nach draußen gedrungen.«

In der Steinmauer, die das Bauernhaus umgab, war ein verrostetes Eisentor, das knarrte, als Justin es öffnete.

Im gleichen Moment wurde auch die blau gestrichene Haustür geöffnet. Eine Nonne, eine große Frau mit ernstem Gesicht, deren schwarze Tracht in der sanften Brise flatterte, stand vor uns.

»Ich bin Schwester Katherine Dominica«, erklärte sie kurz. »Und wer sind Sie?«

Wir stellten uns vor, und die Nonne nickte. Sie sagte, sie habe uns erwartet. Dunkle Haare guckten unter ihrer steifen weißen Haube hervor. Sie schaute uns misstrauisch an, bat uns aber ins Haus.

Die Schwester sah tatsächlich so abstoßend aus wie eine Krähe. Doch ich vergaß sie, sobald sich meine Augen an das schwache Licht im Hause gewöhnt hatten.

Ich sah, dass sich neben dem Kamin jemand bewegte. Ein junges Mädchen stand von einem niedrigen Hocker auf, um uns zu begrüßen.

Sie trug ein bedrucktes Hauskleid unter einer ausgefransten Spitzenschürze, und über ihren Rücken fiel eine dunkelrote Lockenpracht.

»Hallo!«, sagte sie, offensichtlich erfreut und überrascht.

»Ich bin so froh, dass Sie hier sind. Das bedeutet, dass die Kirche mir glaubt.«

Die Sonne, die draußen von den Wolken verdeckt worden war, schien hier in diesem Raum aufzuleuchten. Das Lächeln dieses Mädchens erhellte das düstere, trostlose Innere des Bauernhauses.

Obwohl ich nicht unhöflich sein wollte, starrte ich Colleen unentwegt an. Sie hätte überall die Blicke auf sich gezogen.

Colleen Galaher hatte dieses Aussehen, das wir für typisch irisch halten: durchscheinende weiße Haut, frische Wangen, klare grüne Augen und natürlich ihr wunderschönes tizianrotes Haar. Doch ihre strahlenden Gesichtszüge übertrafen das Klischee bei weitem.

Sie beeindruckte mich sehr. Sie war ein reizendes Mädchen, ein außergewöhnlich reizendes Mädchen, das hochschwanger war.

Ich musste immer wieder daran denken, dass sie vierzehn Jahre alt war. *Das ist genau das Alter der Maria von Nazareth, als Jesus geboren wurde.* Pater Rosetti hatte uns beiden das nachdrücklich erklärt. Glaubte er, dass dieses Mädchen die richtige Jungfrau war?

»Darf ich Ihnen eine Tasse Tee anbieten?«, fragte das Mädchen sehr freundlich, aber schüchtern. »Und etwas selbstgebackenes Brot nach der langen Reise aus Amerika?«

Ich stellte fest, dass ich Colleen Galaher auf den ersten Blick mochte. Jeder hätte sie gemocht. Und das gab mir das Gefühl, Kathleen zu verraten.

Kein Wunder, dass Pater Rosetti Hilfe braucht, dachte ich. Wir stehen vor einem unglaublichen Problem.

Beide Mädchen schienen ohne jeglichen Makel zu sein.

59.

Colleen sagte uns sofort ausdrücklich, dass sie auf jede erdenkliche Weise mit uns zusammenarbeiten wolle. Sie habe gehofft und gebetet, dass endlich jemand vonseiten der Kirche zu ihr kommen möge.

Wir gingen im Gänsemarsch über einen abgelegenen schlammigen Pfad, der sich hinter dem Bauernhaus der Galahers entlangschlängelte. Sie meinte, es sei ein guter Ort, um zu reden und *zuzuhören.*

»Es ist sehr schön hier draußen«, sagte ich zu dem Mädchen.

»Danke«, erwiderte es. Colleen schien stolz auf ihr Land zu sein. »Das finde ich auch. Die Menschen hier sagen, es sei Gottes Land.«

Colleen übernahm die Führung. Ich folgte ihr, und Justin bildete die Nachhut auf unserem Gang über diesen eintönigen, hügeligen Pfad am Rande dieser ansonsten strahlend grünen Landschaft.

Meine Aufmerksamkeit galt Colleen und dem, was sie uns erzählen wollte. Sie wollte unbedingt, dass wir uns ihre Geschichte anhörten.

»Was möchten Sie wissen?«, fragte sie in einem äußerst sanften, freundlichen Ton, während sie sich zu uns umdrehte.

Sie war so liebenswürdig, dass ich fast an ihrer Glaubwürdigkeit zweifelte. Aber war das nicht bei Kathleen ebenso?

Zwei tadellose Mädchen – ein perfektes Rätsel.

»Warum erzählst du nicht von Anfang an«, schlug ich

vor. »Welches ist das allererste Ereignis, an das du dich erinnerst, das mit deiner Schwangerschaft zusammenhängt?«

»Das kann ich Ihnen sagen. Es war sicher zu spät, um allein hinauszugehen«, sagte sie, »aber ich gehe oft nach Liffey Glade. Und das ist an jenem Abend, als alles begann, passiert.«

Die Felder machten zuerst spärlichen Waldungen Platz und dann dichtem Gestrüpp. Als es um uns herum ganz düster wurde, standen wir plötzlich mitten im Wald vor einer Grotte.

Colleen zeigte auf einen flachen Felsstein, der den Rand eines schmalen Baches überragte. »Es war genau dort drüben«, sagte sie. »Ich betrachtete das Mondlicht, das im Wasser glitzerte, als ich ihre Stimmen hörte.«

»Was hast du gehört, Colleen?«, fragte Justin. »Was für Stimmen?«

Ein Schatten glitt über ihr Gesicht, als hätte sie aufgrund einer sehr unangenehmen Erinnerung ihren Seelenfrieden eingebüßt. Sie zögerte einen Moment. Offensichtlich verschlug ihr das Entsetzen die Sprache. Doch dann fuhr sie fort.

»Dort an der Biegung des Baches standen zwei Männer und ein Junge. Ich dachte, sie stellen Fallen für Kaninchen auf oder angeln im Bach. Als ich sie ansprach, erschraken sie. Sie taten etwas Unrechtes«, sagte sie in so rauem Ton, dass es kaum zu verstehen war. »Sie wollten nicht von mir gesehen werden.«

»Was taten sie Unrechtes?«, fragte ich. »Hast du es gesehen? Was taten die Männer?«

Colleen hustete und räusperte sich dann. Ihre Stimme war nur noch ein nervöses Wispern. »Sie hatten ihre Hosen heruntergezogen, und einer von ihnen, ein Mann, der so dick war wie ein Bär, berührte den Jungen mit seinem Mund ... dort unten. Der Junge geht in die gleiche Schule wie ich. Den anderen Mann kannte ich auch. Es war ein Priester aus einer anderen Stadt. Er berührte mit seinen Händen den Körper des Jungen.«

Die Erinnerung an all das musste schrecklich für Colleen sein, denn sie fing an zu weinen. Dicke Tränen rollten über ihre Wangen. Sie wischte sie mit ihrem kleinen Handrücken weg.

»Er erkannte mich und kam auf mich zu. Ich rannte weg, doch sie liefen hinter mir her. Ich konnte hören, wie sie atmeten. Ich konnte sie riechen. So schnell wie möglich rannte ich davon.

Der dicke Mann ergriff mich jedoch an der Taille und zog mich auf die Erde. Ich verletzte mich. Der Priester hielt mir Mund und Nase zu, so dass ich nicht schreien konnte. Ich bekam keine Luft mehr! Plötzlich hatte ich das Gefühl, als wimmelte es nur so von Männern. Es sah aus, als wären es zwanzig oder dreißig gewesen – mehr als ich zählen konnte.

Dann hörte ich einen lauten Knall, lauter als der lauteste Donnerschlag. Dicke Lichtstrahlen färbten den Himmel gelb und weiß!

Die Männer verschwanden. Alle miteinander. Sie kletterten das Geröll hinauf. Meine Haut war aufgescheuert, und ich blutete, doch sie ließen mich einfach dort allein im Regen liegen, der plötzlich auf die Lichtung fiel.«

Colleen zeigte auf die Lichtung. Dort stand eine riesige, gespaltene Eiche. Der Schaden sah frisch aus. Die Hälfte des Baumes stand noch, während die andere auf der Erde lag. Ich konnte die Spuren des Blitzes sehen, der den Baum der Länge nach gespalten hatte.

»Es ist nicht dazu gekommen«, sagte das junge Mädchen in nachdrücklichem Ton. »Die Geschichten über mich sind alle falsch. Es sind alles Lügen. Ich bin ihnen unberührt entkommen. Ich bin Jungfrau. Ich schwöre es«, sagte Colleen, die ihren Bauch mit beiden Händen umspannte.

»Was ist mir widerfahren? Wie kann das passiert sein?«, fragte sie uns nach einer kleinen Pause.

Als wir im Zwielicht dieses »Tals der Schwulen« standen, bemerkte ich, dass das Kind von einem schwachen, rosafarbenen Lichtschein umgeben war, den ich manchmal bei Kathleen beobachtet hatte. Konnte Justin es sehen? Konnte es ein Glorienschein sein?

Ich drehte mich zu ihm um und sah zu meinem Entsetzen, dass Tränen über seine Wangen rannen. Er konnte den Lichtschein auch sehen. Mein Gott, was hatte das zu bedeuten? Was war das für ein seltsames Licht?

»Wenn Sie mir nicht glauben, fragen Sie bitte meinen Arzt«, sagte Colleen. »Er wohnt hier in Maam Cross. Er wird Ihnen die Wahrheit sagen.«

Ich glaubte ihr. Ich glaubte jedes Wort, und das tat Justin auch.

Wir brauchten die Aussage von Dr. Murphy nicht.

Gestern früh hatte Pater Rosetti mir Colleens Akte in die Hand gedrückt. Sie enthielt auch ihren Krankenbericht vom Trinity Hospital in Cork. Auf Veranlassung des Vatikans hatten sie einen Arzt geschickt, der Colleen untersuchen sollte.

Ich hatte den Bericht gelesen; Justin ebenso.

Colleen Galaher war im achten Monat schwanger.

Und sie war eindeutig Jungfrau.

»Bitte helfen Sie mir«, flüsterte sie. »Ich bin ein anständiges Mädchen.«

60.

Portsmouth, Rhode Island.

Es war halb zehn, als die drei Freunde ein paar Drinks in Neelys verrufener Lawn Bar zu sich nahmen. Jaime Jordan kam von der Toilette zurück und schlenderte auf die volle Theke zu, an der Chris Raleigh und Peter Thompson sich über kaltes, schäumendes John Adams beugten, Bostons feinstes Gebräu, wenn man der Werbung Glauben schenkt. Auf dem Farbfernseher über ihnen nahmen die Rangers in den blauroten Trikots den hiesigen Lieblingsverein, Boston Bruins, auseinander.

Jaime erkannte an den unsicheren Blicken, die ihm seine Freunde zuwarfen, dass sie über jenen Abend am Sachuest Point gesprochen hatten. Worüber sonst? Diese Scheiße kotzte ihn an. Er strich mit der Hand durch sein langes blondes Haar.

»Ich habe euch gesagt, dass wir nicht über diesen Abend sprechen. Das bedeutet, *dass wir nicht darüber sprechen.* Das bedeutet, dass ihr beiden Dickköpfe *nicht darüber sprecht,* während ich auf dem Lokus bin.«

Chris Raleigh rollte seine dunklen Augen. »Du blödes Arschloch. Du bist doch blau. Du bist betrunken.«

Jaime Jordans Wangen färbten sich dunkelrot. »Thompson, habt ihr über diesen Abend gesprochen oder nicht? Wenn nicht, zahle ich die nächste Runde.«

»Schnaps oder Bier?«, fragte Thompson, der versuchte, die schrecklichen Bilder des schlimmen Vorfalls, so gut er konnte, aus seinem Gedächtnis zu streichen.

Die drei waren seit der Grundschulzeit in Newport unzertrennlich. Daher waren die Freunde besorgt. Sie kannten Jaime. Noch nie hatte ihn etwas derartig mitgenommen. Und jetzt nahm ihn *alles* mit.

»Habt ihr darüber gesprochen oder nicht?«, fragte Jaime noch einmal. Die Adern auf seiner Stirn traten hervor.

»Wir *müssen* darüber sprechen, Alter. Diese ganze Sache ist außer Kontrolle geraten, falls du es noch nicht bemerkt hast«, sagte Thompson, der mit dem Finger auf seinen Freund zeigte. »Weißt du, in welchem Maße sie außer Kontrolle geraten ist? Wir müssen etwas tun. Wir brauchen einen Plan.«

Ohne Vorwarnung schlug Jaime Jordan seinem Freund seine geballte Faust mit voller Wucht in die Brust. Der dunkelhaarige Junge fiel vom Stuhl und stürzte auf den verzogenen Linoleumboden.

Der Wirt, Tom Neely, griff nach einem dicken Spazierstock und fuchtelte damit über der Theke herum. »Ihr kleinen Rowdys, macht sofort, dass ihr wegkommt, oder ich schlage euch den Schädel ein.«

In Neelys Kneipe herrschte Totenstille. Die älteren Arbeiter schauten zu der Ecke hinüber, in der der Krawall ausgebrochen war. Die drei jungen Männer waren groß und muskulös und mussten so um die zwanzig sein. Sie trugen gefälschte Ausweise bei sich, womit sie sich zu fast allen Kneipen in der Gegend Zugang verschafften.

Jaime Jordan wandte sich von seinen Freunden ab und stürzte auf die Eingangstür zu. Er rempelte ein paar verknöcherte Stammgäste an, die darauf nicht reagierten.

Als er draußen war und ihm die Meeresbrise ins Gesicht wehte, dachte Jaime Jordan daran, sofort zurückzugehen und Thompson und Raleigh fertig zu machen. Oh mein Gott! Er ballte seine rechte Hand zur Faust und schlug sie mit voller Wucht in seine linke Hand. Kathleen war diejenige, die er hätte fertig machen müssen.

Jaime erinnerte sich daran, wie er praktisch auf die Knie gefallen war und die Eiskönigin um eine Verabredung gebeten hatte. Er war vier Mal nachmittags zur Salve Regina Schule gefahren, um die katholische Schülerin nach dem Unterricht abzuholen, und hatte sogar seine beste Jacke getragen und seine schwarze Kordhose gebügelt.

Er musste zugeben, dass es mit Kathleen Beavier anders war. Sie war etwas Besonderes. Jaime begehrte sie mehr, als er je ein anderes Mädchen begehrt hatte. Und es ging ihm noch nicht einmal nur um Sex, obwohl die blonde Schlampe *sexy* war. Jaime wollte nur mit Kathleen zusammen sein. Sie hatte das gewisse Etwas. Er hatte geglaubt, sie zu lieben.

Bis zu jenem Abend am Sachuest Point.

Wo etwas Schlimmes passiert war.

61.

Jaime Jordan startete seinen teuren Mercedes SLK, stellte das Radio auf volle Lautstärke und verließ in dem sauberen gelben Sportwagen den Parkplatz vor Neelys Kneipe. Er brüllte den Text eines Smashing Pumpkins Songs. Seine Freunde hatten in einem Punkt Recht: Er war nicht mehr vollkommen bei Sinnen.

Als er den steilen Hügel hinter Neelys Kneipe auf dem Kopfsteinpflaster herunterfuhr, dachte er verärgert an jenen Abend des 23. Januar zurück, als er mit Kathleen zur Tanzveranstaltung in die Salve Regina Schule gegangen war. Seine Eltern waren ziemlich reich, aber er war dennoch eingeschüchtert, als er vor dem großen Haus der Beaviers anhielt. Er hatte einen schwarzen Smoking getragen und gewusst, dass er großartig aussah, aber er war trotzdem verunsichert. Charles Beavier hatte die Haustür geöffnet und ihn ins Haus gebeten. Er war beschäftigt gewesen und hatte ihn ziemlich unhöflich behandelt, indem er einfach weitertelefonierte und Jaime kaum zunickte.

Jaime hatte sich wieder beruhigt, als er im Salon saß, und versucht, die Kränkung nicht persönlich zu nehmen. Wenige Minuten später kam Kathleen. Sie ließ ihn nicht so wie viele andere Mädchen eine halbe Stunde warten. Er war froh darüber, und seine schlechte Stimmung hellte sich auf.

Eigentlich hatte der Anblick von Kathleen Jaime den Atem verschlagen. Kathleen war nicht nur irgendeine hübsche Schülerin. Sie war einfach umwerfend.

Sie trug ein figurbetontes, blassgrünes Kleid anstatt eines dieser weiten Gewänder, in denen die Mädchen auf den Schulbällen so lächerlich aussahen. Ein silbernes Stirnband zierte ihr langes blondes Haar. Jaime fand, dass sie fast wie eine Königin aussah.

Unglücklicherweise war die Tanzveranstaltung in der Schule noch schlimmer, als er es sich vorgestellt hatte. Die Band, ein steifes Quartett mittleren Alters, spielte ausschließlich jämmerliche Stücke, die sonst nur im Newport Club und bei Tanzteeveranstaltungen zu hören waren. Außerdem gab es eine altmodische Holzbahn, die die Tanzfläche in der Turnhalle umschloss. Von dort beobachtete eine Herde Karmeliterinnen von Anfang bis Ende den Tanz wie die Geier. Die Nonnen schienen ein Geschick dafür zu haben, immer im falschen Augenblick zu lachen und mit den Füßen zu trommeln.

Er wollte den Ball unbedingt nach den ersten fünf Minuten verlassen. Vielleicht war Kathleen es jedoch wert, diese ganze Qual zu ertragen.

Nach dem Tanz sollte noch ein Kostümfest stattfinden. Es waren gedruckte Einladungen verschickt worden: *»Kommt zu einer großen Party in Elaine Scaparellas Haus.«* Kathleen hatte sich die ganze Nacht über an ihn gepresst und ihn mit ihrem Parfüm und der herrlichen Andeutung ihres Brustansatzes unter ihrem Ausschnitt fast verrückt gemacht.

Als Kathleen beim letzten Tanz ihren Kopf auf seine Schulter legte, konnte er sie fast schmecken. Jaime wusste, dass sie ihn auch wollte. Es bestand kein Zweifel daran.

Er konnte kaum glauben, wie leicht es gewesen war, Kathleen zu überreden, die blöde Party zu verlassen und zur Second Beach Road am Sachuest Point zu fahren.

Jetzt wünschte er bei Gott, dass sie nie dorthin gegangen wären. Er wünschte, dass er niemals ein Auge auf Kathleen Beavier geworfen und sie vor allem nie berührt hätte.

62.

Als Jaime jetzt den Second Beach passierte, bohrte sich das helle Fernlicht seines Mercedes wie ein glühendes Schwert in den dicken, dunklen Nebel. Er war ziemlich berauscht, passte aber seine Fahrweise den äußeren Bedingungen an. Es war nicht das erste Mal, dass er stinkbesoffen hinter dem Steuer eines Wagens saß.

Er fuhr zurück zum Sachuest Point, wohin er vor fast neun Monaten mit Kathleen gefahren war, an jenem Abend, der nicht nur ihr, sondern auch sein Leben verändert hatte.

Etwas Schlimmes *war* dort passiert. Etwas Wahnsinniges.

Er wusste es.

Auch Thompson und Raleigh wussten es.

Und auch Kathleen, diese falsche Schlange. Diese gottverdammte Lügnerin.

Merkwürdig war, dass Jaime sich nicht ganz sicher war, warum er wieder dorthin fuhr. Er hatte das Gefühl, als habe er nicht die Kontrolle darüber. Er *musste* heute Abend hinfahren.

Während er den Sportwagen sanft durch eine S-Kurve lenkte, bemerkte er, dass sein Blick verschwamm. Es war verdammt seltsam. Und ein dumpfer Schmerz wanderte von seinem linken Ohr zu seinem Auge.

O Gott, nicht schon wieder, dachte Jaime.

Er schaute auf das Armaturenbrett seines Mercedes. Die Leuchtuhr zeigte 21:54. Das Tachometer stand bei über sechzig Meilen. Und das Klingeln im Kopf setzte ein. Das bedeutete, dass er gleich ein schmerzhaftes Hämmern auf seiner Schädeldecke spüren würde. Gleichzeitig Geräusche und Schmerzen.

Der Memorial Boulevard wurde schmaler und ging in eine schnurgerade, zweispurige asphaltierte Straße über, als er sich Sachuest Point näherte. In seinem Rückspiegel konnte Jaime die verblassten Lichter vom südöstlichen Teil Newports und den prächtigen Häusern an der Küste sehen.

Plötzlich überkam ihn der Wunsch, den Wagen über die Höchstgeschwindigkeit zu treiben. Es wäre wie Fliegen.

Er runzelte die Stirn und schüttelte dann betrübt den Kopf. Das war wirklich ein blöder Gedanke. Aber er *war* doch kugelsicher. Er war drei Meter groß. Er war Teflon J.J. – aber er wusste, dass das Auto nicht fliegen konnte.

Noch ein unerwünschter Gedanke kreiste durch seinen Kopf und belästigte ihn. *Kathleen.* Und als er ihren Namen leise nannte, setzte ein schrilles Todesgeschrei in seinem Schädel ein.

Allein die Erinnerung schmerzte ihn grenzenlos. Doch er konnte die Zeit nicht zurückdrehen. Er konnte es nicht ungeschehen machen, dass er am Tag nach dem Tanz allen erzählt hatte, er habe es mit Kathleen getrieben. *Ich habe eine Vagina von Salve Regina geknackt.* Er hatte großspurig daher geredet und geprahlt wie das Arschloch, das er manchmal sein konnte.

Jaime hob seine Hand und drückte sie gegen seinen Kopf. Er hatte so stechende Schmerzen, dass ihm übel wurde.

Darum wollte er das Steuer herumreißen – jetzt herumreißen –, genau rein in die Betonmauer.

Räder quietschten. Gummi brannte sich in den Asphalt.

Er legte beide Hände auf das Lenkrad und drängte den Wagen zurück in die Mitte der Straße. War er verrückt geworden? Er hatte das Gefühl, seine Schädeldecke würde abheben. Unglaubliche Schmerzen quälten ihn.

Besiege den Schmerz, hörte er. *Du weißt, dass du es kannst. Es liegt in deiner Hand. Außerdem weißt du, dass du es verdienst, zu sterben. Du weißt, was du getan hast.*

Der gelbe Mercedes brach nach links aus und überquerte erneut die weiße Doppellinie. Das Lenkrad glitt ihm aus der Hand. Er konnte es nicht festhalten. Jaimes Hände ließen das Lenkrad los und legten sich auf seine Ohren.

Schau, du kannst es! Du kannst fliegen. DU KANNST FLIEGEN!

Der Sportwagen geriet außer Kontrolle und verfehlte knapp einen entgegenkommenden Jeep mit Angelgerät auf dem Dach, das nun wild hin und her rutschte. Es waren vielleicht zwanzig Zentimeter. *Gott, das war knapp.*

Chromgelbe Scheinwerfer blendeten ihn eine Sekunde. Eine wütende Autohupe verlor sich in dem immer dichter werdenden Nebel.

Er hielt sich fest, als sein Wagen unaufhaltsam über die glatte dunkle Straße glitt. Plötzlich *flog* er in den dicken, grauen Nebel. Die Vorderräder hoben von der Erde ab und schossen wie eine Rakete vorwärts.

Die Scheinwerfer des Wagens richteten sich vergebens auf den Orion, ehe sie die abwärts führende Kurve auf der Flugbahn des Wagens beleuchteten.

Jaime Jordans Schreie übertönten die Rockmusik, die aus dem Autoradio drang: »Es tut mir leid, Kathy! O Gott, es tut mir so leid, was ich getan habe. Es tut mir soooo leid!«

63.

Kathleen hatte ein komisches Gefühl. Ihr sechster Sinn sagte ihr, dass etwas passiert war.

Die Digitaluhr auf ihrem Nachttisch zeigte 23:24, dann 23:25 und dann 23:26 an. Die Ziffern klickten unerbittlich. Aber Kathleen konnte nicht schlafen.

Ich will nicht, dass du schläfst, hörte sie die Stimme sagen. *Du wirst nie mehr schlafen. Und das ist nicht gut für das Baby!*

Das Telefon neben ihrem Bett klingelte.

Sie schob ihre Hand langsam unter den warmen Decken hervor, die über den Hügel ihres Bauches fielen, und streckte ihre Hand nach dem Telefon aus. Irgendwie hatte sie *gewusst,* dass es läuten würde. Woher hatte sie es wissen können? Hatte sie übersinnliche Kräfte? Wie konnte das sein?

»Hm ... Hallo? Hier ist Kathleen.«

Sie hörte die unsichere Stimme ihrer Freundin Sara Petrie, die sie in letzter Zeit kaum noch gesehen hatte, aus der Ferne.

»Oh, Kathy, entschuldige, dass ich dich noch so spät anrufe. Ich hätte es nicht getan, wenn es nicht schrecklich wichtig wäre. Es ist etwas Furchtbares passiert.«

»Sara, was ist los? Was ist geschehen?«

»Es ist entsetzlich, Kathy. Jaime Jordan hat seinen Wagen am Sachuest Point zu Schrott gefahren. Ich habe es gerade auf WPRO gehört.« Sara fing an zu weinen. Sie verlor vollkommen die Beherrschung. Dann legte sie den Hörer auf.

Auch Kathleen legte benommen den Hörer zurück.

Sie zog ihre Jeans an, die auf der Vorderseite einen Gummizug hatte, und zwängte sich in ein Flanellhemd, ohne die Knöpfe zu öffnen. Als sie sich hinunterbeugte, um ihre Socken und Stiefel anzuziehen, hätte sie sich am liebsten übergeben. Ihr war so übel. Sie hatte Magenschmerzen, aber noch schlimmer war, dass sie so tief betrübt war. Die Trauer, die sie über diesen Verlust empfand, war schlimmer als jeder Kummer, den sie je empfunden hatte.

Ein dämmeriger, gelber Lichtkegel schimmerte am Ende des Korridors im oberen Stockwerk. Kathleen ging auf das einladende Licht zu, und das Haus knarrte unter ihren Schritten wie ein altes Schiff.

Sie durchquerte ein kleines, schwach beleuchtetes Vorzimmer, das zum Schlafzimmer ihres Vaters führte. Die Tür war angelehnt, und sie konnte hören, dass er friedlich schnarchte. Seine Schlüssel lagen in dem Lederetui auf seinem Schreibtisch.

Kathleen griff danach, lief die Stufen so leise sie konnte

hinunter und nahm ihren marineblauen Parka vom Garderobenhaken.

Sie musste hinausgehen und sich um Jaime kümmern.

Tief in ihrem Herzen glaubte sie, dass es irgendwie ihre Schuld war.

64.

Kathleen fuhr mit dem Lincoln ihres Vaters den Kiesweg hinunter, der parallel zum Strand verlief. Dann bog sie eine halbe Meile südlich vom Haupthaus hinter dem Dornengestrüpp ab.

Ihr Herz pochte und ihr Blick war getrübt, als sie in die Ocean Avenue einbog, die der Regen in eine spiegelglatte Fahrbahn verwandelt hatte. Die Uferstraße schlängelte sich wie ein glänzendes schwarzes Glasband am Meer entlang. Sie gab sich große Mühe, um nicht selbst einen Unfall zu verursachen, aber der Wunsch, alles hinter sich zu bringen, war unglaublich stark.

Doch es stand mehr auf dem Spiel als nur ihr eigenes Leben. Sie musste an das Baby denken. Sie musste für die Sicherheit des Babys sorgen.

Deshalb umklammerte Kathleen mit beiden Händen das Lenkrad und richtete ihren Blick auf den deutlich erkennbaren gelben Mittelstreifen der Straße.

Während der Fahrt kehrte die Erinnerung an das, was an jenem Abend im Januar passiert war, allmählich zurück.

Endlich erinnerte sie sich wieder daran. Sie war der Wahrheit ganz nah ...

Aber dann entglitt sie ihr wieder!

Verdammt! Verdammt! Verdammt!

Sie erreichte kurz nach viertel vor zwölf den Sachuest Point.

»O mein Gott«, flüsterte sie, als sie den Unfallort sah.

Der trostlose, kahle Hang, der den Beginn des Naturschutzgebietes markierte, wurde von den Scheinwerfern unzähliger Autos, die von der Stadt gekommen waren, beleuchtet. Polizeiwagen aus Newport und Portsmouth parkten auf dem Hügel wild durcheinander. Zwei leuchtend rote Feuerlöscher wurden vorsichtig die Klippe hinunter zum Unfallort getragen.

Sie hätte die Lichter des Rettungswagens nicht gebraucht, um zu wissen, wo sie anhalten musste. Sie wusste ganz genau, wohin sie den Wagen zu steuern hatte. Hier war es passiert! Hier hatte im Januar alles begonnen!

Sie konnte sich fast erinnern –, aber die Erinnerung verblasste immer wieder.

Es war ihre Schuld, denn sie sperrte sich gegen die Wahrheit. Das wusste sie ganz genau.

Warum? Warum? Warum?

Ein eisiger, nasser Wind wehte vom Meer herüber. Wellen brachen sich unmittelbar hinter der Straße an den Felsen.

Dicker, bläulich-grauer Nebel lag über dem Gebiet.

Mindestens hundert Menschen lungerten neben ihren Autos herum und versuchten, einen optimalen Blick auf den Unfallort zu erhaschen. Sie wollten das Neuste im Fall Kathleen Beavier erfahren. Kathleen bahnte sich ihren

Weg durch die Menge der Schaulustigen zum Autowrack. Der Leiter der Newporter Polizei erkannte sie. Er schüttelte betrübt den Kopf, um sie aufzuhalten.

»Ich muss weitergehen«, sagte Kathleen. »Ich muss. Sie können mich nicht aufhalten.«

Captain Walker Depew zog seine schwarze Schirmmütze ab und schlug sie nervös gegen sein Bein.

»Das ist keine gute Idee, Miss Beavier. Es ist ein schrecklicher Anblick. Er ist tot. Jaime Jordan ist tot. Es tut mir leid. Gehen Sie nicht dorthin.«

Kathleen fing an zu schluchzen, als sie die letzten Neuigkeiten über Jaime erfuhr. Sie drängte sich an dem verlegenen Polizeiinspektor vorbei, als stände er nicht dort. Als sie durch den Nebel starrte, konnte sie sehen, wo der gelbe Mercedes frontal gegen die Felsen gerast war.

Wie in Trance setzte sie auf ihrem Weg über den felsigen Abhang einen Fuß vor den anderen. Aufgrund ihres gewölbten Bauches war es schwierig für sie, das Gleichgewicht zu halten.

Dein Liebhaber ist tot! hörte sie eine Stimme in ihrem Kopf kreischen. *Es ist Zeit, die Wahrheit über dich und Jaime zuzugeben. Sag die Wahrheit, du Schlampe!*

Kathleen wollte es tun, aber sie konnte sich nicht mehr daran erinnern, was passiert war.

»Ich weiß nicht, was passiert ist!«, flüsterte sie mit zusammengepressten Lippen. *»Ich erinnere mich nicht.«*

In der Menschenmenge, die sich auf der Straße gebildet hatte, erhob sich ein gedämpftes Stimmengewirr, das sich ausbreitete.

»Sie ist es! Die Jungfrau.«

»Sei gegrüßt, Maria, voller Gnade!« Die Stimme einer

Frau drang durch den Nebel und den Sprühregen. Kathleen empfand es fast als Gotteslästerung.

»Nein, bitte«, sagte sie und gab den Betenden ein Zeichen, innezuhalten. »Gehen Sie fort. Bitte, gehen Sie fort.«

Sie ging weiter auf den grellen blauen Lichtschein zweier Polizeiwagen zu, die neben dem umgekippten Wagen standen.

Ein Newporter Polizist, ein junger Mann in einer schwarzen Lederjacke, versperrte ihr mit seinem Arm den Weg, um sie aufzuhalten.

»Weiter können Sie nicht, junge Frau.«

Sie stahl sich an ihm vorbei, ohne ihn auch nur eines Blickes zu würdigen. Keiner von ihnen konnte sie aufhalten. Kathleen war jetzt weniger als zehn Meter von Jaime Jordan entfernt. Sie sah den cremigen Schaum, der auf den Motor des Wagens sprudelte, eine Vorsichtsmaßnahme, um eine weitere Explosion zu verhindern.

Sie musste immer wieder daran denken: *Was auch immer im Januar geschehen war, es war schlimm, wirklich schlimm.*

65.

Les Porter von den New Yorker *Daily News* saß hier auf dem Hang in Neuengland in seinem Mietwagen. Es war eine kalte Nacht. Er konnte nicht ganz begreifen, was passiert war. Außerdem konnte er gar nicht glauben, dass er als Augenzeuge dabei war. Die Batterie seines Handys war schwach, sein Kaffee war kalt, und ihm schossen tausend unbeantwortete Fragen durch den Kopf.

Er war diesbezüglich nicht der einzige. Die Nachricht hatte sich vom Mittelpunkt des Geschehens, dort, wo der gelbe Mercedes in die Felsen gerast war, innerhalb von Sekunden explosionsartig in der ganzen Menschenmenge verbreitet. Innerhalb weniger Minuten kannte jeder die allerneusten Einzelheiten. Auch die Gäste der Strandhotels und einiger Campingplätze, die rings um Newport für die so genannte »Beobachtung der Jungfrau« errichtet worden waren. Bevor es »Live aus Newport« hieß, hatten die Fernsehreporter, Fanatiker und gewöhnlichen Schaulustigen nichts Besseres zu tun, als zum umnebelten Ort des verhängnisvollen Unfalls zu laufen.

Jetzt näherte sich Kathleen Beavier dem Unfallort. Porter war in all den Jahren, die er schon als Reporter arbeitete, selten Augenzeuge einer dramatischeren Szene gewesen. Sie hatte mittlerweile das noch schwelende Autowrack erreicht, in dem der tote junge Mann lag, und kniete nieder, um zu beten.

Dann leuchtete plötzlich ein helles Licht über der Menschenmenge auf, die sich am Ufer gebildet hatte. Jemand schrie: »Ein Wunder. Es ist ein Wunder.«

Fanatiker, dachte Porter. Aber das seltsame Licht sah aus wie ein Heiligenschein. Es kam immer näher und näher, direkt auf Kathleen Beavier zu.

Porter schaltete sein Radio ein und suchte die Nachrichten – die Konkurrenz. Andrew Klauk vom Sender WNPO in Newport berichtete von der Second Beach

Road. Laute, störende Geräusche gingen seiner Schilderung voraus.

Schließlich war die Stimme eines jungen Mannes klar zu hören, der in dem selbstbewussten Ton redete, wie er für eine lokale Radioreportage charakteristisch ist.

»Kathleen Beavier kniet an dem Ort von Jaime Jordans tragischem Unfall. Für die meisten von uns in der Menschenmenge ist es eine rührende, bewegende Geste.

Das junge Mädchen ist ungefähr fünfzehn Meter vom Autowrack entfernt. Über dem ganzen Gebiet am Sachuest Point liegt Nebel wie auf einem Friedhof, wodurch der Unfallort noch unheimlicher wirkt.

Ein paar Leute beten laut mit Kathleen Beavier. Man muss einfach an die Macht und den Ruhm der alten Kirche und die Rolle, die die Religion einst im Leben so vieler spielte, denken.

Ein helles Licht bewegt sich jetzt direkt auf die kleine Beavier zu. Einige Leute werden hysterisch. Sie scheinen zu glauben, dass dem Licht etwas Mystisches oder Göttliches anhafte.

Doch warten Sie. Da ist noch etwas anderes. Es gibt eine Erklärung dafür ... Das Licht kommt von einem Boot draußen auf dem Wasser. Das Such- und Rettungsboot der Castle Hill Küstenwache Nummer einundvierzig wurde vermutlich durch den Lärm und die Wagenlichter ans Ufer gelockt. Der Schiffsrumpf war in Nebel gehüllt, bis das Boot das Ufer erreichte. Die Lichter, die wir alle sahen, waren die beiden kreisenden Suchscheinwerfer auf der Steuerbordseite des Rettungsbootes Nummer einundvierzig.

Es ereignet sich heute Abend *kein Wunder* am Sachuest Point. Das Licht stammt nur von einem Boot.«

Les Porter schaute den Hügel hinunter und beobachtete Kathleen Beavier, die sich langsam von dem schwelenden Autowrack des jungen Mannes entfernte. Ist das eine Falschmeldung? dachte er. Natürlich ist es das; es muss so sein.

66.

Als wir am Unfallort in unmittelbarer Nähe des Meeres anhielten – unsere Rückkehr aus Irland war erst kurz zuvor erfolgt –, fiel mein Blick auf Kathleens Freundinnen. Francesca, Sara und Chuck waren starr vor Schreck. Wieder einmal wurden sie hinter den Barrikaden der Polizei abgefangen und konnten nicht zu Kathleen gelangen.

Auf dem Weg zu Kathy kam ich an den Mädchen vorbei. Ich war sicher, dass Kathleen über das, was Jaime Jordan passiert war, zutiefst betrübt war.

»Alles in Ordnung bei euch?«, fragte ich die Mädchen.

»Es ist so furchtbar!«, sagte Francesca, der Tränen in den Augen standen. Autounfälle, bei denen junge Menschen ums Leben kommen, sind die schlimmsten Tragödien. Es scheint immer sinnlos und absurd, doch auf diesen Unfall traf das besonders zu.

»Ich werde Kathy sagen, dass ihr hier seid«, versprach ich den Mädchen.

»Er hätte sich niemals selbst umgebracht«, sagte Chuck

zu mir. »Er hing viel zu sehr an seinem gottverdammten Leben. Das hätte er nie getan.«

Ich stieg weiter den steilen Hügel zum Autowrack hinunter. Was wollte Chuck mir damit sagen? Dass Jaime Jordan irgendwie ermordet worden war?

»Ich bin Kathleens Vormund«, sagte ich, ehe jemand versuchte, mich aufzuhalten, denn ich hatte das Gefühl, ein Recht darauf zu haben, hier zu sein.

Justin blieb in meiner Nähe. Er behauptete, dass er zum Erzbistum Boston gehöre und daher mit den Beaviers sprechen müsse.

Als Kathleen uns kommen sah, kletterte sie mir entgegen. Ich hatte plötzlich Angst um sie. Wir hielten uns eng umschlungen, und ich konnte spüren, wie verstört sie war. Sie zitterte, und mit den roten Rändern unter den Augen sah sie aus, als hätte sie stundenlang geweint.

»Hier ist wirklich etwas geschehen, Anne. Nicht nur heute Abend – sondern im Januar. Ich *kann mich nicht* daran erinnern! Ich versuche es mit aller Kraft, aber es gelingt mir nicht. Darum jedoch ist Jaime gestorben. Oh, Anne, Anne, es ist alles meine Schuld. Ich bin keine Heilige. Ich bin eine kleine Hure! Was geschieht nur mit mir?«

67.

Wie ein großes Ungeheuer packte die Angst Kathleen Beavier an der Kehle und riss sie am nächsten Morgen aus dem tiefsten Schlaf. Sie wachte fast immer mit dem Gefühl auf, dass sie etwas Unrechtes getan habe und dass man sie dafür bestrafen würde. Aber heute *wusste* sie, dass es die Wahrheit war.

Jaime Jordan war tot. Mit diesem Gedanken konnte sie sich immer noch nicht abfinden. Wenngleich sie auch wusste, dass es den Tatsachen entsprach, konnte sie es einfach nicht glauben. Sie hatte das Gefühl gehabt, Jaimes Gewicht in dem schweren Leichensack zu spüren, so als hätte sie selbst zu der Bergungsmannschaft gehört, die ihn unsicheren Schrittes den Felsen heruntergetragen hatte. Und die Gewissheit, dass er tot war, nahm ihr die Kraft.

Kathleen trat ans Fenster. Der stürmische Wind der vergangenen Nacht hatte sich noch nicht ganz gelegt, und noch immer fegten Windböen durch die Luft. Blätter waren von den Bäumen gerissen worden, und die See war aufgewühlt.

Allem haftete ein unangenehmer Geruch an, der schwer zu beschreiben war. Wie ein Kühlschrank, den man sauber machen musste. Oder alte Wäsche, die man den Sommer über im Kofferraum liegen gelassen hatte.

Als ob etwas verfault.

Kathleen fragte sich, ob *sie* den Geruch ausströmte. Sie war bestürzt und fühlte sich schrecklich allein.

Mit steifen Gliedern quälte sie sich aus dem Bett, um ins Badezimmer zu gehen.

Sie ging zur Toilette, putzte sich die Zähne, und während sie ihr vom Schlaf geschwollenes Gesicht im Spiegel betrachtete, bedrängte sie eine Vision, die Schuldgefühle bei ihr hervorrief und die immer wiederkehrte.

Sie stellte sich ihr Baby mit einem grotesk verdrehten Körper und einem missgebildeten Schädel vor. Als es weinte, hörte sich seine Stimme wie die eines Kalbes an, das von seiner Mutter weggezerrt wird, um zum Schlachten geführt zu werden. Es war eine gruselige Vorstellung, aber Kathleen empfand es genau so. Da die Gedanken regelmäßig wiederkamen, war es schwer, sie abzuschütteln.

Kathleen hatte auch noch andere Zweifel. Es waren Sorgen ganz praktischer Art. Sie fragte sich, was sie nach der Geburt ihres Babys machen und wie ihr Leben dann verlaufen würde.

Diese Menschenmenge gaffender Schaulustiger in der vergangenen Nacht! Die Menschen benahmen sich, als ob sie ihr Eigentum wäre. Das höhnische Lachen, als sich herausgestellt hatte, dass die Lichter zu einem Küstenwachboot gehörten, hallte noch in ihren Ohren. Einige hatten ihren Namen gerufen.

Wie würde sie jemals wieder ein normales Leben führen können? Sie hatte nicht um dieses Leben gebeten und nichts getan, womit sie das verdient hatte.

Sie wollte alles über diesen Abend des 23. Januar sagen! Es einfach preisgeben. *Wenn sie sich nur erinnern könnte.*

Gestern Abend waren zum ersten Mal einige Dinge in ihre Erinnerung zurückgekehrt. Sie sah sich in dem Tanzkleid. Viele Männer hatten sich am Sachuest Point um sie versammelt. Es kam ihr eher unwahrscheinlich vor, aber das war es, an was sie sich erinnerte. *Viele Männer, die sie umringten* und sie nicht gehen ließen. Und was war dann passiert?

Kathleen hörte plötzlich, dass die Kieferndielen in ihrem Schlafzimmer laut knarrten.

»Oh, liebe Mrs. Walsh.« Sie presste ihre Faust auf ihre Brust. »Sie haben mich vielleicht erschreckt. Puh! Hallo!«

Kathleen lächelte die Haushälterin an, die sie mit ernsten grünen Augen musterte. Sie sagte kein vergnügtes »Guten Morgen«. Kein einziges Wort. *Was war los mit Mrs. Walsh?*

68.

Alles war so fürchterlich. Schlimmer konnte es kaum noch werden. Jetzt war auch Mrs. Walsh gegen sie.

Kathleens Herz klopfte heftig. Sie schloss die Augen, um Mrs. Walsh nicht mehr ansehen zu müssen, denn sie wollte nicht, dass die Haushälterin bemerkte, was für einen Schrecken sie ihr eingejagt hatte.

Schnell hockte sie sich auf die Bank vor ihrem Toilettentisch, fummelte an ihren Wollsocken herum und begann mit der äußerst schwierigen Angelegenheit, ihre Füße in die Socken zu stopfen. Es war eine reine Ablenkung.

War das alles Einbildung? Oder hatte sich Mrs. Walsh ihr gegenüber in letzter Zeit wirklich seltsam benommen? War die Haushälterin gekommen, um jetzt darüber zu sprechen? Vielleicht um zu klären, was zwischen ihnen nicht in Ordnung war?

In der oberen Etage des Hauses war es seltsam ruhig. Kathleen hatte das Gefühl, als würden die Spannungen zwischen Mrs. Walsh und ihr dadurch noch verstärkt. Die Wollsocke leistete Widerstand, verhedderte sich, durchkreuzte ihre Anstrengungen und weigerte sich, *eine Socke* zu sein.

»Ich bin in einer Minute fertig. In zwei Sekunden«, sagte sie.

Warum spricht Mrs. Walsh nicht mit mir? dachte Kathleen, die zu schwitzen begann. *Mein Gott, was habe ich ihr nur getan? Mrs. Walsh war immer eine liebe Freundin gewesen. Sie ist mir gegenüber mütterlicher gewesen, als es die eigene Mutter jemals sein kann.*

Ein Flackern im Spiegel zog ihre Aufmerksamkeit auf sich.

Kathleen blickte wieder zu der älteren Frau hoch. Es dauerte eine Ewigkeit, bis sie verstand, was sie sah.

Mrs. Walsh hielt ein doppelschneidiges Messer in der rechten Hand. Es war ein ekelhaft aussehendes Filetmesser der Sorte, mit denen früher in der Küche der Beaviers Fisch geschnitten und ausgenommen worden war.

Mrs. Walshs Kehle entfuhr ein raues Räuspern, und darauf rief sie: »Im Namen des Heiligen Vaters. Ich treibe ihr den Teufel und ihr teuflisches Kind aus!«

Dann schlug sie mit Wucht auf den gewölbten Hügel von Kathleens Bauch.

Kathleen hatte es ihrem Schock und ihren guten Reflexen zu verdanken, dass sie der blitzenden, rasiermesserscharfen Klinge entkam.

Mrs. Walsh rammte die lange Klinge in den hölzernen Toilettentisch und verfehlte sie nur um wenige Zentimeter.

Während sich die wahnsinnige Haushälterin wütend abmühte, das Messer wieder herauszuziehen, sprang Kathleen zur Seite.

Sie huschte schnell ins Schlafzimmer.

»Mrs. Walsh, hören Sie auf! Ich bin es, Kathleen. Was machen Sie da?«

»Du bist kein Geschöpf Gottes! *Du bist noch nicht einmal Kathleen!*«, schrie Ida Walsh, so laut sie konnte. »Du *bist* der Teufel.«

Ihr bleiches Gesicht war verzerrt, und ihre Augen funkelten hasserfüllt. Die Muskeln ihrer Arme waren angespannt und traten hervor. Kathleen erkannte die Frau, die seit ihrer Kindheit im Hause war, kaum wieder.

»Mrs. Walsh, nein. Bitte. Ich *bin* Kathleen! Schauen Sie doch, schauen Sie, ich bin Kathleen. Ich bin es. Und mein Baby!«

Die Schreie des Mädchens hallten von den pinkfarbenen Wänden des Schlafzimmers wider.

»So helfe mir doch jemand! O Gott. Bitte, helft mir.«

Kathleen wollte zur Treppe rennen, doch sie prallte unbeholfen gegen den Türpfosten. Gerade erwischte sie noch das Treppengeländer.

Mit einem Fuß stand sie sicher auf der oberen Stufe, als sie einen gewaltigen Stoß im Rücken spürte. Dann folgte das schreckliche, entsetzliche Gefühl der Schwerelosigkeit.

Ihre Stimme, die sie kaum wiedererkannte, überschlug sich, als sie einen lang gezogenen Schrei ausstieß. Sie schrie und schrie.

Hilflos streckte sie ihre Hand nach dem Treppengeländer aus, aber das Gewicht ihres Körpers, der zu Boden gezogen wurde, war zu schwer für ihren schwachen Griff. Sie hing mit ihrem Arm so unglücklich am Geländer, dass sie es loslassen musste.

O Gott, nein. Das Baby.

Da sie sich nicht halten konnte, stürzte sie und schlug mit der Schulter gegen das harte Holz. Dann zog die Schwerkraft sie nach unten. Der Schmerz in ihrem Arm war unerträglich.

Die steile Treppe kam ihr wie eine mit Geröll überschüttete Rutsche vor. Kathleen rollte erbarmungslos abwärts. Sie schlug gegen jede Stufe und spürte deutlich jeden Aufprall. Stechende Schmerzen zuckten durch ihre Ellbogen und ihre Schienbeine.

Sie bekam kaum noch Luft, als sie einen kräftigen Schlag in den Bauch erhielt. Angst um ihr Baby kroch in ihr hoch.

Lieber Gott! Oh bitte, lass es nicht so enden.

Die Schmerzen, die der Aufprall verursacht hatte, strahlten zu ihrem rechten Ohr aus.

Kathleen wusste genau, was hier vor sich ging. Sie durfte die Besinnung nicht verlieren. Der Boden erhob sich und schlug mit Wucht gegen ihre geschwollenen Brüste, doch sie kümmerte sich nicht darum. Mrs. Walsh durfte sie auf keinen Fall wieder zu fassen kriegen. Sie schaffte es mühsam, sich zu erheben und hinzuknien.

Kathleen wusste es, ohne hinzusehen.

Ida Walsh atmete schwer, als sie die Treppe hinunterstolperte und im nächsten Moment hinter ihr stand. Sie hielt das mörderische Messer noch in der Hand.

»Satan!«, kreischte sie. »Er ist in dir! Es ist der Satan. Du kannst es nicht länger leugnen.«

69.

Zwischen den kleinen hügeligen Dünen, die sich hinter dem Sun Cottage am Strand entlang zogen, hatte ich mir ein gemütliches, windgeschütztes Plätzchen gesucht. Ich lag auf dem Rücken auf einer bunt karierten Wolldecke und spürte die milden Strahlen der Spätsommersonne auf meinem Gesicht.

Entspannt atmete ich die saubere, klare Oktoberluft ein, die über das Gras und das dunkelblaue Wasser wehte, und hörte dem fernen Schrei einer Möwe zu.

Herrlich, einfach herrlich.

Dieser eigenartige klagende Schrei, den die lachenden Möwen ausstießen.

Ich empfand diesen Moment als ungetrübt und staunte, wie perfekt die Natur sein konnte. Dann dachte ich an Justin, und von diesen Gedanken wurde mir ganz warm ums Herz.

Ich hatte nicht die geringste Ahnung, wohin »wir beide« steuerten – wenn überhaupt irgendwohin –, aber ich spürte, dass wir diesmal den richtigen Weg einschlugen. Es war nicht zu leugnen, dass ich ihn immer unwiderstehlicher fand, je öfter ich ihn sah. *Was er wohl denkt,* fragte ich mich. Ist er in mich verliebt? Stellt Justin sein Priestergelübde infrage? Oder ist es unser Schicksal, für immer getrennt zu bleiben?

Glücklich genoss ich den Luxus, mich einen Augenblick meinem Wohlgefühl hinzugeben, in meinen Kleidern sonnenzubaden und mich von der Meeresbrise erfrischen zu lassen. Es war noch sehr früh, aber ich wollte gleich in die

Stadt fahren, denn ich hatte mich mit zwei von Jaime Jordans besten Freunden verabredet.

Ich lauschte wieder dem fernen Schrei einer Seemöwe und vernahm das Tuten eines Schiffshorns.

Aber mit dieser Möwe stimmte etwas nicht. Schlagartig wurde es mir klar. Ich sprang sofort auf.

Plötzlich war ich nervös und ängstlich und schaute mich um.

Der Schrei ertönte wieder.

Ein durchdringender Schrei, der vom Sun Cottage zu kommen schien. Er wurde immer lauter und verstummte dann abrupt.

Ein kühler Wind löschte in einem meilenweiten Umkreis alle Wärme aus.

Diesen Schrei hatte kein Vogel ausgestoßen.

Es war Kathleen!

Und dann sah ich sie. Sie kletterte aus einem Seitenfenster auf das Dach des Sun Cottage.

70.

Kathleen rannte barfuss weiter. Sie hatte überall blaue Flecke und blutete aus Verletzungen von ihrem Sturz. Von Panik erfasst, stieß sie das klappernde Schlafzimmerfenster im ersten Stock weit auf. Sie hatte keine Zeit, darüber nachzudenken. Ida Walsh war ihr dicht auf den Fersen, mit einem seltsamen Funkeln in den Augen – und mit einem Messer. Es war eine unheimliche, grausame Situation. Die Haushälterin war verrückt geworden.

Kathleen stieg unbeholfen auf das steile Dach über dem großen Esszimmer.

»Du bist kein Geschöpf Gottes!«, hörte sie Mrs. Walsh hinter sich rufen. »Du bist der Teufel! Ich durchschaue dein falsches Spiel. Deine Verkleidung!«

»Gehen Sie weg!«, schrie Kathleen. »Lassen Sie mich in Ruhe. Ich *bin* Kathleen. Mrs. Walsh, bitte, ich bin es!«

Sie baumelte zwei Stockwerke über der mit Steinplatten ausgelegten Terrasse, die im Rhythmus ihres Herzens zu beben schien. Dann setzte sie ihre nackten Füße vorsichtig auf die kalten Dachschindeln.

»Hilfe! So hilf mir doch jemand«, rief sie in den schneidenden, kalten Wind.

Ihre Stimme stieg wie Rauch aus einem Schornstein vom Dach in die Luft. Niemand schien sie zu hören. Wo waren die anderen alle?

Als sie Geräusche hinter sich hörte, wandte sie den Kopf und sah, dass Ida Walsh sich durch das Schlafzimmerfenster gezwängt hatte und nun über das steile, schräge Dach krabbelte und versuchte, Kathleen zu ergreifen. Ihre Arme, Beine und Hände schienen übermäßig kräftig und stark zu sein.

»Du bist nicht Kathleen!«, brüllte sie. Ihre Stimme klang fast wie die eines Mannes. Zwei Arbeiter, die unten standen, starrten erschreckt und ungläubig aufs Dach.

»Helfen Sie mir bitte!«, schrie Kathleen ihnen zu. »Sie ist verrückt. Sie hat ein Messer!«

Kathleens einziger Gedanke war, *dass sie das Kind be-*

schützen musste. Das Kind beschützen. Nichts zählte, außer dem Kind.

Nicht Satans Kind. Mein Baby!

Sie starrte die Frau an, die sie einst geliebt hatte. Diese Frau hatte ihr Haar geflochten, mit ihr gebetet und sie in den Schlaf gesungen. Wo war diese liebe Frau geblieben?

»Du bist nicht Kathleen! Ich kenne Kathleen! Ich habe Kathleen geliebt!«

Mrs. Walsh kroch langsam über die Dachziegel, während Kathleen, verletzt und unbeholfen, versuchte, ihr zu entkommen.

Ida Walshs Augen waren weit aufgerissen, ausdruckslos und strahlten unwirklich. Dicke Strähnen ihres weißen Haares flatterten im Wind.

Endlich sah Kathleen Anne, die aufs Haus zurannte, schrie und wild mit den Armen fuchtelte.

»Hier bin ich, Anne. Bitte, hilf mir«, rief sie vom Rand des Daches herunter. Sie hätte nun ganz leicht fallen können. Sie war nahe davor.

Aus dem Augenwinkel sah sie ihre Mutter, die sich aus einem anderen Fenster lehnte. Mrs. Beavier traute ihren Augen nicht und versuchte nun auch, hinauszugelangen. Die arme Carolyn. Häufig besorgt, aber niemals eine wahre Hilfe. Sie würden alle zu spät kommen. Es gab kein Entrinnen vor Mrs. Walsh und ihrem Messer.

Kathleen wagte sich so weit hinaus, wie sie konnte, und zwar bis zu der Stelle, wo das Dach in einem Hundertachtzig-Grad-Winkel um die Hausecke bog. Sie konnte keinen weiteren Schritt mehr machen, ohne zu fallen. Ziegel rutschten und klapperten unter ihren Füßen.

Plötzlich schrie sie die Haushälterin an. »Ich befehle Ihnen, stehen zu bleiben! Ich befehle es Ihnen!«

Ida Walshs streckte ihren nackten weißen Arm nach Kathleen aus. Ihre Hand kratzte übers Dach. Die Augen der Frau waren hasserfüllt auf sie gerichtet. Das Messer blitzte im Sonnenlicht.

»Ich kenne die Wahrheit über dich. Ich kenne dein schmutziges Geheimnis!«

Unter dem Dach lief eine Gestalt in die Einfahrt. Kathleen hatte Angst, ihren Blick von Mrs. Walsh und dem Messer abzuwenden. Sie glaubte, Anne aus dem Augenwinkel dort unten zu erkennen. Aber wie konnte sie ihr helfen? Wie konnte ihr überhaupt jemand helfen?

Ein lauter Knall ertönte, der sich dröhnend vom Sun Cottage entfernte.

Kathleen riss ungläubig und entsetzt den Mund auf.

Blut strömte aus Ida Walshs Hals. Die Frau stöhnte. Ihr Gesicht war vor Hass erstarrt. Ihr Körper fiel wie ein schwerer Stein vom Dach. Der Leichnam der Frau prallte auf der Betonterrasse auf und blieb dann reglos liegen.

Abgesehen von dem fernen Bersten und Tosen des Meeres war es still.

Kathleens Blick fiel auf die Stelle, an der Anne stand. Sie hatte ihre Beine wie ein Schütze gespreizt und hielt eine Pistole in der Hand.

Anne hatte ihr Leben und das ihres Babys gerettet.

71.

Ich wollte nicht, dass der Schock mich übermannte; das konnte ich nicht zulassen. Endlich begriff ich, warum ich im Sun Cottage war. Mir drängte sich der Vergleich mit einem Soldaten auf. Auch dieser musste, wenn er in einem Krieg kämpfte, schließlich begreifen, dass das Töten einfach unumgänglich war.

In diesem Augenblick erinnerte ich mich daran, dass John Rooney mich gefragt hatte, ob ich einen Waffenschein habe. Damals dachte ich, er mache einen Scherz. Jetzt wusste ich es besser. Das war kein Scherz. Ich war nicht nur hier, um im Fall Kathleen Beavier zu ermitteln, sondern ich war hier, um sie zu beschützen.

Es wurde schwerer und schwerer, an etwas zu glauben. An Kathleen? An Colleen? An das Gute? An das Böse? Das, was sich heute Morgen zugetragen hatte, war tatsächlich geschehen. Ich hatte geschossen und jemanden getötet, eine zweiundsechzig Jahre alte Frau namens Ida Walsh. Es war entsetzlich und widerlich. Es war der Geist des Bösen. Und jetzt verstand ich auch das Böse auf eine ganz neue Weise.

Kathleen und ich saßen eng aneinander geschmiegt im Wintergarten und starrten mit leeren Blicken auf das unruhige Meer.

Ich wiegte eine noch immer weinende Kathleen in meinen Armen, als ich das Telefon unten läuten hörte. Wer war das? Die Newporter Polizei war schon hier gewesen, um mich zu vernehmen. Sanitäter hatten Mrs. Walshs Leichnam weggebracht.

Ich habe sie getötet. Der ganze Vorfall war mir unbegreiflich.

Kurz vor ein Uhr berief Pater Rosetti ein weiteres seiner berühmten Treffen ein. Die Familie Beavier, Justin und ich versammelten uns in der Bibliothek, wo Rosetti enthüllte, dass er soeben Anweisungen aus Rom erhalten habe. Der Tod von Mrs. Walsh hatte den Vatikan offensichtlich elektrisiert. Oder sollten wir noch etwas anderes erfahren, was uns noch nicht mitgeteilt worden war?

Kathleen sollte Newport mit wenigen Begleitpersonen sofort verlassen. Sun Cottage war nicht mehr sicher genug, was für mich kaum etwas Neues war. Gab es für sie denn überhaupt irgendwo Sicherheit?

Um ein Uhr dreißig hielten drei schwarze Lincoln-Limousinen vor der mächtigen Toreinfahrt des Sun Cottage. Als das vordere Tor geöffnet wurde, stürmte eine Horde schreiender Journalisten zu Fuß auf den langen Zufahrtsweg.

Auf ein Zeichen hin wurden sieben von uns aus dem Haus zu den drei wartenden Autos geführt.

Fenster wurden geschlossen, Türen verriegelt, Sitzgurte angelegt, und dann sauste unsere kleine Kolonne zum Tor und verließ, von den durchdringenden Sirenen der Polizeieskorte begleitet, den Landsitz. Wir rasten unmittelbar an den überraschten Reportern vorbei.

Der ohrenbetäubende Lärm und die hohe Geschwindigkeit passten ausgezeichnet zu meiner Stimmung.

Wir steuerten die Route 140 an, und kurz darauf fuhren wir mehr als achtzig Meilen pro Stunde. Ich drehte mich um.

Mit verzweifelten Reportern voll gestopfte Transporter

waren nur noch wenige Autolängen von unserer Stoßstange entfernt.

Ich klammerte mich an die Armlehne und hoffte, dass Kathleen in einem der anderen Wagen in Sicherheit war. Meine Angst galt ihr. Die Erschütterungen und Straßenkurven hätten die Wehen einleiten können. Oder das Lenkrad hätte dem Fahrer aus der Hand rutschen können, so dass der Wagen an einen Baum oder eine Steinwand raste.

Vor uns lag eine Kreuzung, an der sich vier Straßen gabelten. Bei unserer Geschwindigkeit sah das gefährlich aus. Die drei Fahrer, die ständig in Funkverbindung standen, wussten, was sie zu tun hatten. Das hoffte ich zumindest.

Ein Wagen schlug die westliche und ein anderer die östliche Richtung ein.

Der dritte Wagen, unser Wagen, steuerte auf den internationalen Logan Airport von Boston zu.

Während der Fahrt lehnte ich mich auf meinem Sitz zurück und schloss die Augen. Im Geiste sah ich immer wieder vor mir, wie Mrs. Walsh vom Dach des zweiten Stockes fiel.

»Kathleen, Kathleen«, schrien die Reporter, die unseren Wagen am Logan Airport bestürmten und an den Bordstein drängten.

Ich stieg aus dem Wagen und schlug das schwarze Kopftuch, das meinen Kopf bedeckte, zurück. Dann warf ich das Kissen, das ich unter mein Kleid gestopft hatte, auf den Rücksitz.

»Nein, das bin ich leider nicht. Ich bin nicht Kathleen Beavier«, sagte ich, wobei ich mir ein Lächeln nicht verkneifen konnte.

Die enttäuschten Presseleute brüllten vor Wut über diese List. Der Trick mit der Verkleidung, der sie von Kathleens Spur abbringen sollte, hatte funktioniert. Sie hatten keine Ahnung, dass Kathleen auf einem anderen Flughafen ein anderes Flugzeug bestieg.

Justin und ich reisten wieder zusammen. Ich fragte mich, warum. Aber dann gab ich mich dem Schlaf hin, den ich bitter nötig hatte. Um zehn Uhr fünfundvierzig erreichten wir den Flughafen Orly in Paris.

Kaum hatten wir Boden unter den Füßen, bemerkte ich auf den Fernsehgeräten über unseren Köpfen im Terminal flüchtig ein Bild von Kathleen.

Ich blieb stehen, um mir den CNN-Bericht anzuschauen.

Auf dem Bildschirm wurden in schneller Folge Bilder von Kindern mit starken Schmerzen und hohem Fieber gezeigt, die in hellen Scharen ins Broussair-Universitätskrankenhaus in Paris strömten. Es war wieder Kinderlähmung. Die Epidemie hatte den Atlantischen Ozean überquert und sich auf Westeuropa gestürzt.

Ich fühlte mich schwach und musste mich hinsetzen. Immer wieder erinnerte ich mich an das, was ich im Cedars-Sinai Medical Center in L.A. gesehen hatte.

Kinder starben. Es gab keine logische Erklärung dafür. Aber es geschah. Und es schien auf mysteriöse Weise mit Kathleen oder dem Kind, das sie unter ihrem Herzen trug, zusammenzuhängen.

72.

Colleen Galaher erwachte mit einer Depression oder irgendeiner anderen psychischen Krankheit, die sie sich nicht erklären konnte. Es wurde von Tag zu Tag und von Stunde zu Stunde schlimmer, viel schlimmer, als sie es sich je hätte vorstellen können.

Sie wollte zur Beichte gehen, um ihre Seele rein zu waschen. Sie brauchte die Absolution. *Jetzt.*

Einen Segen. *Jetzt.*

Sie wollte es für das Kind tun, das in ihrem Leib heranwuchs. Sie wollte es tun, um Gott zu ehren und um zu zeigen, dass ihre Liebe und ihre Hingabe unerschütterlich waren.

»Ich möchte in die Kirche gehen. Ich möchte beten. Bitte.« Sie trug Schwester Katherine ihre Bitte auf eine so schlichte und doch nachdrückliche Weise vor, dass die Nonne nicht ablehnen konnte.

An diesem Vormittag schimmerten die Hügel, die das irische Dorf Maam Cross umringten, durch einen zarten, nebeligen Regenschleier. Auf einem von einer Steinmauer eingefassten Pfad, der sich die Hügel hinunterschlängelte, gingen die Jungfrau und die Nonne in ihrer schwarzen Tracht. Ihre Köpfe wippten vor einem Meer von üppigem Grün hin und her. Gottes Land.

Nach etwa dreißig Minuten erreichten sie die öde, holprige Straßenkreuzung am Dorfeingang. Dort standen fünf irische Urtypen, derbe Produkte des beschwerlichen Lebens in dieser Gegend, die auf den städtischen Milchwagen aus Costelloe warteten.

In die Männer kam Leben, als die beiden Frauen sich näherten.

»Ist der Vater einer von uns, Colleen?«, fragte einer der Dorfbewohner mit seiner grausamen, seltsamen Vogelstimme.

»Willst du uns nicht das wenigstens sagen, Kleines? Wer ist der Vater von dem Kind?«, fragte der Mann mit dem faltigen Gesicht, der einen zerknitterten Hut trug.

»Ich sag', die gehört doch ins Abbey-Theater, wie die hier schauspielert.«

»Ich sag', sie ist der Antigott!«, schrie ein riesiger, unangenehmer Typ mit einer Stimme wie ein Megafon. »Antigott, sag' ich!«

Als sich Colleen und Mutter Oberin Katherine Dominica auf der Straße mit dem Kopfsteinpflaster ein paar Schritte entfernt hatten, schlug vor ihren Füßen ein schwerer Stein auf der Erde auf und wirbelte eine Menge Dreck auf. Der Stein hätte jede von ihnen leicht niederstrecken können.

»Wir wollten niemanden verletzen«, rief einer der Männer lachend. »Stöcke und Steine werden dich nicht verletzen.«

»Du kleine Hure!«, schrie ein anderer. »Colleen, du Flittchen!«

Colleen drehte sich ungestüm um und schaute den Männern ins Gesicht. Sie warf ihnen einen bösen, vernichtenden Blick zu, wobei sie ihre Hände schützend über ihren Bauch legte.

»Ihr alten Feiglinge«, rief sie. »Schurken und Banditen. Ich bin eine Jungfrau! Das bin ich! Ich bin ein anständiges Mädchen. Schon immer gewesen.«

Die irischen Männer lachten noch immer laut, bis einer, dann zwei und dann alle ihren Blick gen Himmel richteten.

So weit das Auge reichte, waren große schwarze Vögel zu sehen, die sich wie eine riesige, dunkle Wolke zusammenballten. So etwas hatten sie noch nie erlebt.

Grabesstille legte sich über die Gruppe der irischen Männer.

73.

Von einer Minute auf die andere war der geheimnisvolle Vogelschwarm wieder verschwunden, und Colleen setzte ihren Weg in die Stadt ohne weitere Zwischenfälle fort. Sie fühlte sich jedoch besser. Jetzt fühlte sie sich beschützt.

Die St.-Josephs-Kirche war ein ehrwürdiges steinernes Gebäude, das von einer hübschen Mauer umgeben war. Sie lag in der Mitte des Dorfes, und ihre Schönheit stand in starkem Kontrast zu den anderen, meist verfallenen Gebäuden.

Colleen tauchte ihre Fingerspitzen in das Weihwasserbecken am Eingang und bekreuzigte sich. Ungeduldig brannte sie darauf, die Worte der Heiligen Schrift und die Kirchenlieder zu hören, um mit Gott in Kontakt zu treten. Sie hoffte, dass die Predigt sie stärken, sie weiterbringen würde. Dieser Gedanke gab ihr Kraft.

In dem Moment wurden die Kirchentüren geöffnet, und Pater Flannery, der junge Priester des Dorfes, erschien im wuchtigen steinernen Torbogen. Er war erst ein paar Monate im Pfarrbezirk. Der Priester starrte Colleen lange an, und auch sie starrte ihn an. Sein schwarzes, frisch gewaschenes Haar war ordentlich zur linken Seite gekämmt. Colleen zitterte. Er war der hübscheste Mann, den sie je gesehen hatte. Aber der Priester, der aus Amerika gekommen war, Pater Justin O'Carroll, übertraf ihn noch. Wo ist Pater O'Carroll jetzt? fragte sie sich. Wo war Hilfe, wenn sie sie dringend brauchte? Warum hatte man sie in diesem armen, rückständigen Dorf allein zurückgelassen? Gott musste einen guten Grund dafür haben.

»Colleen Galaher, ich möchte ein paar Worte mit dir sprechen«, sagte der Priester in zärtlichem Ton. »Bitte, komm mit ins Pfarrhaus. Es ist wichtig, dass ich mit dir rede.«

Er drehte sich um, verabschiedete die Nonne mit einem Nicken, bat das Mädchen ins Pfarrhaus und schloss die wuchtige Holztür hinter sich.

»Um was geht es, Pater? Haben Sie eine Nachricht aus Rom erhalten? Ist eine Entscheidung getroffen worden?«

Colleens Herz schlug schneller, als sie den muffigen, düsteren Raum betrat. Sie hob den Blick zum Priester und wartete ängstlich auf seine Unterweisung. Ihre Liebe zu Gott erfüllte sie. In diesem Augenblick, da sie auf das Wort Gottes wartete, war sie sehr verletzbar.

Der Priester streckte seine schmale Hand aus und strich mit seinen langen Fingern über ihre Wange. *Seine Berührung brannte auf ihrer Haut.*

»Du hast nichts Unrechtes getan, mein Kind. Du bist jetzt eine wunderschöne Frau. Das ist nichts Unrechtes.«

Pater Flannery streckte beide Hände aus und legte sie auf ihre Brust.

Colleen keuchte und wich hastig zurück. Sie stolperte dabei über ein Betkissen und fiel fast hin.

»Nein«, flüsterte sie. »Gehen Sie weg! Gehen Sie weg! Sie sind Priester. Ich bin schwanger.«

»Aber ich liebe dich«, sagte Pater Flannery, der schneller war als die unbeholfene, schwangere Colleen. Noch einmal streckte er seine Hände aus, zog sie an sich und drückte seine Lippen auf ihren Mund. Wieder brannte ihre Haut unter seiner Berührung, als seien seine Lippen glühende Eisen.

»Neiiiiin!«

Sie starrte ihn an. Sie starrte ihn nur an. Der Priester hielt jäh inne, und dann fing er an zu stöhnen und zu winseln.

Colleen befreite sich aus seiner Umklammerung, drehte sich um und stürzte durch die schmale Türöffnung hinaus auf den staubigen Dorfplatz.

Wieder drangen böse Rufe an ihr Ohr. Die Spötteleien prasselten wie Hagelkörner auf sie nieder. Ungefähr ein halbes Dutzend Dorfbewohner hatte sich schon draußen versammelt. Die Nachricht, dass sie im Ort war, hatte sich herumgesprochen.

»Sie hat kein Recht, in die Kirche zu gehen!«, rief eine Frau. Sofort fielen alle in das Geschrei ein. »Nicht in unsere Kirche! Nicht in unsere Kirche!«

Ein kleiner Junge hob einen Stein von der Erde auf und warf ihn auf sie.

Colleen versuchte wegzulaufen, aber sie konnte es

nicht. Es war zu gefährlich, und sie würde niemals riskieren, das Baby zu verletzen. Dennoch stolperte sie weiter und taumelte durch die gewundenen Gassen.

Es war so unfair, so ungerecht. Sie fragte sich, ob Maria von Nazareth die gleichen Beleidigungen und Grausamkeiten hatte erleiden müssen. Und Colleen war sicher, dass es so war. Sogar Joseph, Marias Verlobter, hatte ihr zuerst nicht geglaubt.

»Es ist so, wie ich sage«, schluchzte sie. »Ich bin eine Jungfrau mit Kind.«

Und auf dem Heimweg kreisten die Vögel wieder am Himmel – und beschützten sie.

74.

Ich ließ mich in den tiefen ledernen Rücksitz der von einem Chauffeur gesteuerten Limousine fallen. Meine Anspannung war so groß, dass ich das Gefühl hatte, eine Faust würde sich in meinen Rücken graben. Und meine Kopfschmerzen, die mich schon den ganzen Tag quälten, pochten wütend hinter meinen Schläfen.

Unzählige Katastrophen ereigneten sich. Die Polioepidemie war nur eine weitere Tragödie, die mit den nahe bevorstehenden jungfräulichen Geburten zusammenzuhängen schien. Ich fragte mich, wie das alles zusammenpasste, wenn es denn tatsächlich der Fall sein sollte.

Dann dachte ich wieder an Colleen Galaher, die in dieser Bruchbude, die sie ihr Zuhause nannte, wartete. Kathleen – wo auch immer sie mit Pater Rosetti war – zählte ebenfalls die Stunden. Was würde nach den Geburten geschehen?

Als unser Wagen durch die dunkle, stille Landschaft zum Dorf Chantilly raste, sah ich noch einmal im Geiste vor mir, wie der Körper von Ida Walsh in die Tiefe stürzte. Ich hatte ihre letzten Schreie weiterhin im Ohr. Noch nie in meinem Leben hatte ich jemanden getötet, und ich hätte nie vermutet, dass es jemals so weit kommen würde, noch nicht einmal, als ich bei der Bostoner Polizei arbeitete.

Es ließ mich nicht los, das Bild ihres leblosen Körpers auf dem Hof von Sun Cottage. Dann dachte ich über Pater Rosettis Erklärung nach. »Der Teufel«, hatte er zu mir gesagt, »fühlt sich unwiderstehlich zu Kathleen hingezogen. Ich weiß nicht, warum das so ist. Noch nicht. *Satanas Luciferi excelsi.*«

Was meinte er damit, dass »der Teufel gelobpreist« werde? Wieso? Wann? Woher wusste er das? Der Vatikan war bekannt für seine Verschwiegenheit, und Rosetti war offensichtlich ein geschickter Praktiker dieser Kunst. Welche Geheimnisse kannte er?

Ich wandte meinen Blick von dem aschgrauen Highway ab, der mich hypnotisierte. Dickes Glas trennte Justin und mich vom Fahrer, einem schweigsamen Mann mit Stiernacken und der traditionellen schwarzen Schirmmütze. Wer war *dieser* Mann? Konnten wir ihm vertrauen? Es lag nahe, nun alles argwöhnisch zu betrachten. Wenn Mrs. Walsh plötzlich verrückt werden konnte, dann konnte es jedem passieren ... selbst Justin oder mir.

Satanas Luciferi excelsi.

»Ich weiß, was heute passiert ist«, sagte Justin, der aus seiner Träumerei erwachte. »Ich habe jedoch das Gefühl, als wäre alles nur ein Traum. Es kann nicht geschehen sein, aber *ich habe es mit eigenen Augen gesehen.*«

»Ja«, sagte ich. »Es ist alles sehr bizarr. Fünfzig Mal am Tag habe ich den gleichen Gedanken. Ständig. Ich wurde eingeschaltet, um als bezahlte Skeptikerin einen möglichen Betrug oder einen Schabernack aufzudecken, aber ich stelle fest, dass ich nicht mehr weiterweiß. Ich kann nicht abstreiten, was ich mit eigenen Augen gesehen und mit meinen Händen getan habe.«

Justin strich sich mit der Hand über die Bartstoppeln an seinem Kinn. Seit gestern hatte er sich nicht rasiert, was mir irgendwie gefiel. Er hatte dunkle Ränder unter den Augen, und ich war sicher, das ich nicht besser aussah. Ich konnte mir niemanden vorstellen, mit dem ich jetzt lieber zusammen gewesen wäre. Wir hatten schlimme Zeiten durchgemacht und waren uns in kürzester Zeit sehr nahe gekommen.

»Das, was passiert ist, erinnert mich an meine Kindheit in Cork. Keiner der *Erwachsenen* wollte je unsere Fragen beantworten. Was immer wir auch fragten, wir wurden immer im Ungewissen gelassen.«

Ich nickte zustimmend. »Kinder erleben das Leben oft als Zauberei – aber auch wie eine Drohung.«

»Leben ist beides«, sagte Justin.

Ich nahm seine Hand und hielt sie fest, bis wir ankamen.

Und ich dachte – *die Hand eines Priesters.*

75.

Ich schreckte aus dem Schlaf hoch und fragte mich, wo ich war, und dann erinnerte ich mich, dass wir wieder in einer Limousine der Beaviers saßen. Es war dunkel draußen. Der Nebel hatte sich verdichtet und hüllte die Welt hinter den Scheinwerfern in Finsternis, als wir durch die ländliche Gegend Frankreichs rasten. Was machten wir hier? Was war passiert?

Wir fuhren sehr schnell, zu schnell, und ich grub meine Fingernägel in Justins Arm. Er schaute teilnahmslos aus dem Fenster, als wäre er mit seinen Gedanken sehr weit weg. Ich nahm mir einen Moment Zeit, um sein Gesicht zu studieren, und wieder überschwemmte mich eine Woge der Zärtlichkeit. Welche Rolle spielten wir beide in dieser rätselhaften Geschichte? Das fragte ich mich immer wieder.

Wir wurden in ein Haus gebracht, in dem wir in Sicherheit waren. Dieser Ort war ursprünglich für Kathleens Entbindung gewählt worden. Es war ein Landgut, das Henri Beavier gehörte, Charles' jüngerem Bruder, der dort mit seiner Frau und seinen Kindern lebte. Wir sollten auf die Anweisungen von Pater Rosetti warten, sobald wir dort waren. Es war offensichtlich, dass Rosetti und der Vatikan jetzt die Verantwortung übernahmen.

Der Wagen verlangsamte das Tempo, als wir uns einer hohen, dunklen Hecke näherten, und hielt dann genau vor dem schwarzen Eisentor an, das langsam aus dem Nebel auftauchte. Ich war erleichtert, dass wir endlich das Ziel erreicht hatten, aber sogar dieser kurze Moment der

Freude wurde von Angst überschattet. Die große Villa wirkte zu dieser Stunde bedrohlich.

Als die automatischen Tore geöffnet wurden, tauchte ein weißer Transporter mit quietschenden Bremsen aus dem Nebel auf. Dann erklang das schleifende, metallische Geräusch von Schiebetüren.

Ich sah stahlblaue Buchstaben auf der Längsseite des Transporters: GDZ-TV.

Man hatte uns aufgelauert, und das empörte mich.

Pressefotografen mit kleinen Rucksäcken auf dem Rücken sprangen hastig aus dem Transporter. Im gleichen Augenblick stürmte aus dem Dickicht schattiger Nadelbäume ein Knäuel wartender Reporter auf uns zu.

»Sie sind hier! Sie sind hier«, rief jemand auf Französisch.

Der Karosserie unseres Wagens wurde ein lauter, dumpfer Schlag versetzt.

Jemand drückte sein verzerrtes Gesicht mit einem zotteligen Bart gegen das Fenster auf meiner Seite. Ein anderer starrte ins hintere Fenster.

»*Warum* sind Sie nach Frankreich gekommen? Nein, nein, Sie sind ja gar nicht Kathleen! Wo ist Kathleen Beavier?«

Scheinwerfer und die Außenbeleuchtung auf dem Hof hinter den Toren leuchteten auf. In diesem großen Tumult ertönte eine heulende Polizeisirene.

Unser Fahrer drückte das Gaspedal durch, und der Wagen machte einen Satz. Ein Reporter, der sich an die Motorhaube geklammert hatte, wurde in die Büsche geschleudert.

Ich schaute umher und suchte nach dem unbekannten Feind. Mein Blick fiel auf einen Mann, der ruhig in der

Dunkelheit stand. Er hatte langes schwarzes Haar und trug eine Metallgestellbrille sowie einen khakifarbenen Mantel, der im Licht der Scheinwerfer hell leuchtete.

Ich sah, dass er eine Zigarette auf die Straße schnippte. Sie beschrieb einen langen, anmutigen Bogen. Seine ruhige, berechnende Miene schrie zum Himmel. Der unverschämte Blick, den er uns zuwarf, bereitete mir Unbehagen.

Wer war dieser Mann? Warum beobachtete er das Landhaus? Seine Anwesenheit gefiel mir ganz und gar nicht. Mein Gefühl sagte mir, dass er dort eigentlich nichts zu suchen hatte. Auch die Reporter sollten nicht hier sein. Wer hatte die Informationen durchsickern lassen?

Eine Minute später stand unser Wagen vor der Eingangstür der Villa, und wir wurden in aller Eile ins Haus gebracht.

Fremde nahmen uns unsere Mäntel ab und führten uns in eine riesige Landhausküche, in der es herrlich duftete. Dort trafen wir auf Charles und Carolyn Beavier, die vor uns angekommen waren. Wir umarmten uns wie Freunde, die sich lange nicht gesehen hatten; wir gaben uns gegenseitig Kraft. Wir waren wie eine Familie.

Meine ständige Angst machte mich verrückt. Ich wünschte mir verzweifelt Sicherheit, Wärme und Normalität. Ein solcher Wunsch war in dieser Situation unrealistisch, aber dennoch verständlich. Doch ich vergaß die Dunkelheit und den Nebel. Ich vergaß die Bedrohung dort draußen.

Meine Gedanken drehten sich nur noch um Kathleen und Colleen und ihre Babys.

76.

Pater Rosetti beugte sich tief zu Kathleen herunter. »Hör mir zu, Kathleen. Hörst du mir zu? Du *musst* mir jetzt ganz genau zuhören. Nichts in deinem Leben hat dich auf diese Situation vorbereitet. Auch mich hat nichts in meinem Leben auf diese Situation vorbereitet.«

»Das ist ein Trost«, war alles, was Kathleen erwiderte.

»Nun«, sagte Pater Rosetti mit einem verhaltenen Lächeln, »obwohl dein Verhalten sicherlich nachvollziehbar ist, ist es für mich kein großer Trost.«

»Es tut mir leid«, sagte Kathleen schließlich. »Ich weiß nicht, wo wir sind, oder warum wir hier sind. Ich bin vollkommen verwirrt.«

»Das ist verständlich. Wir sind dort, wo man uns am wenigsten vermutet und wo dich hoffentlich niemand suchen wird. Wir sind zusammen hier, weil es sehr wichtig ist, dass ich ein wenig Zeit mit dir verbringe.«

»Weil Sie mich beobachten und auf die Probe stellen wollen?«

»Ja, so in etwa. Ich will dir sagen, dass wir auf dem Weg nach Rom sind.«

Kathleen und Pater Rosetti saßen im Zweite-Klasse-Abteil eines Zuges, auf dem Weg von Frankreich nach Italien. Wenn seine Rechnung aufging, hatte niemand davon erfahren. Es war ein Zug der französischen Eisenbahngesellschaft SNCF. Als der Zug in einen düsteren Tunnel einfuhr, flackerte das Oberlicht kurz auf und erlosch gleich darauf.

Die Dunkelheit hinderte Rosetti nicht daran weiterzusprechen. Er schien sie noch nicht einmal zur Kenntnis zu nehmen, und Kathleen fragte sich, ob er wohl in der Dunkelheit sehen konnte. Sie wusste, dass er versuchte, einen wichtigen Punkt mit ihr zu besprechen. Doch sie war so müde und hatte so große Angst.

Kathleen bereitete ihr Heimweh großen Kummer. Sie war von zu Hause fort und gleichzeitig heimatlos. Wo lebte sie jetzt? Wohin gehörte sie? Und was war mit dem Baby?

»Kathleen, bitte erlaube mir, dir eine Sache zu erklären«, sagte Rosetti. »Es ist etwas, was ich glaube und was die Kirche in Rom glaubt. Und ich möchte, dass du versuchst, es auch zu glauben.«

»Was ist es, Pater? Ich bin so müde«, sagte Kathleen matt. Sie musste ihm ihre volle Aufmerksamkeit schenken, weil es aufgrund seines Akzentes schwierig war, alle Wörter zu verstehen.

»Ich glaube, dass das Böse eine starke, spürbare Macht auf Erden ist. Das Böse ist so real wie du und ich. Auch heute gibt es den Teufel noch. Der Teufel ist ein glänzender Imitator, Kathleen. Ein Meister perverser Nachäffung. Es kann so aussehen, als wäre er nirgends, aber er ist *überall!*

Diejenigen, die die Existenz des Bösen leugnen – angeblich auf verstandesmäßiger Ebene –, leugnen, was sie in der Welt sehen, was sie über die Welt hören und was sie fast jeden Tag ihres Lebens denken und fühlen. Sie bestreiten, was sie in Zeitungen lesen. Glaube mir, Kathleen, das Böse ist auch in diesem Augenblick überall in unserer Nähe. Ich weiß, dass es wahr ist.«

»Sie machen mir wirklich große Angst«, sagte sie, »und

ich habe schon so große Angst. Ich kann es wirklich nicht mehr ertragen. Ich kann Ihnen nicht länger zuhören.«

»Ja, ich verstehe.« Er nickte. »Aber nicht aus den richtigen Gründen, Kathleen. Du musst den Teufel fürchten und nicht ein wenig harmlose Dunkelheit oder die *Worte,* die ich sage.«

Die Deckenlichter gingen mit einem Jaulen an, als sie wieder mit Strom versorgt wurden. Kathleen starrte in die dunklen Augen des Priesters. Sie glaubte ihm, denn sie hatte das Böse gesehen, gerochen und in der Luft gespürt. Das Böse war jetzt immer in ihrer Nähe. Ständig. Und sie fühlte sich dem ausgeliefert, was oder wer auch immer Anspruch auf sie erhob.

Zum ersten Mal in ihrem Leben hatte Kathleen große Angst vor dem Teufel. Sie wusste, dass er in der Nähe war, genau hier im Zug. *Er wollte nicht, dass sie ihr Baby bekam.*

77.

Jemand musste vor dem Haus sein. Colleen hörte die Hunde bellen und quälte sich aus dem Schaukelstuhl, in dem sie saß und in einem Geschichtsbuch las. Sie hatte seit dem ersten Schuljahr immer eine glatte Eins gehabt, und sie sah nicht ein, dass ihre Noten schlechter werden sollten – auch jetzt nicht. Colleen stellte fest, dass sie sogar mehr lernte, wenn sie den Unterrichtsstoff gründlich alleine studierte, ohne dass sich die Lehrer mit ihren Ansichten einschalteten.

Es dauerte einen Moment, bis sie die Haustür erreicht hatte, aber als sie die Tür öffnete, bekam sie den Mund nicht mehr zu.

Ein leuchtend orangefarbener Schulbus, auf dem *Dublin Tours* stand, parkte in der Zufahrt.

Viele Leute – größtenteils Frauen, aber auch einige Männer und Kinder – kletterten aus dem Bus.

Eine blonde Frau in einem grünen Ölmantel schritt voraus, während die anderen zurückblieben.

Colleen öffnete die Haustür und trat zögernd auf die kleine steinerne Veranda.

»Ja? Kann ich Ihnen helfen?«

Die blonde Frau lächelte freundlich. »Entschuldige bitte, wenn wir hier eindringen.«

Colleen verstand nicht, was los war. »Verzeihen Sie, ich verstehe nicht: Warum sind Sie hier?«

Die blonde Frau machte ein verlegenes Gesicht. »Liebes Kind, wir haben versucht, vorher anzurufen. Wir stellten jedoch fest, dass ihr kein Telefon habt.«

Colleen zuckte mit den Schultern und lächelte schließlich. »Eigentlich haben wir ein Telefon, aber wir haben kein Geld, um die monatlichen Gebühren zu bezahlen.«

Die blonde Frau lächelte wieder. »Wir sind den ganzen Weg von Dublin hierher gereist, um Colleen Galaher zu sehen. Bist du Colleen?«

»Ja, die bin ich. Und warum sind Sie den ganzen Weg von Dublin hierher gekommen, um mich zu sehen?«, fragte sie.

Noch eine Frau löste sich aus der Gruppe, die neben

dem Bus stand, und kam auf sie zu. »Meine Mutter und meine Schwester wohnen hier im Dorf. Sie erzählten mir von deiner ›besonderen Situation‹. Schwester Eleanor ...«, die Frau zeigte auf die blonde Frau, »sprach mit einer ihrer Freundinnen an deiner Schule. Wir sind gekommen, weil wir glauben, dass hier in Irland eine ganz besondere Geburt bevorsteht. Wir haben gehört, dass ein Priester vom Vatikan an deiner Schule war.«

Colleen schüttelte immer wieder den Kopf, aber sie konnte den freundlichen Leuten aus Dublin nicht böse sein. Außerdem sehnte sie sich nach ihrer Gesellschaft und vielleicht sogar nach der Aufmerksamkeit, die sie ihr schenkten.

»Ich würde Sie ins Haus bitten, aber ...« Sie zeigte auf das kleine Haus.

Schwester Eleanor schüttelte den Kopf. »Das ist nicht nötig. Es reicht uns, dich zu sehen, Colleen. Das ist unsere ganze Reise wert. Dich zu sehen und deine Stimme zu hören, ist unsere Belohnung.«

Plötzlich traten Tränen in Colleens Augen. Sie fing an zu weinen.

Es glaubte ihr jemand – endlich glaubte ihr jemand.

78.

Als ich aus einem tiefen Schlaf erwachte, stellte ich fest, wie erschöpft ich immer noch war und dass ich meine Arme und Beine kaum bewegen konnte.

Ich lag in einem bequemen Bett in einem Haus auf dem Lande in Frankreich. Immer wieder dachte ich an Kathleen und Colleen und hoffte, dass sie die Nacht auch gut überstanden hatten.

Beide standen kurz vor der Entbindung, und ich fragte mich, ob sie ihre Babys vielleicht am gleichen Tag, in der gleichen Stunde und vielleicht sogar im gleichen Augenblick bekommen würden. Eigentlich hielt ich nichts mehr für unmöglich.

Mein Gott, dachte ich. *Ich glaube, ich glaube.*

Und genau in diesem Augenblick hörte ich eine Stimme, nicht im Zimmer, sondern irgendwo in meinem Kopf. Ich kannte diese Stimme aus früheren Zeiten, als ich jünger gewesen war, fester im Glauben und häufiger gebetet hatte.

Es war eine Stimme, mit der ich sprach und mit der ich in meinen Gebeten Zwiegespräche führte. Manchmal schien es eine männliche und manchmal eine weibliche Stimme zu sein, aber sie war immer verständnisvoll, nett und liebevoll.

Ich brauche deine Hilfe, sagte ich zu dieser Stimme in meinem Kopf. *Bitte, hilf uns allen hier auf Erden, aber vor allem diesen beiden armen Mädchen.*

Dann erhielt ich eine einfache Botschaft: *Du musst jetzt sehr mutig und stark sein, Anne. Darum bist du hier. Du bist die Tapferste von allen. Du bist aus einem ganz bestimmten Grund hier.*

Ich lauschte den Worten und ließ mich von ihnen trösten, obwohl ich nicht ganz genau verstand, was sie bedeuteten.

Zum ersten Mal seit langer Zeit glaubte ich wieder, und dieses Empfinden machte mich unheimlich glücklich.

Und ich glaubte, ich wurde geliebt.

79.

Rom.

Ein stämmiger alter Mann in einem Dufflecoat und mit einer Baskenmütze auf dem Kopf ging langsam eine schmutzige Nebenstraße der Universitätsstraße hinunter. Die Statione Termini – ein Stadtbezirk, benannt nach dem Bahnhof hier in der Nähe – war ein ruheloser Irrgarten von Straßen und engen Gassen. Es war ein Ödland billiger Zimmer, die mit Feldbetten ausgestattet waren und in denen mittellose Einwanderer wohnten.

Überall streunten Katzen herum, die mit ungerührten Blicken unter parkenden Autos und aus den Ruinen der antiken Bäder des Diokletian hervorschauten. Sie waren so gerissen und wachsam wie Überlebende einer Katastrophe oder eines Krieges. Und sie *beobachteten* den gebeugten alten Mann.

Die umliegenden Gebäude waren wuchtig und deprimierend, wie der hässliche Zementfriedhof mit seinen modernen Grabmälern. Es war schwer vorstellbar, dass irgendjemand tatsächlich aus freien Stücken in diesem Viertel lebte.

Der Fremde blieb vor einem der grauen Gebäude stehen. Sein Blick wanderte über die verrußten Fenster. Er sah eine verbogene Fernsehantenne auf dem Dach, eine verblichene Reklametafel für Cynar und Katzen. Der alte Mann stieg schwerfällig die zerfallene Treppe hinauf und zog an einer Glocke, die an der Haustür hing.

Schleppende Schritte näherten sich der Tür, und eine korpulente Frau mittleren Alters öffnete schließlich. Sie trug eine Katze auf dem Arm.

»Buon giorno, signora. Per favore. Desidero una camera tranquilla.« (Guten Tag, gnädige Frau. Ich suche ein ruhiges Zimmer.)

Signora Ducci musterte den großen, ärmlich gekleideten Mann mit einem schnellen Blick. Sie vermutete, dass er Ende fünfzig oder sechzig war. Eine ganze Weile schaute sie ihn ungerührt an.

Zweifellos ein Handwerker. Es ist auf jeden Fall unwahrscheinlich, dass er im Laufe des Winters verstirbt, dachte die italienische Hausfrau.

»Ich habe ein Zimmer. Sie müssen einen Monat im Voraus bezahlen.« Die Frau schob ihre Unterlippe vor, um ihrer Unnachgiebigkeit in diesem Punkt Nachdruck zu verleihen. Ihre Katze fauchte leise.

»Ich möchte nur ein oder zwei Wochen bleiben, Signora. Ich habe nicht viel Geld.«

»Einen Monat im Voraus. Das ist meine Bedingung. Es

gibt viele andere Zimmer in Rom.« Der Mann sagte seufzend: »Ich werde bezahlen, was Sie verlangen.«

Eine Stunde später sah Signora Ducci, dass der Mann mit einem jungen Mädchen an seiner Seite die Haustreppe hinaufstieg. Das Mädchen trug bauschige Kleider, und ein flüchtiger Blick in ihr Gesicht verriet, dass sie hübsch war. Sie wird sich dem Mann nicht verweigern, dachte Signora Ducci.

Sie lächelte. Das Wort *Kindbraut* schoss ihr durch den Kopf. Sie hatte in den Augen des Mannes etwas seltsam Furchtsames entdeckt, aber jetzt wusste sie, was es war: Begierde.

Oben in dem alten Gebäude zog Nicholas Rosetti zuerst die schmutzigen Vorhänge zu und öffnete dann seinen Mantel.

Anschließend verriegelte er die Tür.

Rosetti glaubte, ein perfektes Versteck für sich und Kathleen gefunden zu haben. Er war hier, um sie auf die Probe zu stellen und zu beobachten, aber auch, um das Mädchen zu beschützen, soweit es in seiner Macht stand.

80.

Drei Stockwerke über der dunklen, dunstigen Straße in diesem zerfallenen römischen Stadtviertel leuchtete ein helles gelbes Lichtquadrat, so hell wie ein rechteckiger Stern.

Kathleen saß an dem Fenster. Als sie ihren pochenden Bauch mit den Armen umfing, konnte sie den Herzschlag ihres Babys fühlen. Sie hatte seit dem Besuch in der Abtreibungsklinik nie mehr so große Angst gehabt.

Alles Mögliche kann mir jetzt passieren. Menschen sind gestorben und ermordet worden. Seuchen und Krankheiten brechen wie in längst vergessenen Zeiten aus. Ich fühle mich, als wäre ich in die Seiten der Bibel gestiegen.

Sie versuchte, diese Gedanken zu verdrängen.

Ich werde in Kürze Mutter sein. Nichts außer meinem Kind ist von Bedeutung. Ich werde es nicht loslassen. Ich liebe dieses Baby. Mein Baby wird alles in Ordnung bringen.

Auf der gegenüberliegenden Seite des kleinen Zimmers, in dem überall Zeitungen und Fast-Food-Behälter vom Mittag- und Abendessen herumlagen, flüsterte Rosetti kaum hörbar ein Gebet. Der Priester war so vertieft und konzentriert auf das Unsichtbare und Unbekannte, dass er ihr Angst machte.

Sie drehte sich zu dem billigen, flimmernden Schwarzweißfernseher um, der auf einer Kiste stand. Ein Reporter sprach auf Italienisch, während Video-Clips die andauernde Jagd nach ihr durch Westeuropa schilderten. Ein Bericht traf ein, dass sie in Frankreich gesehen worden sei, und ein anderer, dass sie zurück in Amerika sei.

»Sie sagten, ich solle Ihnen Bescheid sagen, wenn ich bereit bin, Pater«, sagte Kathleen schließlich mit zittriger Stimme. »Ich glaube, ich bin bereit«, flüsterte sie.

Letztes Jahr um diese Zeit hatte sie sich als Steuerfrau eines Bootes versucht, war in der Easton Bay gesegelt und für die Newport Newts angetreten. Jetzt saß sie in einem kleinen, düsteren Zimmer in Rom und beugte sich über ihren großen Bauch. Ungläubig stand sie ihrem eigenen Leben gegenüber.

Rosetti öffnete seinen schwarzen Seesack und nahm mehrere Dinge heraus: ein Kreuz, eine Stola, einen silbernen Rosenkranz, eine kleine Flasche Weihwasser und zwei dicke schwarze Bücher. Durch Kathleens Blickfeld schienen Schatten zu huschen. War dort noch jemand?

»Ich werde dir sagen, was jetzt geschieht, Kathleen. Zuerst werde ich dir daraus vorlesen.« Rosetti hielt ein in Leinen gebundenes Buch mit einem blutroten Kreuz auf dem Cover hoch. »Es wird das ›römische Ritual‹ genannt. Einige der wirkungsvollsten Gebete, die je geschrieben wurden, sind in diesem Buch enthalten.«

»Sagen Sie mir die Wahrheit, Pater. Hören Sie bitte auf mit diesem Hokuspokus. Folgt jetzt eine Teufelsaustreibung?«, fragte sie schließlich.

»Nein, keine Teufelsaustreibung. Aber ich glaube, Kathleen, dass der Teufel hier in diesem Zimmer ist. Der Teufel ist zweifellos ganz in der Nähe. Etwas schützt uns vor ihm.«

»Bis jetzt«, sagte Kathleen.

»Ja, bis jetzt. Wir wollen nun diesen Weg beschreiten. Wir werden den Teufel besiegen. Er kann besiegt werden. Er ist alles in allem nur ein gefallener Engel.«

Rosetti küsste feierlich die violette Stola und warf sie dann über seine breiten Schultern. Kathleen konnte sehen, dass seine großen Hände zitterten.

Auch seine Stimme bebte. »Die Gegenwart des Bösen wird manchmal Moloch genannt. Wusstest du das, Kathleen? Oder Mormo – was König der Ghuls bedeutet. Oder

Beelzebub – was Herr der Fliegen bedeutet. In Teilen Afrikas nennen die Menschen es noch immer Damballa, die Bestie. Aber in Europa und in Amerika hat es keinen Namen mehr. Das ist der Grund, warum so viele Menschen hier im Westen nicht mehr an Satan glauben. Er scheint unsichtbar zu sein, aber er ist überall.«

Rosetti bekreuzigte sich andächtig. Dann ging der breitschultrige Mann langsam durch das Zimmer auf Kathleen zu. Er ließ sie nicht aus den Augen. Sie wollte weglaufen, tat es aber nicht. Sie konnte es auch gar nicht. Ihr Körper schien auf dem Stuhl festgenagelt zu sein.

Das zitternde Mädchen fing mit lauter Stimme an zu beten. »Herr im Himmel, beschütze das Kind in mir. Bitte beschütze mein Baby.«

81.

Pater Rosetti stöhnte, und dann verstummte er, als wollte er noch nicht mit dem heiligen Ritual beginnen. *Er wusste, was er zu erwarten hatte.* Zuerst das Spüren des gefürchteten, alles durchdringenden unsichtbaren Geistes. Dann die kalte, unvergessliche *Stimme.* Anschließend vielleicht das Erscheinen des *Bösen* selbst.

Er erinnerte sich lebhaft an den Tag, an dem er im Vatikan zusammengebrochen war. Das hatte ihm bewiesen, dass der Teufel überall war, sogar am Heiligen Stuhl. Er erinnerte sich, dass er nicht nur einen, sondern eine Menge Teufel gesehen hatte. Jetzt fühlte er, dass sie ihn in diesem kleinen Zimmer umzingelten. Sie waren wie ein Meer von Ungeziefer.

»Lieber Gott, bitte gib uns ein Zeichen.« Rosetti begann mit dem wichtigsten Gebet seines Lebens. Er empfand große Hoffnungslosigkeit im Angesicht des Abgrundes. Gewiss machte er nun den ersten Schritt in die ewige Hölle.

Er hielt eine silberne Taschenuhr in der Hand. Seine Eltern in Mailand hatten ihm die Uhr am Tag seiner Ordination geschenkt. Er zeigte Kathleen das Zifferblatt der antiken Uhr. »Viertel vor zwölf«, sagte er zu ihr.

»Welche Jungfrau wird unseren Erlöser gebären? Welche Jungfrau wird die abscheulichste Bestie unserer Zeit gebären?«, fragte er mit einer seltsamen Stimme, die sich in Kathleens Ohr eher wie die eines anderen anhörte.

Fast im gleichen Moment konnte sie den gefürchteten bösen Geist selbst spüren. Sie sah die Liebhaber aus ihren Träumen, aber jetzt waren sie hier bei ihr in diesem kleinen Zimmer. So etwas hätte sie nie für möglich gehalten, aber die Gestalten waren zweifellos hier.

»Können Sie sie sehen, Pater?«, fragte sie. »Bitte sagen Sie ja.«

»Geht weg!«, rief er plötzlich und sprenkelte Weihwasser über die Liebhaber.

Als das Wasser sie berührte, verwandelten sie sich schnell in Tiere – wilde Hunde und heulende Wölfe und Bären, die auf ihren Hinterbeinen standen. Kathleen starrte sie ungläubig an, als sie sich in Vögel und dann in Katzen verwandelten, die genauso aussahen wie die dort draußen im Bahnhofsviertel.

Und dann nahmen sie wieder die Gestalt der Liebhaber aus ihren Träumen an. Sie lächelten Kathleen und den Priester selbstgefällig an.

»Sie sind Teufel, nicht wahr?«, fragte sie. »Sind es die gefallenen Engel?«

Rosetti sagte nichts, sondern hörte und schaute nur zu. Einige der Liebhaber waren nackt, andere trugen enge Hosen oder enge Unterwäsche, und sie alle starrten das Mädchen mit der gleichen widerlichen *Besitzgier* an. Sie beobachteten sie aufmerksam.

Ungerührt schauten sie auf ihren *Bauch*. Sie sahen hungrig, fast ausgehungert aus. Würden sie versuchen, das Kind zu fressen?

»Können Sie sie noch sehen?«, fragte Kathleen Rosetti.

»Ich kann alles sehen, was du siehst, Kathleen. Wer sind sie? Kennst du sie?«

»*Nein*«, sagte sie. »Nun ja, aber nur aus Träumen. Sie sind nicht wirklich. Das kann nicht sein.«

»Was geschieht in den Träumen?«, fragte Pater Rosetti. »Du musst mir alles sagen, was du weißt. Behalte nichts für dich.«

Kathleen zitterte. Sie hatte wieder den Wunsch, sich zu töten, um von hier wegzukommen. Die Liebhaber warfen ihr so vulgäre, scheußliche Blicke zu. Noch nie hatte sie jemand mit einem solchen Hass und solcher Verachtung angesehen. Sie hatten sogar diesen abscheulichen Blick, als sie sich in Tiere verwandelt hatten.

»Sie kommen fast jede Nacht zu mir ... und lieben mich«, gestand sie schließlich. »Manchmal machen sie es *wie Tiere.*«

»Wie fühlst du dich, wenn sie es mit dir treiben?«

»Ich hasse es! Nein, das ist nicht ganz richtig, Pater. Manchmal empfinde ich ein großes körperliches Vergnügen. Es erstaunt und verwirrt mich.«

Während der Priester sprach, beobachteten die Liebhaber sie weiter und umkreisten sie langsam. Kathleen wusste genau, dass sie ihr wehtun würden, wenn sie gekonnt hätten. Warum fielen sie nicht über sie her? Es war so unheimlich und widerlich. Sie beäugten immer wieder ihren Bauch und schauten einfach nicht weg.

Schließlich redete der Anführer, und sie erkannte die Stimme wieder, die so viele Monate in ihrem Kopf gewesen war.

»Ich will nur das, was mir gehört, was Gottvater, dieser listige, verlogene Bastard, mir *versprochen* hat. Ich will das Kind. Mein Kind.«

»Sag mir, wie du dich fühlst, wenn sie zu dir kommen«, fuhr Pater Rosetti fort, Kathleen zu befragen.

»Vergewaltigt«, sagte Kathleen. »Aber, ach Pater, ich hatte auch mein Vergnügen daran. Und dann empfand ich die schlimmste Scham«, sagte sie.

»Warum?«

»Ich bin keine Jungfrau mehr ... und ich bin schwanger.«

»Kathleen«, fragte der Priester, »hast du je einen Mann *gehabt*? Hast du diese Männer gehabt?«

In diesem Augenblick stürzten alle auf sie zu, jeder einzelne Liebhaber. Sie knurrten, stöhnten und stießen groteske tierische Laute aus, doch sie zischten auch eine Lautfolge, die sich anhörte wie das Wort jaaaaa, jaaaaa, jaaaaa! Sie musste heftig würgen. Sie drangen überall, wo sie konnten, in sie ein. Ihre Penisse waren wie Messer, die ihre Haut an dutzenden Stellen durchbohrten.

Sie empfand wieder große Scham und Schuldgefühle. Doch sie wollte nicht, dass der Priester es sah. Sie wusste, dass sie hier waren, um das Baby zu verletzen.

»Es ist unser Kind«, schrie die Stimme. »Wir haben dich gevögelt, und du hast das Kind empfangen. Sag es dem Priester! Gesteh es! Sag es Gott! Sag die Wahrheit!«

Kathleen stieß einen Schrei aus, einen ganz unheimlichen Laut. Sie warf ihre Arme hoch und fuchtelte durch die Luft. Ihre Beine zappelten wild hin und her. Ihr Kopf wackelte vor und zurück. Sie rollte fürchterlich mit den Augen, sodass ihre Pupillen fast ganz in den Augenhöhlen verschwanden.

Plötzlich waren sie weg. Einfach so.

Im Zimmer herrschte Schweigen.

Kathleen blinzelte mit den Augen. Sie verstand nicht, was ihr gerade widerfahren war.

Dort stand nur Rosetti mit seiner silbernen Taschenuhr.

»Was ist passiert?«, flüsterte sie, während sie sich mit vor Entsetzen weit aufgerissenen Augen im leeren Zimmer umschaute.

»Ich habe dich hypnotisiert«, sagte er. »Vielleicht hast du dir das alles nur eingebildet, Kathleen.«

82.

Schwester Katherine Dominica klopfte an dem Abend, als der Bus aus Dublin wieder weggefahren war, an Colleens Haus. Die schon etwas ältere Nonne setzte sich dem Mädchen gegenüber in das kleine Wohnzimmer, in dem ein Torffeuer brannte.

»Und deine Mutter? Schläft sie schon?«, fragte die Nonne leise.

»Sie ist wach. Aber Sie würden es fast nicht bemerken. Meistens weiß sie nicht, wer ich bin.«

Die Nonne nickte. »Das muss sehr schwer für dich sein, Colleen.«

»Wir kommen gut zurecht«, sagte das Mädchen. »Wir behelfen uns.«

»Wir haben von diesem Priester aus Rom nichts mehr gehört, nicht wahr?«

Colleen wunderte sich. »Ich nicht – und Sie auch nicht?«

»Hm«, sagte die Nonne nur und fragte: »Heute war ein Bus in der Stadt. Weißt du etwas davon?«

Darum ging es also. Jetzt verstand Colleen, aus welchem Grund die Frau zu ihr gekommen war. Im ersten Moment wollte sie Schwester Katherine belügen und sagen, dass sie den Bus nicht gesehen habe, aber das konnte sie nicht. Sie konnte nicht lügen. Auch die neugierige Schwester konnte sie nicht belügen.

»Ja, der Bus hat hier gehalten. Es saßen Nonnen im Bus und auch Laienbrüder. Ein pensionierter Priester. Sie sind gekommen, um mich zu sehen, Schwester. Sie haben von meiner besonderen Situation erfahren.«

Die Nonne schnalzte leise mit der Zunge. »War das jetzt alles?«

Colleen dachte über die Antwort nach. »Sie sagten, sie glaubten, der Erlöser komme in Irland zur Welt. Ist das nicht eine wundersame Sache? Sie glauben an eine jungfräuliche Geburt, Schwester. Sie auch?«

83.

Ich hörte den lauten Klang eines Gongs, und mein Blick wanderte zu der dunklen, mit Marmor durchsetzten Holzverkleidung. Die Uhr hatte Mitternacht geschlagen. Es war der 11. Oktober. Zwei Tage vor dem Fest der mysteriösen Erscheinung der Jungfrau von Fatima. Zwei Tage vor der voraussichtlichen Geburt der Babys.

Kathleens Baby.

Colleens Baby.

Justin und ich hatten die Villa seit dem Frühstück nicht mehr verlassen. Wir hatten auf den Teppichen und den Tischen Zeitungen verstreut und hatten in unserem dringenden Bedürfnis nach Wissen in dem Zimmer das reinste Chaos verbreitet. Was passierte in der Welt? Wo war Kathleen? Die Presse in ganz Europa und den Vereinigten Staaten wusste nichts über ihren Aufenthaltsort. Der Vatikan hatte sich geweigert, eine Erklärung abzugeben. Und man erlaubte uns nicht, mit Pater Rosetti oder Kathleen in Verbindung zu treten.

Justin griff nach der *International Herald Tribune* und starrte noch einmal auf die Berichte.

»Ich fühle mich so hilflos, Anne, und das bin ich nicht gewohnt. Wird von uns erwartet, einfach hier herumzusitzen und auf die Geburt, die Geburten zu warten? Hat Pater Rosetti nicht *irgendetwas* gesagt? Hat Kathleen vielleicht irgendwann etwas darüber gesagt? Wo zum Teufel könnten sie sein?«

Ich sah von den unzähligen Zeitungen hoch und schüttelte den Kopf. Wir hatten so oft über diese verworrene Situation gesprochen, dass ich das Gefühl hatte, eine zerknüllte Straßenkarte in meinem Kopf zu haben.

Wenn ich einmal nicht an den Schrecken dachte, der außerhalb dieser vier Mauern seinen Lauf nahm, beschäftigte mich der Gedanke, dass ich hier mit Justin zusammen war. Ich konnte nichts dagegen tun. Auch dafür musste es einen Grund geben. Es gab einen Plan, und wir wussten nur noch nicht, welchen.

»Ich mache einen Spaziergang. Ich brauche frische Luft«, sagte ich. »Möchtest du mitkommen?«

In der letzten Stunde hatte sich der Nebel in weichen, dichten Regen verwandelt. Die Autos, die an den Mauern um den Park vorbeisausten, machten Geräusche, als würde ein riesiges Klebeband von dem schnurgeraden Highway gerissen. Die Presse wartete noch immer vor den Toren unseres Gefängnisses. Sie war genauso frustriert und verwundert über Kathleens Verschwinden wie wir.

Vor der Tür stand ein großer Regenschirm, den Justin jetzt aufspannte. Ein frischer, sauberer Geruch schwebte durch die Nachtluft, die ich tief einatmete.

Wir gingen zwischen gestutzten Buchsbaumhecken über einen Kiesweg. Unsere Schritte knirschten im Gleichschritt.

Aber ich schaffte es nicht, mich zu entspannen. Ich war Justin gegenüber nicht ganz ehrlich gewesen, und dieser Gedanke machte mich traurig. Wie viel gemeinsame Zeit bleibt uns wohl noch, fragte ich mich.

Ich musste mit ihm sprechen und ihm die Wahrheit sagen. Wie heißt es doch so schön? *Wer nicht wagt, der nicht gewinnt.*

»Ich muss immerzu an dich denken«, gab ich schließlich zu. Wahrscheinlich waren dies die mutigsten Worte, die ich je in meinem Leben gesagt hatte. So lange hatte ich mich vor Gefühlen der Zuneigung und Liebe in acht genommen, doch jetzt verschlangen sie mich. *Warum jetzt?*

Als Justin seinen Schritt verlangsamte, drückte ich seinen Arm an meinen Körper und zog ihn weiter.

»Ich habe mich seit dem Tag, als ich dich zum ersten Mal getroffen habe, vor dir zu schützen versucht. Aber es hat nicht viel genutzt, nicht wahr? Mein Leben erscheint mir neuerdings wie ein buntes Durcheinander aufregender Augenblicke, in dessen Mittelpunkt du stehst.«

Ich musste über mich selbst lachen. Wenigstens das gelang mir noch. Auch Justin lächelte.

»Das ist nicht lustig«, sagte ich, wobei ich noch lächelte.

Wir gingen Arm in Arm, was ich sehr genoss. Der Kiesweg führte zu einem schönen Gemüsegarten.

Spalierobstbäume standen an den Mauern. Prächtiges Wintergemüse – unter anderem Grünkohl, Porree und Rosenkohl – spross aus den geraden Reihen hervor. Es sah aus wie ein Wandteppich vom Garten Eden. Regen tropfte vom Schirm auf meine Schuhe.

Ich schaute hoch und blickte genau in Justins Augen. Seine Pupillen waren so groß und schön, sein Blick so ehrlich und liebevoll, dass ich das Gefühl hatte, geradewegs in seine Seele sehen zu können.

Meine Stimme bebte. »Nächste Woche werden sich unsere Wege wieder trennen. Und ich möchte dir nur sagen – ich *muss* dir sagen –, dass ich dich mehr liebe, als ich es je für möglich gehalten hätte. Ich weiß nicht, warum ich dir das jetzt sage ...«

Sein Kuss war so zärtlich, dass ich am liebsten geweint hätte. Ich gab mich dem Augenblick ganz hin, genoss die Berührung seiner Lippen und versuchte mir jede Empfindung einzuprägen. Mit meinen Lippen wollte ich ihm meine starken Emotionen übermitteln, um mich für all die Male zu entschuldigen, die ich ihn zurückgewiesen hatte, und um zu erfahren, was es für ein Gefühl war, eine Person von ganzem Herzen zu küssen.

Ich bemerkte, dass der Schirm zu Boden fiel, und hörte, wie er den felsigen Pfad hinuntergeweht wurde. Doch ich rannte ihm nicht hinterher.

Justin riss mich stürmisch in seine Arme, und wir küssten uns wieder. Dieser Kuss war fordernder und weckte in mir den Wunsch, mich ganz hinzugeben. Ich fühlte mich so wunderbar, so lebendig. Schon seit langer, langer Zeit hatte ich mir jemanden gewünscht, der mich so liebte. Plötzlich begriff ich, warum es nie passiert war. Ich war einfach unfähig gewesen, die Liebe eines Menschen zu erwidern. Jetzt konnte ich es.

Während wir uns küssten, hatte ich meine Augen geschlossen, und als ich sie jetzt öffnete, sah ich jemanden, der uns beobachtete. Was zum Teufel will er? fragte ich mich. Wer steht dort?

Zuerst stieg ein Anflug von Scham in mir auf. Aber dann überkam mich dieses herrliche Gefühl, das ich verspürt hatte, als ich Justin küsste, und es war *etwas anderes* bei dem Beobachter, was mich störte.

Ich erkannte, wer uns bespitzelte. Es war der dunkelhaarige Mann im khakifarbenen Regenmantel vom letzten Abend – derjenige, der mir Angst eingejagt hatte, als wir angekommen waren.

»Justin, dort ist jemand. Er steht hinter dir. Ich habe ihn gestern Abend schon gesehen.«

Justin drehte sich um und rief dann in schneidendem Ton: »Was machen Sie hier? Hallo, Sie da!«

Der Mann wollte sich davonstehlen, doch wir dachten nicht daran, ihn einfach so gehen zu lassen. Ich vermute, dass wir beide uns nach Antworten sehnten – überhaupt nach irgendwelchen Antworten.

Justin und ich liefen los. Wir jagten den Mann, der zurück in den Hain der Apfelbäume lief, der sich unmittelbar hinter dem Gartenhaus befand. Wir holten ihn ein. Endlich würden wir unsere Antwort bekommen.

Der Mann erkannte wohl ebenfalls, dass er uns nicht entfliehen konnte, denn er lief nicht weiter. Er blieb stehen und wartete. Als wir durch den Regen auf ihn zugingen, starrte er uns an und musterte uns. Dann brach er in ein verächtliches Gelächter aus.

»Sie *kennen* mich«, sagte er schließlich, als wir nur noch wenige Meter von ihm entfernt waren. »Sie wissen ganz genau, wer ich bin. Ich verkörpere Ihre Wünsche.«

Und dann war er auf einmal nicht mehr da. Er verschwand vor unseren Augen.

»Habe ich das nur geträumt?«, fragte ich Justin.

»Nein, wir haben ihn beide gesehen. Er stand genau *dort*. Und jetzt ist er verschwunden.«

Eine aufdringliche Stimme rief uns, als wir mit ungläubigem Blick auf die Stelle starrten, an der der Mann noch vor einem Augenblick gestanden hatte.

»Pater O'Carroll! Miss Fitzgerald! Sind Sie dort draußen? Wo sind Sie?«

Es war Mrs. Beavier. Sie hatte eine Taschenlampe und ein Handy in der Hand.

»Es ist Kathleen«, sagte sie. »Mein Gott, Kathleen hat angerufen. Sie ist in Sicherheit.«

Sofort nahm ich das Telefon und drückte es ungeduldig an mein Ohr. Ich konnte es kaum erwarten, ihre Stimme zu hören.

»Anne, kommst du bitte zu mir? Kommst du *jetzt* zu mir?«, schluchzte Kathleen. »Ich werde nun das Baby bekommen.«

84.

Justin und ich flogen am nächsten Morgen mit der ersten Maschine nach Rom, um Kathleen und Pater Rosetti zu treffen. Nun, da die Geburten unmittelbar bevorstanden, war ich ununterbrochen in Sorge. Rosettis geheimnisvolle Spielchen halfen mir auch nicht weiter.

Der italienischen Polizei und den Soldaten der italienischen Armee gelang es, die Paparazzi von dem Gate fern zu halten, an dem wir ankamen. Wir sahen eine Schlange klobiger kleiner Taxen. Rechts davon stand unsere Limousine.

Ich umklammerte Justins Hand, als der Wagen über die regennasse Via Cristoforo Colómbo ins Zentrum von Rom sauste. Dann raste der Fahrer mit uns in das trostlose Bahnhofsviertel mit seinen verfallenen Gebäuden.

»Warum sind sie hier und nicht im Vatikan?« Ich fasste meine Gedanken in Worte, obwohl ich wusste, dass auch Justin keine Antwort darauf hatte. »Die ganze Sache erinnert mich an Horrorfilme. Rosetti ist besessen davon, alles unter Kontrolle zu haben.«

Justins Augen wanderten über die trostlosen Straßen der Stadt. »Neuerdings habe ich immer das Bild der Schlacht zwischen dem Erzengel Michael und Luzifer mit seinen Legionen vor Augen. Eine heldenhafte Schlacht zwischen Gut und Böse.«

Ich schaute ihn an. »Bist du Michael?«, fragte ich halb scherzhaft.

Justin lächelte. »Wahrlich nicht!«

»Wir brauchen Michael und all seine Engel«, sagte ich. »Wir scheinen zahlenmäßig weit unterlegen zu sein. Die Mächte der Dunkelheit werden siegen.«

Unser Wagen bremste am Bordstein einer besonderes schäbig aussehenden Straße in dem Viertel. Wir stiegen aus und rannten die steile Treppe zu einem heruntergekommenen alten Gebäude empor.

Die Haustür war nicht verschlossen. Die düstere Treppe im Haus wand sich spiralförmig nach oben.

Justin und ich stiegen schnell über zerfallene Stufen zum Korridor des obersten Stockwerks hinauf, der drei schmutzige, graue Türen und ein mit Drahtgeflecht überzogenes, verrußtes Dachfenster aufwies. Eine schwarze Katze sprang aus einer dunklen Ecke und jagte uns beiden einen Schrecken ein.

Justin drehte sich zu mir um und meinte: »Es wird immer unheimlicher.«

»Dies ist die Stelle im Film, an der das Publikum schreit: ›Geh nicht weiter!‹«

»Aber wir gehen natürlich weiter«, sagte er.

Als Nicholas Rosetti plötzlich eine der Türen auf dem Flur aufriss, machte mein Herz einen Sprung. Weißes Licht fiel auf den Korridor und die Treppe.

»Pater O'Carroll! Miss Fitzgerald! Gott sei Dank. Bitte, kommen Sie herein. Danke, dass Sie gekommen sind.«

Rosetti versuchte zu lächeln, doch er konnte nicht verbergen, dass er ausgemergelt und erschöpft war. Es war vollkommen unbegreiflich, aber der Ermittler aus dem Vatikan schien in weniger als einer Woche fast zwanzig Pfund abgenommen zu haben. Er hatte eine gelbliche Gesichtsfarbe, und die Haut auf seinen Wangen und rund um seine Augen war erschlafft. Pater Rosetti sah aus, als ob er vor unseren Augen sterben würde.

»Ist mit Ihnen alles in Ordnung?«, fragte ich ihn.

»Natürlich, natürlich.« Er tätschelte meine Schulter und führte uns ins Zimmer. »Ich bin zäher, als ich aussehe, und ich *sehe zäh aus*.«

Auf der anderen Seite des düsteren Zimmers lag Kathleen auf einer kleinen Couch, die schon arg durchgesessen war. Sie quälte sich hoch und watschelte unbeholfen auf uns zu. Auch sie war aschgrau und sah erschöpft aus.

Sie schlang ihre Arme um mich und brach in Tränen aus. »Ich bin so froh, dich zu sehen«, schluchzte sie. »Ich habe so große Angst. Es ist alles so schrecklich. Schwanger zu sein und *hier* zu sein. Wir müssen miteinander reden, Anne.«

»Was geht hier vor?«, schrie ich ärgerlich, während ich mich zu Rosetti umdrehte. »Was haben Sie ihr angetan? Warum sind Sie hier? Kathleen braucht eine ärztliche Versorgung.«

Er fuchtelte mit der Hand durch die Luft, als wären meine Sorgen zu banal, um mir eine Antwort zu geben. »Ich habe einfach keine Zeit, Ihnen jetzt alles zu erklären.« Er sprach in einem schneidenden Ton zu mir, der meinem glich. »Kathleen wäre nirgendwo in Sicherheit gewesen außer hier bei mir. Wenn Sie das nicht verstehen, kann ich nichts dafür. Und jetzt muss ich sie wieder wegbringen. In den heiligen Schutz des Vatikans, wo das Baby zur Welt kommen muss.«

85.

Justin war groß und kräftig gebaut, und er ging wie ein wütender Bär auf Rosetti zu. Einst war er ein hartgesottener irischer Fußballspieler gewesen, der keinem Zweikampf aus dem Weg gegangen war, und das sah man ihm auch heute noch an. »Sie gefährden *ihr* Leben und das des Kindes«, brüllte er.

»Nein, das tu ich nicht. Ich würde niemals das Leben eines Menschen gefährden. Sie verstehen diese Situation einfach nicht.«

»Dann erklären Sie uns mal *diese Situation.* Sprechen Sie mit uns«, schrie Justin, wobei die Adern auf seinem Hals hervortraten. Er sah immer noch so aus, als sei er im Begriff, Pater Rosetti einen Faustschlag zu verpassen. »Was wissen Sie? *Sagen Sie es uns.*«

Als ich meine Hand auf Justins Arm legte, um ihn zu beruhigen, spürte ich seine Anspannung und seine Kraft. »Ich bin der gleichen Meinung, Pater Rosetti. Wir sind es überdrüssig, im Dunkeln zu tappen«, sagte ich. »Sie sagen, dass Sie Hilfe brauchen, aber Sie sagen uns nie den Grund. Wir sollen *glauben,* sagen Sie. Was sollen wir glauben?«

»Ich bedaure alles sehr«, erwiderte Rosetti in einem rauen Ton, der seine Müdigkeit offenbarte. »Ich vertraue Ihnen beiden. Es ist eine sehr schwierige Sache für mich, aber ich tu es. Ich weiß, wie sehr Sie sich um Kathleen sorgen. Ich weiß, dass Sie beide gut sind. Und darum sind Sie hier. Aber ich kann nicht mehr sagen. Ich habe es versprochen. Oh mein Gott ...«

Pater Rosetti sprach nun über die grenzenlose Angst eines Heiligen Vaters, der ein schreckliches Geheimnis kannte. »Und dann«, schloss Rosetti, »erlitt der Papst im Schlaf einen tödlichen Schlaganfall! Ich hatte meine Mission schon übernommen. Vorher war ich ein normaler Priester, der der Glaubenskongregation angehörte. Meine Fähigkeiten in meinem Beruf machten aus mir einen gründlichen Ermittler und einen guten Priester. Ich bin als Detektiv für die Kirche tätig.

Wenn Sie mir jetzt helfen«, fuhr Pater Rosetti fort, »werden Sie bald alles erfahren. Jede kleinste Tücke und jeden höllischen Winkelzug und Trick der abscheulichen Bestie! Sind Sie sicher, dass Sie wissen wollen, was ich tun muss? Sind Sie darauf vorbereitet, dem Bösen gegenüberzutreten? Sind Sie beide im Stand der Gnade?«

»Und *Sie?*«, fragte ich Rosetti in herausforderndem Ton. »Sie sehen aus wie ein Verrückter. Sie erwarten von uns, dass wir tun, wie Sie sagen, weil Sie aus dem ach so allmächtigen Vatikan kommen und der Heilige Stuhl persönlich Sie schickt. Sagen Sie uns die Wahrheit. *Sagen Sie uns jetzt die Wahrheit.*«

Rosetti seufzte, schüttelte den Kopf und gab dann nach oder tat zumindest so. Er flüsterte, sodass nur wir ihn verstehen konnten.

»Der Teufel soll in Kürze als Menschenkind geboren werden. Nur dann können sich die Legionen vervielfachen und die Herrschaft über die Erde übernehmen. Doch ein Erlöser soll ebenfalls geboren werden. Eine der beiden Jungfrauen wird den Erlöser gebären. Ich weiß noch immer nicht, welches der beiden Mädchen es ist. Sie müssen mir helfen, es herauszufinden.«

86.

In den frühen Morgenstunden des nächsten Tages saßen wir in einem kleinen, düsteren Café im Bahnhofsviertel. Ich war so nervös, dass ich meine Hände nicht stillhalten und meine Gedanken nicht auf den unbeschreiblichen Augenblick richten konnte.

Wollte ich wirklich erfahren, was Rosetti zu wissen behauptete? Wollte ich mich nach seinen Spielregeln richten?

War ich darauf vorbereitet, dem Bösen gegenüberzutreten, als was es sich auch immer herausstellen könnte?

Die Fragen schienen vollkommen absurd und melodramatisch, und doch musste ich die Antworten wissen. Ich merkte, dass ich mich seit dem Tag, da ich in Newport angekommen war, sehr verändert hatte. Etwas Außergewöhnliches würde geschehen, da war ich sicher, doch ich wusste nicht was.

Unser winziger Metalltisch war zwischen einem Heizkörper, einer pistaziengrünen Wand, an der Notenblätter hingen, und einem großen Mann, der seinen Pinscher mit Leckerbissen fütterte, eingeklemmt. Es war schwierig, sich in diesem Getöse von frühstückenden Leuten zu unterhalten, aber irgendwie waren die Geräusche und Gerüche beruhigend. Es hatte etwas von *Normalität.* Die wirkliche Welt existierte noch.

Wir hatten die Nacht auf dem Boden des Zimmers verbracht, das Rosetti für sich und Kathleen gemietet hatte. Er hatte die ganze Nacht über gebetet, und seine Gesichtszüge waren verzerrt, als hätte er schreckliche Schmerzen.

Ich bildete mir ein, Rosetti dort in der Finsternis, die nur durch den schwachen Schein einer Straßenlaterne erhellt wurde, stehen zu sehen. Ein einsamer Wachposten, der auf das Nahen von *was* horchte? Noch eine Seuche? Dämonen? Seinen eigenen Tod?

Gegen Morgen hatte er zu uns gesprochen, fast eine Stunde lang. Wir erfuhren, was wir zu tun hatten und aus welchem Grund. Rosetti machte uns klar, dass wir zwei Möglichkeiten hätten: fortgehen oder das Risiko eingehen, dass er Recht hatte, und ihn bei seiner Suche zu unterstützen.

Justin schaute mir in die Augen. »Wir müssen nicht tun, um was uns Rosetti bittet, Anne.«

Ich nickte. Mir war bewusst, dass Justin hierbei seinen Glauben infrage stellte, aber merkwürdigerweise war meiner gefestigt. »Justin, ich tu es. Pater Rosetti *ist* von der Glaubenskongregation. Er ist ein Mensch aus Fleisch und Blut, und das sind Kathleen und Colleen auch. Wir müssen ihm helfen.«

Wir waren beide durcheinander, ängstlich und sehr, sehr müde. Wir mussten uns in wenigen Minuten trennen. Einer von uns sollte mit Kathleen in den Vatikan gehen. Der andere musste nach Irland fliegen, um bei Colleen zu sein. Einer von uns könnte in schrecklicher Gefahr sein. Vielleicht waren wir es sogar beide.

Hier ging es nicht um alltägliche, normale Schmerzen und Leiden, sondern um ewige Schmerzen und Leiden der ganzen Welt.

Ohne dass es mir bewusst war, hatte ich mein Frühstückshörnchen vollkommen zerkrümelt. Justin schob seinen Teller beiseite und warf ein paar Münzen auf den

Tisch. Wir standen auf und bahnten uns unbeholfen den Weg aus dem Café zur Straße.

Unmittelbar vor der Tür blieb ich stehen und streckte meine Hand nach ihm aus. Ich spürte, dass mich jemand auf dem schmalen Bürgersteig streifte und »Entschuldigung« murmelte, aber ich blickte nicht hoch. Es war alles so seltsam und unheimlich, und es wurde immer schlimmer, immer unverständlicher.

Als ich mein Gesicht an Justins Pullover presste, legte er seine Arme um meinen Körper. Tränen flossen über meine Wangen. Ich konnte sie nicht aufhalten. Ich hatte mich in letzter Zeit so sehr verändert, dass ich mich selbst kaum wieder erkannte. Seitdem ich mir erlaubte, Gefühle zuzulassen, konnte ich sie nicht mehr zügeln. Die Gefühle überschwemmten mich in großen, schwindelerregenden Wogen. Ich fragte mich, ob ich überhaupt noch die Kontrolle über mich hatte.

»Ich liebe dich«, schluchzte ich. »Warum konnte ich dir etwas so Einfaches nicht sagen?«

»Vielleicht weil es nicht so einfach ist«, erwiderte er.

Er hielt mich eng umschlungen, legte seine Wange auf mein Haar und wiegte mich sanft hin und her, während die Italiener an uns vorbeigingen. Er war so stark und so gut. Wie hatte ich ihn je aufgeben können? Was würde nun aus uns werden?

»Ich werde zurückkommen«, sagte er. »Ich verspreche es dir.«

Zwei dunkelblaue Limousinen fuhren vor dem trostlosen Haus vor, in dem wir die letzten vierundzwanzig Stunden verbracht hatten. Endlich kamen Kathleen und Rosetti herunter. Ich schaute ihr ins Gesicht. Sie sah noch immer blass und elend aus. Bald würden die Wehen einsetzen.

Und dann?

Gestern Abend war sie so schnell eingeschlafen, dass wir keine Möglichkeit mehr gehabt hatten, miteinander zu sprechen. Und heute Morgen hatte es fast so ausgesehen, als ob Rosetti Kathleen von mir fern hielte.

Es war Zeit zu gehen, Zeit für Justin und mich, aufzubrechen.

Ich würde Kathleen begleiten.

Und Justin würde zu Colleen fahren.

Wir umarmten uns ein letztes Mal, und mir schoss der furchtbare Gedanke durch den Kopf, dass ich Justin O'Carroll vielleicht niemals wiedersehen würde.

87.

Nachdem Justin abgefahren war, standen Pater Rosetti und ich von Angst erfüllt auf dem Bürgersteig. Der Priester umfasste meine beiden Hände überraschend zärtlich. Er schien fast menschlich.

Er flüsterte: »Miss Fitzgerald, das, worum ich Sie jetzt bitten werde, wird Sie entsetzen und abstoßen. Es wird sich allem widersetzen, für das Sie eintreten. Aber ich muss Ihr Versprechen haben.«

Mein Mund war trocken, als ich ihm zuhörte. War ich wirklich stark genug? Ich hatte keine Ahnung, in welche

Richtung es gehen sollte, aber ich wusste, dass es mir kein bisschen gefallen würde.

Rosetti fuhr fort: »Ich hoffe und bete, dass ich bald endgültig Aufschluss über die beiden Jungfrauen erhalten werde. Die Botschaft von Fatima hat einen Pfad vorgezeichnet, dem wir folgen müssen. Die Bibel liefert Hinweise in der Apokalypse.«

Rosetti kniff die Augen zusammen, als hätte er plötzlich einen Schlag erhalten. »Aber ich bin nicht sicher. Letztlich wird es eine Glaubensfrage sein. Es wird nicht einfach sein, die Wahrheit herauszufinden. Nichts ist je einfach.«

Rosettis Stimme wurde eindringlicher. »Sie müssen nach einem deutlichen Zeichen Ausschau halten, und zwar von dem Zeitpunkt an, da die Geburt vorhergesagt wurde. Wir werden erfahren, welches Kind die Bestie und welches der Erlöser ist. *Sie* werden es wissen.«

Ich fühlte mich, als ob ich mich selbst wie in einem Traum beobachtete; alles schien so unwirklich.

»Ich höre, was Sie sagen, Pater. Aber was soll ich dann tun?«

Er wirkte entschlossen und unerschütterlich. »Miss Fitzgerald, die Bestie muss getötet werden. Das Kind des Teufels muss vernichtet werden. Und das Kind Gottes muss um jeden Preis beschützt werden. Um *jeden* Preis.«

Als Rosetti mein Entsetzen sah, bekreuzigte er sich. »Sie werden wissen, was Sie tun müssen, wenn die Zeit gekommen ist«, flüsterte er. »Darum sind Sie hier.«

Ich glaubte an Gott, aber Ihm zu vertrauen war die eine Sache, und einen Säugling zu töten die andere. Konnte ich das? Ich hatte das Gefühl, dass es mir nicht möglich sein würde, je wieder einen Menschen zu töten.

»Ich weiß nicht, Pater«, stammelte ich.

»Ich glaube an Sie, Miss Fitzgerald«, sagte Rosetti. »Sie sind ein guter Mensch. Sie sind die Stärkste von uns allen. Sie können die Bestie vernichten.«

88.

Sollte ich darum Kathleen begleiten? Weil ich angeblich ein starker Mensch war? Und warum fuhren sowohl Justin als auch Rosetti nach Irland? Weshalb wurde Colleen plötzlich die meiste Aufmerksamkeit gezollt?

Ich stieg in das kühle Innere der wartenden Limousine. Kathleen streckte ihre Hand nach mir aus, und ich umarmte sie. Gleichzeitig war ich todunglücklich. Musste ich sie und ihr Kind verraten? Musste ich noch etwas Schlimmeres tun?

Der Wagen war vom Vatikan geschickt worden. Es war eine Sonderanfertigung eines Fiats mit einem amtlichen Nummernschild. Zwei Soldaten der Schweizer Garde saßen im Auto. Ein Mann lenkte den Wagen, während der andere zu unserem Schutz als Beifahrer mitfuhr. Ich überlegte, was Rosetti und Kathleen wohl in den vergangenen Tage getrieben hatten. Ich hatte schon immer gewusst, dass die Kirche seltsame und mysteriöse Wege beschritt.

Als der Wagen anfuhr, erschreckte ich, denn urplötzlich tauchte ein Schwarm uniformierter Polizisten auf Motorrädern auf und flankierte unseren Wagen. Innerhalb weniger Minuten begriff ich, warum diese außergewöhnlichen Sicherheitsvorkehrungen notwendig waren. Kathleens Aufenthaltsort war an die Öffentlichkeit gedrungen.

Auf den Bürgersteigen standen dicht gedrängt, laut schreiend, die Menschen. Tausende von Gläubigen, aber auch Schaulustige schoben sich auf beiden Seiten der schmalen Fahrbahn. Auch aus den Fenstern der benachbarten Häuser hingen die Leute, um einen Blick auf das Mädchen zu erhaschen.

Kathleen umklammerte meinen Arm so fest, dass sie mir fast die Blutzufuhr abschnitt. Ich bekam kaum noch Luft, als wir uns den Toren des Vatikans näherten.

»Mein Gott, Kathleen«, flüsterte ich. »Alles deinetwegen.«

»Nein, Anne«, entgegnete sie. »Es ist überhaupt nicht meinetwegen. Nichts. Es ist für das Baby. Für das Kind unter meinem Herzen.«

Wir warfen einen flüchtigen Blick auf die hohen Türme des Vatikans, die mit Stuck verzierten Paläste und die Goldkreuze, die überall unter dem blauen Himmelszelt erstrahlten. Gegenüber von den kleinen Geschäften und Restaurants auf der Via Merulana stand eine zwei Meilen lange Schlange Pilger, die die Jungfrau begrüßen wollten.

In gebrochenem Englisch berichtete unser Fahrer: »Man spricht von zweihunderttausend Menschen, und das ist erst der Anfang.«

Blumen regneten auf unseren Wagen, als wir durch die

riesige Menschenmenge fuhren. Freudige Schreie der wogenden, von Emotionen ergriffenen Menge überfluteten uns.

Der Teil von mir, der noch immer ein guter Christ war, verstand das vollkommen. Diese Leute wünschten sich verzweifelt, an etwas glauben zu können. Das majestätische, eindrucksvolle Schauspiel, das sich vor unseren Augen abspielte, war ergreifend. Die Hingabe und die ehrliche Liebe in den Augen der Menschen waren beschämend. Ich erschauerte, als ich daran dachte, welche Reaktionen ein Wunder in diesem angeblich so rationalen, aber eigenartig anfälligen Zeitalter auslösen könnte. Selten war ich dermaßen aufgeregt und verwirrt gewesen.

Zum ersten Mal in meinem Leben betrat ich den Vatikan. Ich saß neben einem jungen Mädchen, das angeblich den Messias gebären würde.

Meine Zweifel waren verflogen.

Ich glaubte wieder, und das war das beste Gefühl, das ich mir vorstellen konnte.

89.

Ich fühlte mich wie verwandelt, als wir auf das Meer von Gesichtern schauten. Ein seltsames Kribbeln breitete sich in meinem Körper aus. Ich schaute Kathleen an.

»Du wolltest mit mir reden, Kathy«, sagte ich.

»Ja, Anne. Ich habe mich in den letzten Tagen, die ich mit Pater Rosetti verbracht habe, an etwas erinnert. Warte, bis wir im Krankenhaus sind und uns dort ein wenig eingewöhnt haben. Dann werde ich es dir erzählen. Es ist noch Zeit.«

»Haben wir noch Zeit?«, fragte ich. »Bist du sicher?«

»Ja, das bin ich. Es ist noch Zeit.« Ihr Blick wandte sich wieder der Straße zu. »Mein Gott, schau dir all diese Leute an.«

Kathleen hatte zweifellos keine Ahnung, warum sie für diese Sache ausgewählt worden war, aber sie wusste eines: Sie kannte ihr Ziel. Sie wusste, warum sie auf Erden war. Ich war so gerührt wie sie. In meinen Augen glitzerten Tränen.

Als der Wagen vor dem Krankenhaus, in dem die Entbindung stattfinden sollte, anhielt, sah ich die bunte Mauer der Schweizer Garde, die auf unsere Ankunft wartete. Sie bildete sofort einen schützenden Kreis um unseren Wagen. Die Soldaten hielten die Menschenmasse zurück, die mit Taschentüchern winkte.

Zahlreiche Priester in weißen Chorröcken und wehenden schwarzen Soutanen knieten nieder und bekreuzigten sich. Sie schienen in Verzückung geraten zu sein. Ihre Liebe gab mir Kraft, und das war ein überwältigendes Gefühl.

Ich stieg aus und reichte Kathleen die Hand. Als sie aus dem Wagen kletterte und ihre Füße den Boden berührten, ging ein lautes, donnerndes Gebrüll durch die Straße.

Plötzlich rannen Tränen über Kathleens Wangen. Ich weinte nicht, war aber nahe davor. Rosettis Worte schossen mir durch den Kopf: *Sie sind die Stärkste von uns allen* ... Warum musste ich stark sein?

Meine Augen wanderten über die farbenprächtige, wogende Menschenmenge. Ich entdeckte in der Mauer der Wachen und Polizisten eine Lücke. Eine schnelle Bewegung dort drüben.

Und dann sah ich ihn! Angst durchfuhr mich.

Der Mann hatte uns beobachtet.

Ich übertönte den Lärm und schrie, so laut ich konnte: »Da drüben! Haltet ihn!«

Ich zeigte auf jenen Mann in dem khakifarbenen Regenmantel mit glatten schwarzen Haaren und einer Brille. Den Mann, den ich auf dem Lande in Frankreich gesehen hatte und der vor meinen Augen plötzlich verschwunden war. Der Teufel? Einer der gefallenen Engel? Ein Attentäter?

Er huschte durch die Lücke und bewegte sich schnell auf Kathleen zu. In seiner Hand glitzerte etwas.

»Er hat eine Waffe!«, schrie ich. »Eine Waffe!« Ich war nicht die Einzige, die das sah.

Mein Herz pochte. Ich hatte meine Pistole nicht bei mir. Sie war noch in meiner Tasche. Der Mann lief in gebückter Haltung und näherte sich jetzt schneller. Dann streckte er seinen rechten Arm aus und rannte direkt auf uns zu.

»Er hat eine Waffe!«, schrie ich wieder.

Ohne darüber nachzudenken warf ich mich zwischen den Mann, der auf uns zurannte, und Kathleen.

Sekunden wurden zur Ewigkeit. Mein Hals wurde ruckartig nach rechts gedreht. Meiner Brust wurde ein so harter Schlag versetzt, dass ich kaum noch Luft bekam.

Dann verschwand ich im Gedränge der Soldaten und Polizisten, die sich über mich warfen. Ich hatte das Gefühl, in ein Loch gezogen zu werden.

In der Mitte der dichten Mengenmenge war ein lauter Knall zu hören und eine helle, weiße Explosion zu erkennen. Kathleen stieß einen lauten, langgezogenen Schrei aus. Auch ich schrie auf.

Die entsetzten Polizisten schlugen mit ihren Schlagstöcken wild in die Menge.

Ich konnte Kathleen hören, aber ich konnte sie nicht sehen. »Anne«, hörte ich sie jammern. »Anne!«

Ich lag auf der Erde und sah, dass der Mann im Regenmantel an Kopf und Hals blutete. Als er zu einem Polizeiwagen gezerrt wurde, heftete er seinen Blick auf mich. Er sprach Englisch. Aus seinem Mund sprudelten hasserfüllte Worte.

»Kathleen Beavier ist kein Kind Gottes! Sie müssen sie vernichten. *Sie* müssen das Kind vernichten. *Sie* müssen es tun.«

Plötzlich war ich nicht mehr sicher, ob es der gleiche Mann war, den wir in Frankreich gesehen hatten. Mein Blick war getrübt, und in meinem Kopf drehte sich alles. Es war alles so schnell gegangen. Ich rappelte mich gegen den eindringlichen Rat der italienischen Polizisten mühsam auf.

»Kathleen!«, rief ich, als ich sah, dass sie ins Krankenhaus gebracht wurde. Sie rief meinen Namen und wartete auf mich. Dann eilten wir beide durch die schweren Türen. Wir hielten uns eng umschlungen.

»Ich dachte, du seiest tot. Erschossen«, schluchzte sie. »Oh, Anne, ich hatte solche Angst um dich.«

»Es geht mir gut. Es geht mir sehr gut«, flüsterte ich. Ich dachte immer wieder, dass sie ein gutes Mädchen war. Der Teufel konnte nicht in dieser jungen Frau stecken. Nicht in Kathleen. Colleen Galaher musste diejenige sein.

Und doch schien auch sie ein gutes Mädchen zu sein.

Dritter Teil
Die Geburt

90.

Colleen fühlte sich in Anbetracht der Tatsache, dass sie kurz vor der Entbindung stand, überraschend gut. *Sehr bald werde ich eine richtige Mutter sein! Ich werde ein kleines, winziges Baby zur Welt bringen,* dachte sie. Es erstaunte sie noch immer und schenkte ihr Hoffnung und Freude, um die Tage und die langen Nächte zu Hause zu überstehen.

Colleen kochte Kräutertee für sich, ihre Mutter und Schwester Katherine. Dann schnitt sie einen dunklen Laib selbst gebackenes Brot auf, in das das traditionelle Kreuz eingeritzt war.

Die schlichte Handlung, Tee zu kochen, lenkte sie von all den Dingen ab, die jetzt geschahen, von den Dingen, die für sie keinen Sinn ergaben und es sicher auch nie tun würden.

Wie werde ich mich um meine Mutter und den Säugling kümmern können?

Werde ich wieder die Schule besuchen können?

»Ich bin erst vierzehn Jahre alt«, flüsterte sie. Ihre kleinen, mit Sommersprossen übersäten Hände zitterten so stark, dass der Deckel der Teekanne klapperte. »So hilf mir doch jemand. Ich bin ein gutes Mädchen.«

Sie brachte den Tee und das dampfende Brot ins winzige Wohnzimmer. Wo war Schwester Katherine? Sie hatte noch vor wenigen Minuten dort gesessen.

Colleen rief nach ihr. Keine Antwort. Ihre Mutter war wieder eingeschlafen und würde nun stundenlang schlafen. Daher drückte sie die Türklinke herunter und ging hinaus.

Schwester Katherine war nirgends zu finden.

Eine dunkle Gestalt kam hingegen den Weg hinauf. Colleen erkannte sofort, dass es ein Priester war! O Gott, es war Pater Flannery aus der Stadt. Wie konnte er es wagen, hierher zu kommen?

Colleen kauerte sich hinter einen Stechginsterbusch, dessen stachelige Zweige eine dicke Barrikade bildeten. *Hat er mich gesehen?* Sie glaubte nicht.

Sie könnte es nicht ertragen, in seiner Nähe zu sein. Mit dem Gemeindepfarrer war etwas nicht in Ordnung, das stand fest. Warum hätte er sie sonst in seinem Pfarrhaus berührt und geküsst.

Colleen zwang sich, so schnell sie konnte, die etwa zwanzig Schritte bis zur Scheune zu laufen. Dort warf sie sich mit ihrem ganzen Gewicht gegen die Schiebetür.

Als sie in den Schuppen huschte, keuchte sie schwer. Sie war erschöpft und außer Atem. Und sie hatte entsetzliche Angst.

Jetzt rief der abscheuliche Priester auch noch ihren Namen: »Colleen, ich bin gekommen, um dich zu segnen, mein Kind.«

»Gebe Gott, dass Sie es nicht tun werden«, murmelte sie.

Das Mädchen ließ seinen Blick durch die düstere Scheune wandern. Ihr war, als wirbelte das Stroh auf dem Boden um ihre Füße herum, und ein warmer Luftzug strich über ihre Wange. Gray Lady wieherte zur Begrüßung. Eine unsichtbare Macht schien sie zu beschützen. Etwas oder jemand, der sie liebte.

Ganz hinten in der Scheune war ein Verschlag, ein kleiner Stall. Dort war es dunkel, und ein stechender Lanolingeruch schwebte in der Luft. Nur ein altes Mutterschaf, das der Wolle wegen gehalten wurde, stand dort.

»Pst, Bridey«, flüsterte Colleen dem Schaf zu und schob es zur Seite. Sie schlich in die hinterste Ecke und deckte sich mit Heu zu. Der Geruch zog tief in ihre Nase, so dass sie fast niesen musste.

Pater Flannerys Stimme, die sie vor der Scheune hörte, nahm jetzt einen schmeichelnden, jaulenden Ton an. »*Colleeeen.* Komm her zu mir. Ich bin dein Priester.«

Dann wurde seine Stimme wütend. »Komm heraus, Colleen. Ich bin in Gottes Auftrag hier.«

Nein, das glaube ich nicht. Gott streichelt und küsst keine jungen Mädchen. Gott ist kein Schwein!

Colleen schloss fest die Augen. Schließlich war das einzige Geräusch, das sie hörte, das der stampfenden, kauenden Tiere. Es roch gut hier, und es war friedlich. Ein Sonnenstrahl, ein langer, heller Lichtstrahl, fiel durch den Heuboden.

Plötzlich dämmerte es ihr. Es passte alles haargenau. Es war perfekt. Hier würde sie das Kind gebären.

Wie in Bethlehem hatte Gott sie zu einer Krippe geführt.

91.

Nicholas Rosetti war in Maam Cross angekommen. Die gefürchtete, abscheuliche Stimme begleitete ihn noch immer unablässig und versuchte, ihn vom Abschluss seiner Mission abzuhalten und ihn zum Wahnsinn zu treiben. Er war Justin O'Carroll ins Hotel vorausgegangen. Justin wollte sich mit einem Arzt, der Colleen in Dublin untersucht hatte, treffen.

Niemand hat das Recht, dies von dir zu verlangen. Niemand kann verlangen, dass du dich selbst für alle Ewigkeit zur Hölle verdammst, sprach die Stimme in sein Ohr. *Die Ewigkeit ist eine lange, lange Zeit, Nicholas. Du hast keine Vorstellung davon, aber ich!*

Pater Rosetti quälte sich in das kleine Zimmer hinauf und warf seine Tasche mit einem lauten Knall auf den klebrigen, dünnen Teppichboden. Er machte sich nicht die Mühe, die Deckenlampe einzuschalten.

Ja, gewöhne dich an die Dunkelheit. Weißt du, dass in der Hölle dunkle Feuer brennen? Das wusstest du nicht, nicht wahr? Aber ich.

Er ging zum Fenster, auf dem der Regen seine Spuren hinterlassen hatte, und schaute auf das Bild der kühlen, schweigenden Stadt. Wahrscheinlich war er der Wahrheit über die beiden Jungfrauen ganz nahe. Und doch fürchtete er, dass er sich der Sünde des Hochmuts schuldig machte, das zu glauben.

Er schwitzte nun am Tage wie in der Nacht. Sein großes Herz schien sich ohne Vorwarnung aus seiner Verankerung zu lösen und in seinem Brustkorb einen verrückten

Tanz aufzuführen. Aber er hatte noch immer einen scharfen Verstand. Die Bestie hatte sich der List, der Sinnestäuschung, der Imitation, der Störung und Fehlinformation bedient. Nicholas Rosetti durchschaute das Spiel, oder zumindest glaubte er es.

Er lebte noch immer, oder? Er war noch nicht zur Hölle verdammt worden.

Bald, Nick, spottete die Stimme. *Du bist den ewigen Toren des Schicksals ganz nahe. Pass auf, wohin du trittst. Sei vorsichtig, Nick. Es ist ein langer, langer Fall.*

In seiner Aktentasche waren die Dokumente, die enthüllten, was er wusste. Ehe er wegging, um Colleen Galaher aufzusuchen, würde er die Dokumente in den Hotelsafe schließen lassen.

Kein Ort ist vor mir sicher, Nick. Weißt du das noch nicht?

Ein Klopfen störte seine unangenehmen Träumereien. Ein Klopfen an der Tür. Das wird Justin O'Carroll sein, Gott sei Dank.

Dort auf dem Korridor stand jedoch nicht Justin O'Carroll! Dort stand ein hagerer Mann, der nicht größer als einssiebzig war und einen teuren Anzug trug. Er schien Mitte vierzig und gut situiert zu sein.

»Ich bin Dennis Murphy. Deirdre unten sagte mir, dass Sie angekommen seien«, sagte der Mann vor der Tür. »*Dr.* Dennis Murphy«, fügte er hinzu. »Vor vierzehn Jahren brachte ich die kleine Colleen Galaher zur Welt. Ich dachte mir, dass Sie sich das hier ansehen sollten.« Er hatte einen starken irischen Akzent.

Rosetti stand sprachlos im Türrahmen, als Dr. Murphy ihm einen verknitterten braunen Umschlag in die Hand drückte. Oben in der rechten Ecke war mit Bleistift ein Name vermerkt. Die fein säuberliche Schrift ließ auf eine Erziehung in einer katholischen Schule schließen.

Rosetti nahm den Umschlag und las den Namen. *Colleen Galaher.*

Dann riss er den Umschlag auf und überflog das, was er enthielt.

Ein lautes Klingeln ertönte in seinen Ohren, und seine Brust war wie zugeschnürt, so dass er kaum noch Luft bekam.

Sein Blickfeld verengte sich. Seine Haut wurde eiskalt. Das war es, was er wissen musste, nicht wahr? Das war das Zeichen, nach dem er gesucht hatte. Das *musste* das Zeichen sein.

Als er den Blick hob, stand Dr. Murphy nicht mehr da. Sofort rannte er hinaus auf den Flur, aber dort war auch niemand. Er rief an der Rezeption an, und dort meldete sich tatsächlich eine gewisse Deirdre.

»Das verstehe ich nicht, Pater«, sagte sie. »Ich kannte Dennis Murphy, aber er ist vor über zehn Jahren gestorben. Dr. Murphy ist tot.«

Rosetti hängte den Hörer auf und vernahm unmittelbar darauf ein Lachen in seinen Ohren.

Na, wo ist denn dein wertvolles Zeichen, Nicholas? Wie willst du die Wahrheit erfahren? Die Antwort ist ganz einfach: Du wirst sie nicht erfahren.

92.

In jener Nacht standen bewaffnete Soldaten der Schweizer Garde vor der Tür zu Kathleens Zimmer. Sie bewachten den Korridor, doch ich musterte jeden, der den Raum betrat.

Es waren so viele fremde, neue Gesichter im Krankenhaus, und jeder Fremde war eine mögliche Bedrohung für das Baby.

Es sind vermutlich Legionen von Teufeln hier, aber warum können sie uns nicht einfach überwältigen? Was hält das Böse in Schach? Es musste einen Grund geben, den ich nicht kannte.

Ich saß auf einem Stuhl mit einer harten Rückenlehne neben Kathleens Bett, und wir sahen uns die Nachrichten an. Der Mordversuch leitete die Nachrichten ein. Ein Reporter mit einem grimmigen Gesicht sagte, dass Kathleen Beavier ins Salvatore-Mundi-Krankenhaus eingeliefert worden sei, ein exklusives Privatkrankenhaus, in dem Kardinäle und sogar Päpste die beste medizinische Versorgung von ganz Italien erhielten. Ein Team italienischer und amerikanischer Ärzte würde bei der Geburt assistieren. Die Wehen könnten jeden Moment einsetzen.

Der erste offizielle Bericht aus dem Salvatore-Mundi-Krankenhaus stammte von dem italienischen Chefchirurgen. Wir schauten die Sendung auf CNN an.

Dr. Leonardo Annunziata war ein eleganter, dunkelhaariger Mann Anfang vierzig. Er setzte seine Autorität bei dem Treffen mit den Journalisten in einem strahlend weiß gestrichenen Konferenzsaal mühelos durch.

»Miss Kathleen Beavier ist in bester Verfassung.« Der Arzt sprach Englisch und wandte sich in einem wohlwollenden Ton an die Presse. »Die Geburt des Kindes wird in den nächsten zwölf bis vierundzwanzig Stunden erwartet. Wir rechnen nicht mit Komplikationen.«

Kathleen und ich schauten uns an und lachten zum ersten Mal seit Tagen.

»Vielleicht steht Dr. Annunziata noch eine Überraschung bevor«, sagte sie.

CNN meldete an diesem Abend nur schlechte Nachrichten. Die Naturkatastrophen weiteten sich in der ganzen Welt aus und schienen immer größere Ausmaße anzunehmen.

Kathleen und ich hielten uns bei den Händen, als wir uns die Nachrichten ansahen. Es gab offensichtlich keinen Bezug zwischen den Seuchen, Krankheiten und Hungersnöten und den Ereignissen, die in Rom und Maam Cross in Irland stattfanden, aber mein Gefühl sagte mir, dass es einen Zusammenhang geben müsse und wir ihn bald erkennen würden.

»Vielleicht ist das Ende der Welt gekommen«, überlegte Kathleen laut. »Oder vielleicht kann mein Baby diese Katastrophen beenden.«

Oder Colleens Baby, schoss es mir durch den Kopf.

93.

Unsere übergroße Angst schien stündlich einen neuen, unvorstellbaren Höhepunkt zu erreichen. Ich hatte das Gefühl, die Zeit gehe zugleich zu schnell und zu langsam vorbei. Das qualvolle Warten würde bald ein Ende haben, aber ich war auf das Unbekannte noch immer nicht vorbereitet.

Kathleen schlief schließlich ein, und ich brauchte unbedingt eine Ablenkung, um wieder einen klaren Kopf zu bekommen. Ich konnte kaum ihr Fels in der Brandung sein, wenn ich mich selbst so unsicher und schwach fühlte.

Geh ein wenig spazieren, hörte ich. *Du hast es verdient.*

Hatte ich zu mir selbst gesprochen? Komisch, aber wer sollte es sonst gesagt haben?

Ich informierte den Wachposten vor der Tür, was ich vorhatte, und ging dann den verlassenen, mit Marmor- und Steinplatten ausgelegten Flur hinunter, auf dem es nach Desinfektionsmitteln stank. Zwischen den Heiligenstatuen, die an einer Wand aufgereiht waren, stand ein junger italienischer Polizist mit einem Gewehr und schaute mich an.

»Signorina«, sagte er und tippte mit der Hand grüßend an seine Schirmmütze. Er wusste, dass ich die Begleiterin der Jungfrau war. »Geht es ihm gut? Dem jungen Mädchen Kathleena?«

»Ja, es ist alles in Ordnung«, versicherte ich ihm. »Sie schläft jetzt.«

Meine Schuhe quietschten auf dem tadellos sauberen

Boden, als ich weiterging, und meine Schritte hallten laut in der frühmorgendlichen Stille wider. Ich fragte mich, was Justin und Rosetti wohl machten. Sie waren jetzt sicher in dem Bauernhaus von Colleen Galaher.

Immer wieder dachte ich voller Zuneigung an Colleen. Sie war jünger als Kathleen und möglicherweise unschuldiger, wenn man das überhaupt sagen konnte. Ich erinnerte mich an ihre fast durchscheinende weiße Haut und die rosafarbene Aura, die sie auszustrahlen schien.

Beide Mädchen schienen für die Rolle, die das Schicksal ihnen auferlegt hatte, ausgezeichnet geeignet zu sein. Welches Mädchen war die Schauspielerin? Welches könnte eine Lügnerin sein?

Als ich um die nächste dunkle Ecke bog, stellte ich fest, dass ich das andere Ende des Gebäudes erreicht hatte. Ich hatte mich zu weit entfernt.

Plötzlich ergriff mich panische Angst. Ich kehrte um und rannte wie eine Verrückte zurück zu dem Zimmer, in dem Kathleen schlief. War sie in Sicherheit? Wie konnte ich nur so weit weggehen? Was hatte ich mir dabei gedacht?

Besorgt stürzte ich in den kleinen Raum. Kathleen schlief friedlich. Atemlos schaute ich auf sie hinunter und bewachte eine ganze Weile zärtlich ihren Schlaf.

In der letzten Zeit hatte ich viele Bücher über Schwangerschaft und Geburt gelesen. In Kathleens Mutterleib hing ein Kind wie ein Zirkusakrobat mit dem Kopf nach unten. Das Baby hielt sich leicht mit einer Hand an der Nabelschnur fest.

Der Kopf war in ihrem Gebärmutterhals eingeklemmt. Die Gliedmaßen, die Finger, Zehen, Nägel, Augenbrauen und Wimpern waren voll entwickelt. Der Herzschlag war ruhig und gleichmäßig. Die Sinne: Sehen, Hören und Tasten, waren noch nicht entwickelt, aber darauf vorbereitet, sich schnell zu entfalten, sobald sie Reizen ausgesetzt wurden.

Das Baby maß wahrscheinlich rund fünfzig Zentimeter und wog etwas über sieben Pfund, entsprach also in dieser Hinsicht vollkommen dem Durchschnitt. Jede winzige Hirnzelle enthielt all die Liebe und Güte, die Fähigkeiten, Glück und Traurigkeit zu empfinden, Begabung, Verstand, all die Liebe zur Schönheit und den Willen des menschlichen Geschlechts zu überleben.

Auch in dieser Hinsicht war es ein Kind wie jedes andere.

Ich betete, dass Kathleens Baby das Glückslos gezogen hatte, weil ich von ganzem Herzen bezweifelte, dass ich, selbst wenn es teufelsgleich mit Hörnern und Schwanz zur Welt käme, stark genug sein würde, um ihm sein wertvolles Leben zu nehmen.

Wie sollte ich ein Kind töten können? Irgendein Kind? Wie konnte irgendjemand so etwas tun? Aber wie könnte vor allem eine Frau so etwas tun?

Ich saß auf meinem Stuhl, wippte leicht zurück, schaute aus dem Fenster von Kathleens Zimmer und sah einen glühenden Feuerball über dem Trastevere aufgehen.

Es war ein wunderschöner Sonnenaufgang.

Das war sicherlich ein Zeichen.

94.

Ich musste wohl auf meinem Stuhl neben dem Bett eingeschlafen sein, denn plötzlich hörte ich Kathleen vor Schmerzen laut stöhnen und erwachte sofort.

»*Es ist soweit, Anne*«, flüsterte sie in dringlichem Ton.

Es war vier Uhr morgens. Wir waren allein in dem Zimmer 401-401A im Salvatore Mundi International Hospital. Die Situation flößte uns Angst ein, aber wir gaben beide vor, an all die Sicherheitsmaßnahmen zu glauben, als hätten wir nichts zu befürchten.

Das vierstöckige Krankenhaus bestand aus einfachen strohfarbenen Ziegelsteinen, hatte breite Kirchenfenster und stand im Schatten und Schutz hoher Kiefern. Das Grundstück wurde von hohen Backsteinmauern eingeschlossen.

Es hieß, dass sich außerhalb dieser Mauern achtzigtausend Menschen versammelt hätten. Hunderttausende sollten auf dem Petersplatz zusammengefunden haben.

Immer wieder fragte ich mich, was wohl zur Zeit in dem winzigen Ort Maam Cross in Irland vor sich ging.

Neben mir in dem ruhigen, blassblauen Krankenhauszimmer umklammerte Kathleen ihren Bauch. Sie schrie und stöhnte gleichzeitig. Dann entspannte sie sich wieder.

»Nicht pressen, Kathy«, sagte ich. »Noch nicht pressen.« In gewisser Weise fühlte ich mich fast, als ob ich selbst das Kind gebären würde. »So ist es recht. Atme ... und ruh dich jetzt aus.«

»O Gott, es tut so weh«, stöhnte Kathleen. Ihr langes, blondes Haar war nass und strähnig. Ihr Gesicht war von der Anstrengung gerötet. Wir wussten beide, dass sie das Kind noch nicht gebären würde, aber sie stand kurz davor.

Als ich ein feuchtes Tuch auf ihre Stirn legte, bemerkte ich, dass Kathleen an mir vorbeisah. Ich folgte ihrem Blick und entdeckte, dass wir nicht mehr allein waren. Im ersten Moment bekam ich Angst.

Ein Mann stand in dem Steinbogen, der ins Krankenzimmer führte. Ein ernster älterer Herr, den ich sofort erkannte.

Papst Benedikt XVI. war zu Kathleen gekommen.

Die schrägen Strahlen der Morgensonne, die durch das Fenster fielen, umschlossen seine schmalen Schultern und riefen den Eindruck hervor, er sei eine Ikone aus reinem Gold. Er sah überhaupt nicht wie ein Mensch aus.

Wir starrten uns gegenseitig an. »Hast du irgendetwas zu sagen, Kathleen? Irgendetwas zu beichten?«, fragte der Papst Kathleen schließlich in eindringlichem Ton. »Ich bin hier, um dir zu helfen.«

Kathleen erblasste.

Plötzlich erstarrte sie, als hätte sie einen heftigen Anfall erlitten. Ihre Pupillen waren kaum noch zu sehen. Ihre Nasenflügel bebten. Sie riss ihren Mund weit auf, und dann fing sie an zu schreien und schrie und schrie. Noch nie in meinem Leben war ich erstaunter und ängstlicher gewesen. In diesem Augenblick hatte ich das Gefühl, Kathleen überhaupt nicht zu kennen.

Ich schaute wieder zur Tür und sah, dass Papst Benedikt fortging. Er drehte sich nicht ein einziges Mal um.

95.

Ein junger, gut aussehender Priester mit dunklem Haar stand auf der großen Terrasse des Apostolischen Palastes auf Beobachtungsposten. Mehr als vierhunderttausend Menschen hatten sich hier versammelt. Der große imposante Petersplatz war schwarz vor Menschen. So weit sein Auge reichte, erstreckte sich die Menge.

Er sprach in das Mikrofon, das er in der Hand hielt. Seine volle Baritonstimme dröhnte über das Meer von Köpfen auf dem Platz. *Aus diesem Grunde* hatte er die Priesterwürde angestrebt, aufgrund dieser glorreichen Macht, dieser Erhabenheit.

Die Menschenmenge in Rom antwortete mit lauter Stimme auf sein Gebet.

In Mexiko City besuchten nahezu eine dreiviertel Million Gläubige eine ebenso ergreifende Messe in und rund um die Basilika von Guadalupe, dem Ort, an dem die Heilige Jungfrau im sechzehnten Jahrhundert einem Indio erschienen war.

In ganz Spanien, Holland, Frankreich, Belgien, Polen, Deutschland, Irland und England füllten sich die großen alten Kathedralen noch einmal bis auf den letzten Platz. Die Menschen in Europa wünschten sich etwas, an das sie glauben konnten. Nun hatten sie es gefunden.

Bei Sonnenaufgang strömten lange Menschenschlangen in die Kirchen von Amsterdam, München, Paris, Brüssel, Frankfurt, London, Madrid, Hamburg, Warschau und Berlin. Die Klänge des »Ave Maria« stiegen majestätisch in die Herbstluft empor.

In den Vereinigten Staaten konnte man die Geburt über Fernsehsatellit live verfolgen – von New York über den Mittleren Westen bis nach Kalifornien. Jeder, der die Möglichkeit dazu hatte, schaltete sich zu.

Im Hollywood Bowl Amphitheater in Los Angeles, einem Bau des Architekten Frank Lloyd Wright, fanden sich zu Tränen gerührte Menschen in hellen Scharen zusammen. Das zwanzigtausend Quadratmeter große Rund fasste mehr als siebzigtausend Menschen. Weitere fünfzigtausend drängten sich außerhalb. Da die umliegenden Berge eine natürliche Akustik lieferten, benötigten die Gastgeber aus Kirche und öffentlichem Leben keine Mikrofone.

An diesem Vormittag fand auch für die zahllosen Angehörigen und Freunde der von Kinderlähmung befallenen Kinder ein Gottesdienst statt. Sie beteten zusammen den Rosenkranz und baten um ein großes Wunder. Die Familien beteten zur Heiligen Jungfrau, die Opfer in ihrer Barmherzigkeit zu heilen.

Im Petersdom hallte noch immer die Stimme des jungen Priesters in den Säulengängen und von den turmhohen, alten Säulen wider. »Lasst uns beten, jetzt und in der Stunde unseres Todes. Amen.«

»Wir vertrauen dem Willen Gottes!«, brüllten die Menschen im Chor. Nach all den schweren Jahren, in denen der Hang zur Spiritualität immer weiter und weiter zurückgegangen war, hielten doch noch immer so viele Menschen auf der ganzen Welt an ihrem Glauben fest.

Aber die Seuchen, die Hungersnöte und die unerklärlichen Krankheiten – besonders bei Kindern – breiteten sich unvermindert aus. Überall sprachen die Menschen von der Apokalypse, vom Ende der Welt.

Und das erklärte vielleicht, warum auf einmal eine solche Menge an diesen Ereignissen teilnahm.

96.

Justin und Rosetti befanden sich in der Nähe des Hauses der Familie Galaher, und keiner von beiden hatte je so viele Vögel gesehen. Der Wald und ebenfalls der düstere Himmel waren voll ihnen.

Als der Ford über die leicht hügelige Landstraße holperte, spürte Justin das Gewicht des schweren, metallisch glänzenden Himmels über seinem Kopf. Er wurde jetzt auf die Probe gestellt. In seinem Kopf ertönte eine kräftige Stimme.

Du weißt, dass du nicht hier sein solltest. Dein Glaube ist nicht stark genug. Du wünschst jetzt noch nicht einmal mehr, Priester zu sein.

Du möchtest bei ihr sein. Das ist die einzige Sache, die dir jetzt wichtig ist. Du liebst Anne Fitzgerald mehr als Gott. Verlass diesen Ort.

Geh zu Anne.

Oder sterbe!

Justin konnte den Wirrwarr der Gedanken nicht stoppen. Ob Pater Rosetti seine innere Qual wohl spürte? Er steuerte den Wagen in die Zufahrt. Sie hatten das Haus der Galahers außerhalb von Maam Cross endlich erreicht.

Wie seltsam, dachte Justin, als er auf den mit Stuck verzierten Bungalow und die Scheune schaute, die vor der staubigen Windschutzscheibe des Autos auftauchten.

Es sah alles nicht mehr so aus wie bei seinem ersten Besuch. Etwas hatte sich verändert.

»Das ist merkwürdig«, murmelte er, als er den Motor ausschaltete. »Es kommt mir alles vollkommen unbekannt vor.«

Rosetti sagte nichts. Er hatte fast während der ganzen Fahrt geschwiegen.

Justin schaute prüfend auf das kleine Haus. Er entdeckte eine Fernsehantenne, an die er sich nicht erinnern konnte. Sie sah aus wie ein knorriger Zweig, der sich im Strohdach verfangen hatte, und lag lose auf dem Dach, als hätte der Sturm sie abgerissen. Das Gras war nun blass und leuchtete nicht mehr in dem kräftigen Grün. Das Haus schien sich zu einer Seite zu neigen.

Das ist merkwürdig, und Justin war sich fast ganz sicher, dass ihm seine Phantasie keinen Streich spielte. Alles sah anders aus, oder bildete er es sich doch nur ein?

Streiche! dachte er wieder. *Der Teufel spielt mir einen Streich. Ist der Teufel hier in Maam Cross?*

An der Haustür verfiel Rosetti plötzlich in große Hektik. Er drückte die schwere Holztür auf, ohne anzuklopfen. Dann durchsuchte er das Haus innerhalb weniger Sekunden und stürzte wieder hinaus. In seinen weit aufgerissenen Augen spiegelte sich Entsetzen.

»Die Mutter des Mädchens ist tot, Justin. Sie ist erhängt, oben unterm Dach. Und die Nonne aus der Klosterschule ebenfalls! Wir müssen Colleen finden. Helfen Sie mir, Pater.«

Als sie zur Scheune gingen, tauchte ein kräftiger junger Priester auf. Sein Gesicht war von dicken, roten Haaren umrahmt, die in der Brise flatterten. Der Mann versperrte ihnen den Zugang zur Scheune. Er hatte seine Fäuste geballt und starrte sie mit großen Augen an.

»Colleen ist hier«, sagte der Priester in energischem Ton. »Ich bin Pater Flannery aus der Gemeinde. Ich kümmere mich jetzt um sie. Wir kümmern uns hier selbst um uns.«

»Hinweg mit dir, Satan«, brüllte Rosetti den Priester an. »Du hast keine Macht über mich. Du hast keine Macht über Pater O'Carroll. Du hast keine Macht hier auf Erden! Noch nicht jedenfalls.«

Rosetti stieß den rothaarigen Priester mit seinem Arm kräftig zur Seite. Flannery gewann schnell sein Gleichgewicht zurück, stürzte sich auf Rosetti und zwängte sich wieder zwischen den Priester und den Eingang zum Schuppen.

»Sie können nicht hineingehen! Das geht Sie nichts an. Dieses Mädchen ist eine von uns.«

»Nein!«, schrie Rosetti mit lauter Stimme. »Niemals! Du hast keine Macht über dieses arme, unschuldige Mädchen.«

Justin sah, dass Rosetti nach einer Heugabel griff, die an der Scheune lehnte. »*Hinweg*«, warnte er den Rothaarigen mit gefährlich dröhnender Stimme. »Geh weg, oder ich werde dein teuflisches Herz durchbohren.«

»Es ist mein Kind«, zischte der Priester plötzlich. Sein Gesicht war vor Wut verzerrt. »Ich bin der Vater dieses Kindes. Ich bin einer der Väter des Kindes«, sagte er und fing dann laut an zu lachen.

»Du bist nicht der Vater«, sagte Rosetti. Er umklammerte die Heugabel mit beiden Händen und hielt sie Flannery vor die Brust. »Du kommst aus der Hölle und dorthin wirst du zurückkehren.«

Mit einem kräftigen Stoß jagte Nicholas Rosetti die Heugabel in die Brust des Paters, woraufhin dieser rücklings in den Dreck des Vorhofes fiel.

Sein leerer Blick war gen Himmel gerichtet.

»Fahr zur Hölle«, brüllte Rosetti.

97.

Nicholas Rosetti zog das junge Mädchen aus der Scheune und schloss es in seine Arme. Colleen schmiegte sich an seine Brust. Sie schien sich ihm vollkommen anzuvertrauen. Die Geburt stand unmittelbar bevor.

»Er hat gelogen«, sagte Colleen. »Ich weiß nicht warum, aber er hat gelogen. Er ist nicht der Vater des Kindes. Ich schwöre es. Sie müssen mir glauben.«

»Ich weiß, Colleen. Mach dir keine Sorgen. Du musst jetzt um des Babys willen stark sein.«

Rosetti wandte sich Justin zu. »Schwester Katherine war nicht stark genug«, sagte er, während sie den Hof vor der Scheune überquerten. »Wir müssen stark sein, Pater O'Carroll. Gestern haben Sie mich gebeten, Ihnen zu vertrauen. Ich vertraue Ihnen. Ich traue nur Ihnen und mir. Schauen Sie auf den Leichnam von Pater Flannery. Es ist notwendig, *dass Sie Pater Flannery noch einmal töten!«*

Als sie das Haus betraten, überkam Justin ein Schwindelgefühl. Die ganze Welt schien sich unkontrolliert zu drehen. Das Wohnzimmer sah anders aus als in seiner Erinnerung. Eine große Mahagoni-Standuhr, die bis zur Decke reichte, tickte unheilvoll. Sie hatte früher nicht dort gestanden.

Mein Gott, er hatte gerade den Mord an einem Priester beobachtet. Und er hatte nichts getan, um es zu verhindern. Warum?

Weil er an den Teufel glaubte? Weil er von ihm umzingelt war? Weil die Hölle genau hier auf Erden war?

»Kathleen Beavier sollte ihr Kind auch unbehelligt zur Welt bringen können. Fern von den Blicken der Öffentlichkeit, genau wie dieses hier«, klagte Rosetti. »Die Menschenmengen in Rom sind ein schrecklicher Fehler.«

»Warum sind wir hier?«, fragte Justin. »Warum bei Colleen?«

»Ich stelle mir dieselbe Frage, Pater. Wir werden es bald verstehen.«

Rosetti und Justin beugten sich tief hinunter, um den rohen Holzbalken an der Decke auszuweichen, und betraten die kleine Küche. Justin drehte die abgewetzte Bettdecke um und legte das schwangere Mädchen behutsam in das Bett.

»*Ooooh*, ich habe so schreckliche Schmerzen«, schrie Colleen. Sie umklammerte das Kruzifix, das an einer Kette um ihren Hals hing.

Rosetti schaute Justin an. »Würden Sie mir bitte meine Stola bringen? Und das Handbuch.«

Es war offensichtlich, dass bei Colleen die Wehen eingesetzt hatten. Ihr kleines, mit Sommersprossen übersätes Gesicht war fast schneeweiß und mit Schweißperlen bedeckt. Justin konnte unter der Bettdecke sehen, wie sich ihr gewölbter Bauch bewegte.

»Wo ist der Arzt?«, fragte er plötzlich. »Warum ist der Arzt noch nicht hier?«

Rosetti kniff die Augen zusammen. »*Wir* werden das Kind zur Welt bringen«, flüsterte er.

98.

Der Himmel über Rom war noch nie so dunkel gewesen. Das verhieß nichts Gutes. Dann zuckten Blitze über der Stadt, und es goss in Strömen.

Der Kreißsaal in Roms Salvatore-Mundi-Krankenhaus war ruhig, groß und schneeweiß getüncht. Auf Kathleen wirkte er möglicherweise so unheimlich wie ein Leichenschauhaus; auf mich hatte er diese Wirkung.

Kathleen schien es wieder besser zu gehen. Beim Anblick des Papstes hatte sie geschrien und die Beherrschung verloren, aber nun war sie wieder sie selbst und konnte sich an seinen Besuch oder ihre entsetzte, fast gewalttätige Reaktion auf ihn nicht mehr erinnern.

Eine Gruppe nervöser Schwestern in weißen Kitteln

und gestärkten, schleierähnlichen Hauben war eifrig bei der Arbeit und assistierte dem Spezialteam der Ärzte. Kathleen bekam Besuch von ihrer Mutter und ihrem Vater, aber beide schienen sich in dem Saal unbehaglich zu fühlen, und auch Kathleen wollte offensichtlich nicht, dass einer von ihnen bei der Geburt dabei wäre.

»Bleibst du bei mir, Anne?«, fragte sie, nachdem ihre Eltern fortgegangen waren.

»Natürlich, solange du willst.«

Als zwei Nonnen Kathleen mühelos von der Tragbahre auf den sterilen weißen Tisch hoben, schloss sie die Augen. Die Nonnen legten ihre Füße vorsichtig in kalte Metallgurte. Das war alles.

Anschließend drehten sie einen Spiegel in eine Position, die es Kathleen ermöglichte, alles zu sehen. Sie schaute sich in die Augen, und ich fragte mich, was sie dort sah.

»Nein! Bitte!«, schrie Kathleen plötzlich in dem Raum auf, in dem geschäftiges Treiben herrschte.

»Es ist alles in Ordnung, Kathleen. Bisher ist alles nur Spaß«, hörte sie eine beruhigende männliche Stimme sagen.

Wir drehten beide unseren Kopf herum, um zu sehen, woher die Stimme kam.

Dort stand ein gut aussehender Mann in einem leger sitzenden schneeweißen Anzug. Seine dunkelbraunen Augen funkelten vergnügt. Hinter ihm schien ein grelles Licht. Es sah fast so aus, als flimmerte es aus dem rechten Auge des Arztes.

»Ich bin Dr. Annunziata. Erinnerst du dich? Wir haben uns gestern Abend in deinem Zimmer kennen gelernt. Ich möchte dir etwas geben, damit die Geburt leichter wird, Kathleen. Wir nennen das Epiduralanästhesie. Okay?«

Kathleen antwortete mit einem Stöhnen, das tief aus ihrem Bauch kam. »Ich fühle mich nicht gut. Irgend etwas scheint nicht in Ordnung zu sein. Ich habe ein seltsames Gefühl im Bauch. Es ist wirklich schlimm. Es kommt mir fast so vor, als wären es mehrere Babys.«

Dr. Annunziata nickte mitfühlend. »Ich versichere dir, dass es nur ein Baby ist. Glaube mir oder nicht, aber bisher verläuft alles ausgezeichnet. Deine Gesundheit und dein Zustand sind bestens, um heute ein wundervolles Baby zu bekommen.«

»Ich hoffe es«, murmelte Kathleen.

Ein zweiter Arzt stach eine lange, spitze Nadel in Kathleens Körper. Schon der Anblick dieser Nadel, die in Kathleen hineingestoßen wurde, tat mir weh.

Dann sah sie, dass ich hinter meinem weißen Mundschutz aufsah. »Und du wirst nicht gehen? Egal, was passiert?«

»Egal, was passiert«, sagte ich, wobei ich sie liebevoll tätschelte. Ich hätte gar nicht gehen können, selbst wenn ich gewollt hätte, denn ich musste hier meinen Job machen.

»Du wirst ein wundervolles Baby bekommen, Kathleen«, wiederholte Dr. Annunziata. »Dies ist mein viertausenddreihundertvierundsechzigstes Baby. Wusstest du das? Es stimmt hundertprozentig.«

»Es ist kinderleicht«, flüsterte der Arzt Kathleen in einem betörenden Ton zu. »Es kann eigentlich nichts schief gehen.«

99.

Es konnte unmöglich jemand verstehen, wie sie sich fühlte. Kathleen konnte noch immer nicht glauben, was mit ihr geschah. In dieser Hinsicht hatte sich seit der Abtreibungsklinik in Boston nichts geändert. Sie kniff die Augen ganz fest zusammen.

Hinter ihren Augenlidern war es heller und lebendiger als in dem Kreißsaal der Klinik. Sie hatte das Gefühl, hochgehoben und aus dem Salvatore-Mundi-Krankenhaus weggetragen zu werden. Vor dem Universum und der Unendlichkeit war ihr Baby bedeutungslos.

Ich schwebe weit über meinem Kopf. Es ist so schrecklich. Ein Albtraum.

Was geschieht hier? O mein Gott, sterbe ich? dachte sie. *Bitte, lass mich aus diesem Albtraum erwachen.*

»Press«, hörte sie Anne sagen, und das holte sie für einen Augenblick in die Realität zurück. Pater Rosetti hatte zu ihr gesagt, sie müsse Anne vertrauen, egal, was geschehe. Das tat sie. Anne war die Einzige, der sie vertraute. Anne war der beste Mensch hier, der verlässlichste, vielleicht der heiligste.

Kathleens Augenlider waren nur einen Spalt geöffnet, als sich ihr ein Bild aufdrängte. *Es war vor neun Monaten. Es war der Tanzabend am 23. Januar.*

Sie erinnerte sich an alles, als ob alles noch einmal geschähe.

Ihr Kleid, das blassgrüne Satinkleid, das ihre Mutter ihr in Boston gekauft hatte, war unter ihrem Busen zerknittert. Auf ihrer Brust lag eine schreckliche Last, die sie kaum atmen ließ.

Sie sah sich in dem schnellen gelben Mercedes. Ja, sie erinnerte sich daran. Jaime saß am Steuer, und er sah umwerfend aus. Sie hatte jede Einzelheit seines Gesichtes und seines Haars vor Augen und die Art, wie er sie anschaute. Sein gutes Aussehen machte ihr Angst, gefiel ihr jedoch gleichzeitig.

Der Wagen hatte ein düsteres, glänzendes Inneres und ein leuchtendes Armaturenbrett. Aus dem Radio drang kreischende Rockmusik, eine Gruppe nach der anderen: Matchbox 20, Silverchain, Green Day, *NSYNC.

Dann hatte sich alles geändert, einfach so.

Sie hielten an, und er wollte aufs Ganze gehen. Er erwartete es. Jaime fing plötzlich an, sie anzuschreien, wobei er die lauten Klänge der Musik übertönte. Er gebrauchte derbe, zweideutige Worte aus dem Bereich der Sexualität. Kathleen hielt sich mit beiden Händen die Ohren zu.

Sie waren in dem düsteren, pechschwarzen Sachuest Park, und es war sehr spät am Abend. Es war niemand in der Nähe, nur sie zwei.

»Ich habe *nein* gesagt!«, schrie sie ihn schließlich an. »Nein heißt *nein.* Bitte, Jaime. Bitte hör zu, was ich sage. Wage nicht, mich anzufassen! Bring mich nach Hause. Ist das deutlich genug?«

Dann spielte Jaime völlig verrückt. Kathleen spürte, dass er wie ein Wilder mit seiner Hand ihre Brust zerquetschte und zwischen ihre Beine fasste. Jaimes Stimme war auf einmal tiefer und unheimlicher. Er war hundert Pfund schwerer als sie, und er war kräftig.

Schreckliche Angst kroch in ihr hoch. Sie war so hilflos in dem dunklen, einsamen Park.

Wie konnte sie ihm entkommen? Sie wusste es nicht und biss kräftig in die dunkle ausgestreckte Hand. Jaime schrie vor Schmerzen.

Er riss die Tür auf ihrer Seite auf und stieß sie grob hinaus. Jaime schrie die schlimmsten Obszönitäten, die sie je gehört hatte. Selbst in der Schule war ihr so etwas noch nicht begegnet. Sein Gesicht hatte sich dunkelrot verfärbt.

»Geh nach Hause, Eiskönigin! Hau ab, du Fotze!«

Plötzlich fuhr ein anderer Wagen den Liebespfad hoch. Zwei Jungen stiegen aus. Sie taumelten und sahen aus, als seien sie betrunken oder vollgekifft oder beides. Sie kannte sie. Es waren Peter Thompson und Chris Raleigh. Waren sie dem Mercedes gefolgt?

Kathleen fiel auf den knirschenden, gefrorenen Straßenrand. Der nasskalte Geruch des eisigen Meeres stieg ihr in die Nase. Es war bitterkalt, und sie zitterte am ganzen Körper.

Jaime und die beiden anderen Jungen standen plötzlich neben ihr. Jaime stürzte sich auf sie. Sie hatte noch nie in ihrem Leben jemanden gesehen, der dermaßen die Beherrschung verloren hatte und so wütend war. Die beiden anderen Jungen wirkten fast ebenso böse.

Sie wollte sich an gar nichts mehr erinnern.

Sie wollte nicht an Jaime Jordan und das, was wirklich am Sachuest Point geschehen war, denken.

»Press, Kathleen«, hörte sie.

100.

Schweiß triefte von Justins Stirn und lief in kleinen Rinnsalen seine Wangen hinunter. In dem Schlafzimmer war es heiß und feucht und eng. Es war die intimste Erfahrung, die Justin je gemacht hatte: bei einer menschlichen Geburt dabei zu sein und zu sehen, wie dieses junge Mädchen das Baby gebar.

Er hörte immer und immer wieder die Worte in seinem Innern: *Wenn du nicht glauben kannst, dass jetzt ein Wunder geschehen kann, eine göttliche Geburt, wie kannst du dann sagen, dass du je geglaubt hast?*

Colleen Galahers Becken hatte sich geweitet, und sie strengte sich sehr an, um das Kind zu gebären. Und er war hier bei ihr.

Justin fragte sich, ob das vierzehnjährige Mädchen auf irgendeine Weise auf die starken Schmerzen vorbereitet worden war. Er verstand es nun ein wenig, was es für eine Frau bedeutete, ein Baby zu bekommen. Diese Erfahrung erfüllte ihn mit Demut. Er empfand auch Zärtlichkeit und Liebe für das geduldig leidende Mädchen, und vor allem fühlte er sich selbst gesegnet, auserwählt.

Wenn du nicht glauben kannst, dass jetzt ein Wunder geschehen kann.

Aber er konnte ja, mein Gott, er glaubte!

Ab und zu wanderten seine Gedanken aus dem Zimmer des Bauernhauses in Maam Cross hinaus, nach Rom. Er fragte sich, was dort wohl geschah. Er hatte große Angst um Kathleen und Anne. Wenn ihnen etwas zustieße, würde er sich das niemals verzeihen.

In den letzten Minuten war eine tiefe Veränderung in ihm vorgegangen. Er glaubte allmählich, dass Colleen die richtige Jungfrau und ihr Kind das richtige war. Wenn dem so war, was würde dann in Rom geschehen? Was *geschah* dort? War Anne von Pater Rosetti einer Gefahr ausgesetzt worden?

In dem kleinen Bett mit den zerlumpten Decken schrie das irische Mädchen leise und versuchte, tapfer zu sein. Sie war viel hübscher, als er sie in Erinnerung hatte. Die Geburt des Kindes fand in einer angespannten, unheimlichen Atmosphäre statt, aber es war das Schönste, was Justin je erlebt hatte.

»Seien Sie auf alles gefasst«, hörte er Rosettis Warnung von der anderen Seite des Bettes. »Sie lassen sich treiben. Bleiben Sie hier bei uns, Pater O'Carroll.«

»Ich bin voll und ganz hier, Pater. Ich bin vorbereitet.«

»Sind Sie *darauf* vorbereitet?«, fragte Rosetti.

Justin schaute hoch und sah, dass plötzlich ein winziges Köpfchen zwischen Colleens dünnen Beinen hervorguckte. In diesem Augenblick begriff er Leben auf eine Weise wie nie zuvor. Er begriff etwas über die Ehe, die Liebe und Sexualität, was er nie zuvor verstanden hatte.

Justin streckte die Hand aus und legte sie vorsichtig unter den winzigen Kopf des Kindes. Es hatte dickes, schwarzes Haar wie Jesus, als er ein Mann war. Justin war vor Ergriffenheit wie erstarrt.

»Er ist hier«, verkündete Colleen mit leiser, ehrfürchtiger Stimme. »Er ist gekommen.«

101.

Press«, hörte Kathleen.

Sie *presste.* Gott, wie sie *presste.* Sie *presste* Jaime Jordan weg und versuchte, so schnell sie konnte, die Straße hinter dem Sachuest Point zu erreichen.

Das Unterteil ihres Satinkleides war eng und zwängte sie ein. Sie zog es bis zur Taille hoch und rannte. Jaime war wahnsinnig geworden, weil er nicht bekam, was er wollte. Was dachte er sich dabei? Was tat er? Und was war mit den anderen Jungen? Warum waren sie hier?

Sie hörte hinter sich, wie die beiden Wagen Gas gaben. Kies, weißer Rauch, Sand und Dreck wirbelten durch die Luft. Fuhren Jaime und die anderen Jungen ohne sie zurück nach Newport?

O mein Gott, ist es kalt, dachte Kathleen, die in Panik geriet. *Er kann mich doch nicht hier zurücklassen. Wie kann er so verrückt sein? Ich gehöre ihm doch nicht. Er hat kein Recht dazu. Ich habe ihm nichts vorgemacht. Ich habe ihm nichts versprochen.*

Tränen trübten Kathleens Blick. Der starke, raue Wind, der vom Meer kam, pfiff durch ihre Kleider und wehte ihr das schöne, silberne Stirnband vom Kopf. Schneegestöber wirbelte um ihre dünn besohlten Schuhe herum.

Er muss doch zurückkommen. Ich werde hier draußen erfrieren. Ich könnte sterben. Ich werde sterben!

Kathleen lief über die schmutzige Straße. Sie hatte keine andere Wahl. Es war der einzige Weg zurück zur Stadt, und es war meilenweit bis dorthin.

Sie richtete ihren Blick auf das ferne Lichtermeer der

Stadt Newport. Überall auf der Erde, wohin sie auch sah, schimmerte ein schwacher, unheimlicher Lichtschein. Aus allen Richtungen hörte sie das Donnern des Meeres. Es klang, als würde ein Fluggeschwader über ihren Kopf hinwegfliegen. Niemand würde ihre Hilfeschreie hören.

Und dann stieß sie auch noch mit dem Fuß gegen einen spitzen vorstehenden Felsen und fiel auf den harten Boden. Sie stöhnte und schluchzte laut. Wahrscheinlich hatte sie sich den Fuß verstaucht. Kathleen rollte sich zu einem kleinen Knäuel auf der Erde zusammen. Das war sicherer und besser; besser als der eisigen Kälte ausgesetzt zu sein.

Sie fragte sich, ob sie hier schlafen könnte. Vielleicht wäre am nächsten Morgen alles wieder gut – einfach einschlafen. Nein, sie würde sterben. Sie würde erfrieren.

Wie konnten Jaime und die anderen sie nur hier draußen zurücklassen?

Dann hörte Kathleen Autos, die über die lange, einsame Parkstraße rasten. Helle Lichter leuchteten durch die kahlen Bäume und fielen auf den pechschwarzen Asphalt. Das Licht tanzte vor Kathleens Augen. Sie sah spiralförmige rote und violette Ringe. Flatternde Silberstreifen wie in einem verträumten Tanzpalast.

Kathleen zwang sich, sich hinzuknien. Spitze Steine stachen ihr in die Hände. Sie strich über ihr zerknittertes, beflecktes Kleid, das so schön gewesen war.

Dann erhielt sie einen heftigen Schlag auf den Hinterkopf.

Indem sie zu Boden sank, erkannte sie Jaime. Er hatte ihr den harten Schlag versetzt.

Wo war sie? Sie fiel und fiel und fiel in die Dunkelheit.

»Sie kommt zu sich«, hörte sie. Es war Chris Raleigh. Er hockte über ihr. Die anderen auch.

Peter Thompson zerquetschte brutal ihre Brust. Dann zerrte er beide Brüste aus ihrem Kleid. Seine Hände waren eiskalt.

»Nein, bitte«, flüsterte sie. »Bitte, fass mich nicht an. Bitte.«

Durch den Dunst und Nebel sah Kathleen Jaimes Gesicht undeutlich über sich. Er hielt etwas in der Hand. Sein Gesicht war rot. Er keuchte vor Anstrengung.

Etwas Weißes spritzte aus seiner Hand!

Kathleen wusste, was es war. Sie sah seinen geschwollenen Penis. Jaime Jordan stieß sein Sperma über ihr aus. Es war unglaublich widerlich zu spüren, wie sein warmes Sperma auf sie niederregnete.

»*Press*«, hörte sie. »*Du musst pressen, Kathy!*«

Kathleen schrie. Sie war nicht in Newport! Sie begriff, dass sie in dem Kreißsaal in Rom lag. Weiße Masken beugten sich tief über sie. Ärzte und Krankenschwestern. Sie kamen immer näher.

»*Es ist alles in Ordnung, Kathleen. Press noch einmal. Press.*«

Was geschah hier? Sie wanderte zwischen zwei Welten hin und her – dem Krankenhaus in Rom und dem Strand außerhalb von Newport. Sie konnte die Aufeinanderfolge der Bilder nicht steuern.

»Lass mich los! Lass mich los! Geh weg mit dem Ding!«, schrie sie.

Ihr Slip war bis zu ihren Knien heruntergezogen. Jaime verrieb sein Sperma zwischen ihren Beinen. Sie war dort unten ganz klebrig und nass.

Jaime! Jaime hatte es getan. Jetzt wusste sie es. Endlich

erinnerte sie sich! Jaime hatte sie in jener Nacht am Strand geschwängert.

Sie *war* Jungfrau, aber die Geburt des Kindes konnte nicht göttlich sein. Oder doch? Jaime Jordan hatte sie geschwängert. Sie war sich ganz sicher. Sie erinnerte sich an alles, als sei es eben erst geschehen.

Sie hörte einen Schrei!

Wessen Schrei war das?

Wo war sie?

Kathleen riss die Augen plötzlich weit auf. Natürlich. Sie war in dem Krankenhaus in Rom. Ihr Körper wurde von einem harten Stoß erschüttert, fast als hätte sie einen Schlag erhalten. Ihr Becken zog sich zusammen. Sie war so erschöpft wie noch nie in ihrem Leben.

Über ihrem Kopf kreisten grelle, runde Lichter. All die Ärzte und Krankenschwestern und Anne standen neben ihrem Bett.

Dann sah sie, wie der Kopf des Babys hervorkam. Sie erblickte ein Gesicht, und dann verlor Kathleen Beavier das Bewusstsein.

102.

Colleen Galaher schluchzte laut, als sie über ihrem zitternden Bauch eine scharfe Nähschere schweben sah. Was machten die beiden Priester jetzt mit ihr? Sie nahm wahr, dass Pater O'Carroll die Nabelschnur vorsichtig durchschnitt. Und dann machte der erschöpfte, schwitzende Priester einen Knoten in die Nabelschnur. Pater Rosetti hielt ihr Baby fest.

Die junge Mutter fühlte sich bestätigt. Sie war eine richtige Jungfrau, und hier war ihr Kind. Und was würde nun mit ihnen geschehen?

Wie ein schönes, kleines Lamm, wie einen Kelch bei der Feier des heiligen Abendmahls hielt der Priester den Säugling mit seinen starken Händen empor.

Sie wollte das Gesicht des Babys sehen. Im Gedanken daran lächelte sie.

Dann streckte sie ihre Arme aus, die stark zitterten, denn sie war unglaublich schwach. Noch nie in ihrem Leben hatte sie sich so schwach gefühlt. Natürlich nicht. Sie war ja auch noch nie zuvor Mutter geworden.

»Bitte, Pater, darf ich das Baby sehen?«

Colleen hatte den Eindruck, als legte das Licht, das schräg durch das Schlafzimmerfenster einfiel, eine goldene Robe um die Schultern des Kindes.

Tränen traten ihr in die Augen. *Ich bin Mutter.*

»Ich möchte mein Baby sehen. Mein Baby? Darf ich?«

»Gleich, Colleen.«

Pater Rosetti strich mit seinem Daumen über die Kehle des Babys und wischte den Schleim mit einem kleinen desinfizierten Leinentuch weg. Dann schlug er leicht auf die Fußsohle des Babys, um sicherzustellen, dass es atmete.

»Es lebt und ist gesund«, sagte er leise zu dem jungen Mädchen. »Es geht ihm sehr gut.«

»Bitte, geben Sie es mir«, bat sie noch einmal. »Ich möchte mein Baby halten.«

Pater Rosetti verließ indessen wortlos mit dem Baby das Schlafzimmer. Er erlaubte der Mutter nicht, den Säugling zu berühren. Er erlaubte Colleen Galaher nicht, das Gesicht ihres kleinen Sohnes einmal zu sehen.

Colleen, die noch immer nicht verstand, was hier geschah, schrie, aber Rosetti ließ sie einfach schreien.

»Bitte, mein Baby. Warum darf ich mein Baby nicht sehen?«

103.

Die beiden Priester eilten aus dem einsamen Bauernhaus. Wir sehen sicher wie Kidnapper aus, dachte Justin. Im Grunde waren sie es ja auch.

»Pater, warten Sie«, rief er ihm zu. »Was ist mit dem Mädchen? Mit der armen Colleen?«

Doch Rosetti lief mit dem Kind in seinen Armen davon. Er rannte zum Wagen und setzte sich schnell auf den Rücksitz.

»Sie fahren, Pater. Woodbine Priesterseminar. Fahren Sie einfach geradeaus.«

»Und das Mädchen? Colleen?«, beharrte Justin.

»Wir werden in Woodbine Hilfe für sie holen. *Fahren Sie!* Tun Sie, was ich Ihnen sage.«

Der Wagen fuhr schnell die felsige, schmutzige Straße hinunter, die von dem einsamen Bauernhaus wegführte. In dem Wagen saß Pater Justin O'Carroll. In dem Wagen saß auch der Chefermittler der Glaubenskongregation, der den Säugling scheinbar zärtlich wiegte.

Justin wurde von Fragen bestürmt, und sein Gefühl sagte ihm, dass dies hier ganz und gar unrecht war. Was würde mit dem Kind geschehen? Welchen Plan hatte Pater Rosetti?

Was war die ganze Wahrheit über Colleen Galahers Baby? Und die über Kathleens in Rom? Er hatte ein ungutes Gefühl bei dieser Sache, ein schreckliches Gefühl.

Justin steuerte den Wagen in angespanntem Schweigen. Er fühlte sich wie benommen. Es war wie ein nicht endender Alptraum. Warum saß er hier in diesem Wagen? Warum er? Er *kidnappte* das Baby einer Jugendlichen. Er hatte das arme Mädchen kurz nach der Geburt seines Kindes einfach allein gelassen.

»*Pater Rosetti!* Das kann ich nicht machen.«

»Fahren Sie, verdammt noch mal! Sie handeln auf Befehl des Heiligen Vaters von Rom. Gehorchen Sie ihm. Gehorchen Sie mir. *Fahren Sie!*«

Sie fuhren auf dem Weg nach Costelloe an düsteren, zerfallenen Bauernhöfen vorbei. Zu beiden Seiten der Straße lagen große, abgeerntete Gersten- und Kartoffelfelder. Dann sahen sie eine Gruppe rothaariger Männer in einem ramponierten Eselkarren und eine junge Frau in einem Regenmantel mit Plastikhaube – ein Mädchen, das Justin an Colleen erinnerte.

Er drehte sich zu Pater Rosetti um. »Pater?«, fragte er noch einmal. »Was ist mit dem armen Mädchen?«

Aber Rosetti weigerte sich zu antworten. Er schien in seiner eigenen Welt versunken, und er wollte seine Augen offensichtlich nicht von dem Gesicht des Babys abwenden.

Sie fuhren über eine kurvenreiche Straße auf ein ausgetrocknetes Moor zu. Von der Erde stiegen Nebelschleier hoch, die zerfetzt wurden, als der Wagen hindurchsauste. Der Himmel war tief dunkel. Ein böses Omen?

Schreckliche Angst kroch in Justin hoch. Er bekam kaum Luft. Als er sich umdrehte, versuchte er einen Blick in die Decke auf dem Schoß des Priesters zu werfen. Er sah nichts außer den dunklen Locken des Babys.

»Wo ist dieses Woodbine-Seminar, zu dem wir fahren, genau?«, fragte Justin.

»Immer geradeaus. Ganz in der Nähe. Ich sage Ihnen Bescheid. Fahren Sie und halten Sie bitte den Mund.«

Genau in diesem Moment beschrieb die Straße eine Kurve und führte nun auf die Irische See zu. Er sah ein kleines Holzschild: WOODBINE 7 KM.

»Woodbine«, sagte er erleichtert. Diesen Ort gab es also tatsächlich.

Justin steuerte den Wagen nervös an den Kalksteinklippen über dem Meer entlang. Er hörte, dass Rosetti auf dem Rücksitz in lateinischer Sprache betete. Seine Hände umklammerten fest das Lenkrad.

Er hörte die Worte ganz deutlich ...

»Requiem aeternam dona eis.«

Er schauderte, und die Nackenhaare sträubten sich ihm.

Das war das heilige Gebet der gesalbten Kranken.

Das römisch-katholische Gebet für ernsthaft Kranke oder soeben Verstorbene.

Gebete für Menschen, die in Lebensgefahr waren.

Justin trat kräftig auf die Bremse.

Das Heck des kleinen grauen Wagens rutschte langsam wie ein Pflug nach links. Der Kühlergrill mähte mühelos eine Reihe kleiner buschiger Kiefern um. Die Reifen quietschten bedrohlich.

Der Wagen drehte sich noch immer um seine eigene Achse, holperte über knorrige Büsche und Felsen und landete schließlich in einer ausgewachsenen Tanne.

Justins Stirn prallte gegen die Windschutzscheibe. Sein Kopf rollte zur Seite und sackte dann auf seine Brust.

Aus dem Winkel seines blutunterlaufenen Auges sah Justin eine hastige Bewegung.

Rosetti sprang aus dem Wagen. Er hielt ein kleines rosa Bündel in seinem Arm. Das Baby jammerte; Justin musste es retten.

104.

Justin taumelte aus dem Wagen und stolperte Rosetti und Colleen Galahers Baby hinterher. Die kalte Seeluft peitschte gegen seinen Körper und in sein Gesicht. Der Himmel wurde immer dunkler. Der Wind heulte wie eine Sirene. »Pater! Pater, bleiben Sie bitte stehen! Wohin gehen Sie? Pater Rosetti!«, schrie Justin. »Bleiben Sie stehen, Sie Dreckskerl. Sie Mörder.«

Er rannte weiter, spannte seine Muskeln an und umklammerte seine schmerzende Brust. Das Baby vor ihm schrie noch immer.

Die Irische See breitete sich vor seinen Augen aus, als er die Spitze eines kahlen, schwarzen Felsens erreichte, der von Geröll überzogen war und wie ein schmaler Steg übers Meer ragte. Justin stockte der Atem, als er sah, wie hoch und steil die dunklen Klippen waren.

Es ging mindestens einhundert Meter steil hinunter. In der Tiefe donnerten große Wellen über spitze Felsen, die wie Grabsteine aussahen.

Über dem Wasser flogen Vögel, Tausende von Vögeln, die unvorstellbar laut kreischten.

»O mein Gott!«, schrie er. »Was geht hier vor?«

Justin wankte über einen schmalen Vorsprung auf den nächsten Felsen zu, der mit Flechten überzogen war. Der raue Wind pfiff durch seine Kleidung. Er zog sich mühsam über ein lockeres Stück Schiefer hoch, das in einem Sechzig-Grad-Winkel in die Klippen ragte.

Kalter Schweiß glänzte auf seiner Stirn. Er hatte das Gefühl, als würden seine Lungen platzen. *Gott, gib mir Kraft.*

Zehn Meter über ihm hockte die schwarz gekleidete Gestalt Rosettis auf einem anderen verwitterten Felsen. Der Himmel hoch über seinem Kopf war voller Vögel. Unter ihnen war alles unglaublich schwarz. Es war so dunkel wie in der tiefsten Nacht, dabei war es mitten am Tage.

Justin sah einen kurzen Augenblick die rosafarbene Decke. Das Kind. Das Baby schrie noch immer.

»Pater, bitte, bleiben Sie stehen – bitte. Sie können nicht sicher sein. Oder sind Sie sich ganz sicher?«

»Sie *glauben* nicht mehr«, hallte Rosettis kräftige Stimme über den steilen Klippenhang. »Niemand von Ihnen glaubt! Nicht an unseren Herrn! Nicht an Satan! An nichts, was von Bedeutung ist!«

Rosetti hielt das Kind locker in seinem kräftigen Arm. Sie waren beide dem Felsrand bedenklich nahe.

Justin hatte einen furchtbaren Gedanken. Er machte ihn krank. *Rosetti könnte selbst der Satan sein. Wie soll ich das wissen? Vielleicht hält Satan in diesem Moment den Erlöser der Menschheit in Händen.*

Er musste das Gesicht des Kindes mit eigenen Augen sehen. Das war seine Mission. Darum war er doch hier, nicht wahr?

Mit Entsetzen sah er, wie Rosetti den Säugling mit beiden riesigen Händen hoch in die Luft hob. Die Augen des Priesters wirkten wie leere schwarze Löcher, als er zu Justin herabschaute.

Über den Klippen schossen die Vögel umher. Tausende flogen wild durcheinander. Der Lärm ihres Kreischens und Schreiens war ohrenbetäubend. Der Wind heulte fast ebenso laut.

Justin hatte so große Angst, dass er keine Luft mehr bekam. Hier geschah etwas Unheimliches. Seine Ohren klingelten und fingen an zu schmerzen.

Nicholas Rosettis Stimme war rau und kaum wiederzuerkennen.

»Dies ist die Bestie! Zweifeln Sie nicht daran, Justin. Alle Zeichen der Vorhersage von Fatima sind eingetroffen. Die Jungfrau hat mich mit diesem Kind genau an diesen Ort geführt. Dies ist die Bestie! Satan ist so weise und so clever. Das Mädchen selbst wusste es niemals. Ist es so schwer für Sie, das zu glauben? Ist es Ihnen nicht möglich, an irgendetwas zu glauben? Glauben Sie an Gott, Pater? Nur Ihr Glaube wird Sie nun retten, denn Sie sind in großer Gefahr. All diese verrückten, schwarzen Vögel sind Teufel. Gefallene Engel. Das *Kind* befehligt sie. Das *Kind* hat sie hierher gerufen.«

Justin konnte seinen Blick nicht von dem armen hilflosen Kind abwenden. Er konnte es einfach nicht glauben. Er musste es *sehen.*

»Wer sind Sie?«, rief er Rosetti zu.

»Und wenn ich Ihnen sage, ich sei der Erzengel Michael? Würde Sie das zufrieden stellen? Schön, dann bin ich *Michael!* Ich bin Michael. Glauben Sie es, wenn Sie müssen.«

»Lassen Sie mich das Kind sehen. Sie sagten, Sie vertrauen mir. Lassen Sie es mich sehen, Pater.«

Über ihnen ragten die Felsen noch weitere fünfzig Meter in die Höhe. Die obersten Felsen schienen die Wolken zu durchbohren. Noch mehr schwarze Vögel kreisten langsam am Himmel. Sie kreischten böse. Sie schrien Rosetti an. Waren das die Legionen? Sagte Rosetti die Wahrheit über die Teufel und das Kind, das sie befehligte?

Justin beschirmte seine Augen und sprach Rosetti wieder an. »Wie kann ich sicher sein? Woher wissen Sie, dass Sie kein unschuldiges Kind in den Armen halten? Pater? Ich sehe kein Zeichen.«

»Sie sind wie der ungläubige Thomas. Müssen Sie immer *sehen,* um zu glauben? Wie können Sie sicher sein, dass Jesus Christus ein Mensch wurde?« Rosettis Stimme klang böse. »Wie können Sie sicher sein, dass Jesus unsere Seelen von dem ewigen Feuer der Hölle erlöst hat?«

»Hat er das?«, rief Justin zurück. »Hat er uns von der Hölle erlöst? Es sieht so aus, als wären die Tore zur Hölle gerade jetzt weit geöffnet.«

»Es ist ihre Zeit. Sie sind an der Reihe, es sei denn, wir halten sie auf. Sie haben noch keine Macht auf Erden. Sie können nur durch Menschen handeln. Dieses Kind ist ein Mensch.«

Die Vorstellung war grauenhaft, doch sie stimmte mit allem überein, was Justin je über die gefallenen Engel gelesen hatte.

Ihn überkam Schwindel. Große Wogen von Übelkeit überschwemmten ihn. Hatte er sich auf ein Gespräch mit dem Teufel eingelassen? Oder ergriff er Partei für Satan gegen alles Gute und Heilige in der Welt? Was wusste Pater Rosetti? Was hatte er gesehen? Was hielt er in seinen Armen?

Er wusste, dass er nicht hinunterschauen durfte in den Schwindel erregenden Strudel, der ihn in Versuchung führen und von den Klippen in die Tiefe ziehen wollte.

Noch einmal übertönte er mit seinem Geschrei das tosende Meer und die durchdringenden Schreie der Möwen und Krähen und Tölpel, die sich über den Klippen zusammenrotteten. Er übertönte die Schreie der Teufel.

»Wir können ins Woodbine-Seminar gehen! Wir können eine Teufelsaustreibung durchführen. Pater! Wir können reden. Sie wissen, dass es das Beste ist.«

Als Justin gen Himmel schaute, sah er, dass Rosettis breite Schultern nach vorn sackten. Der Priester trat vorsichtig einen Schritt von der Felskante zurück. Dunkelgelbe Galle tropfte aus seinen Mundwinkeln. Blut rann aus seiner Nase. Starb er nun?

»Kommen Sie hierher, Pater«, sagte der Priester des Vatikans in einem seltsam ruhigen Ton. »Wenn Sie müssen, kommen Sie zu mir. Schauen Sie sich das Kind selbst an.«

Justin machte auf dem lockeren, rutschigen Felsen einen Schritt vorwärts. Der Seewind peitschte ihm ins Gesicht. Etwas warnte ihn, nicht höher zu steigen, *nicht näher zu Rosetti und dem Kind zu gehen, nicht höher auf die dunklen, rutschigen Felsen zu klettern.*

Doch er stieg Schritt für Schritt die steilen Felsen hinauf. Er hatte das Gefühl, als wären seine Arme zentnerschwer. Er hatte Angst, dass er nicht in der Lage sein würde, das Baby festzuhalten, wenn er Rosetti erreicht hatte. Er hatte Angst, dass er sterben könnte, ohne die Wahrheit über die jungfräulichen Geburten erfahren zu haben.

Justins bleischwere Füße gingen weiter hinauf, als geschähe es gegen seinen Willen.

Als er schließlich noch einmal den Blick hob, sah er in die funkelnden Augen von Nicholas Rosetti.

»Sie möchten es sehen? Dann schauen Sie, Justin O'Carroll. Weiden Sie Ihre Augen an dem Anblick. Schauen Sie sich das Kind an! Schauen Sie! *Schauen Sie!*«

105.

Kathleen stieß die Worte wie das leiseste, kaum hörbare Flüstern aus. »Ist mit meinem Baby alles in Ordnung? Ist mein Baby gesund, Doktor?«

Es war die Stimme eines ängstlichen, im Innern sehr aufgewühlten sechzehnjährigen Mädchens, das soeben Mutter geworden war.

Kathleen schaute auf das dunkelhaarige, runzelige Kind. Der Arzt stand mit dem Säugling am anderen Ende des Tisches im Kreißsaal. Sie bemühte sich, sein Gesicht zu sehen.

»Ist etwas nicht in Ordnung?«, fragte ich Dr. Annunziata flüsternd, damit Kathleen es nicht hören konnte.

»Nein, nein. Keine Sorge«, flüsterte er, aber ich war nicht sicher, ob ich ihm glauben sollte. Er benahm sich seltsam.

Inzwischen schauten die anderen Ärzte und die Krankenschwestern des Salvatore-Mundi-Krankenhauses Mutter und Kind in ehrfürchtigem, fast andächtigem Schweigen an.

Die Soldaten der Schweizer Garde warteten schweigsam. Sie wirkten noch immer angespannt. Was hatten sie erwartet? Welche Order hatten sie erhalten? Mir fiel auf, dass sie bewaffnet waren. Waren sie da, um Kathleen und das Kind zu beschützen? Oder gab es einen anderen Grund für ihre Anwesenheit?

Der Geburtshelfer versetzte dem Baby einen leichten Klaps auf den Po. Der winzige Säugling fing sofort an zu schreien. Es war eindeutig ein qualvoller, ängstlicher *menschlicher* Schrei.

Dr. Annunziatas Gesichtszüge erhellten sich endlich. Alle Ärzte und Geistlichen in diesem Zimmer lächelten über die natürliche Antwort des Kindes. Sogar einige Soldaten der Schweizer Garde lockerten ihre Haltung und grinsten.

Auch ich versuchte, positiv zu denken. Das Baby war wie wir. Das Baby war ein Mensch. Es war schön und gesund. Ein neues Leben war in die Welt gekommen, und das war immer ein Wunder.

Aber war die Geburt auch ein *Zeichen?* War sie vor mehr als achtzig Jahren in Fatima vorhergesagt worden?

Ich näherte mich Dr. Annunziata. »Gibt es ein Problem, Doktor?«

Er schaute mich an. »Nein, nicht direkt ein Problem. Aber, na ja, wie soll ich sagen, eine besondere Situation.«

106.

Nicholas Rosetti war plötzlich ganz ruhig, und er fragte sich, ob ihm wieder ein Streich gespielt wurde. Bald würde er zum ersten Mal, seitdem er Papst Pius getroffen hatte, von einer schweren Last befreit sein. Er hatte seine Arbeit getan und seine Ermittlungen durchgeführt. Jetzt glaubte er, die Wahrheit gefunden zu haben.

»Ich muss es wissen«, rief Justin O'Carroll so laut, dass er den heulenden Wind und die schaurigen Schreie der Seevögel übertönte. »Ich komme zu Ihnen hoch, Pater.«

Nur aus Liebe und Mitleid richtete Rosetti seine Worte an den jungen Priester: »Wenn Sie keinen Glauben haben, so glauben Sie dies«, sagte er. »Glauben Sie der *Medizin*. Glauben Sie der *Wissenschaft*. Hören Sie mir zu. Colleen Galaher wurde auf den männlichen Vornamen *Colin* getauft. Das Kind wurde mit zwei verschiedenen Geschlechtsorganen geboren. Ihr Arzt im Ort tat, was er konnte.«

»Ich verstehe nicht«, sagte Justin, der seine Hand nach dem Kind ausstreckte. »Was sagen Sie da?«

»Colleen Galaher hat *keine Gebärmutter*«, erwiderte Rosetti mit heiserer Stimme. »Sie wurde entfernt.«

Rosetti hielt das Baby in die Höhe. Er sprach mit verzweifelter, fast unverständlicher Stimme. »Dieses Kind ist des Teufels. Dieses Baby wird die Welt verändern.«

Ein gedämpfter Schrei drang aus der rosafarbenen Decke und erschreckte Justin. Der Schrei eines *Babys.*

Zweifel bestürmten seinen Geist. Wem konnte er jetzt noch glauben? Der Teufel war gerissen, und er war überall.

Der Wind und die Vögel, die über Pater Rosetti kreisten, verschluckten sofort die Stimme des Kindes. Sie sahen aus, als ob sie herabstoßen und es forttragen wollten.

Justin hörte einen gequälten Ausruf über sich. »Beten Sie für mich, Pater O'Carroll.«

Mit zitternden Händen schlug der Priester des Vatikans die Wolldecke zurück. Seine Lippen sprachen unhörbar ein Gebet, als er die Stirn des Babys mit dem Daumennagel bekreuzigte. Das Baby heulte vor Schmerzen auf und zappelte wütend.

Dann neigte sich Pater Rosetti herunter und zeigte Justin den Kopf und das Gesicht des Säuglings.

Justin starrte in die Augen des Kindes, und tausend Augen starrten zurück. Er konnte deutlich unzählige Augen in den Augen des Kindes sehen. Genau dort waren die Legionen des Bösen.

Justin wich zurück und verlor fast den Halt auf dem Felsen. Sein Herz pochte. Zuerst hatte er in das Gesicht eines Kindes geblickt, doch nun veränderte es sich vor seinen Augen. Was er sah, war grotesk. Es verwandelte sich in das wildeste Tier, aus mehreren Tieren zugleich, und brüllte ihn zornig an. Es versuchte, ihn zu verjagen, was ihm auch beinahe gelang.

Der Schrei war scheußlich und unheimlich. Das Tier zappelte wild, und da der Priester den Griff nicht lockerte, biss es ihn mit seinen langen, scharfen Zähnen in die Wange. Das Tier, die Bestie, schrie und schrie. Alle Teufel in dem Kind schienen auf einmal zu schreien.

Er ließ es nicht los. Nicholas Rosetti hielt die Bestie genau vor sein Gesicht.

»Sie haben es gesehen, Pater O'Carroll. Die Augen, die Legionen. Sie wissen es nun. Kehren Sie nach Rom zurück. Die wahre Jungfrau ist dort. Beten Sie für mich, Pater.«

Er machte von der hohen Klippe einen Schritt nach vorne, ins Leere. Der Priester und das Kind fielen gemeinsam in die Tiefe. Sie schienen ein paar Sekunden lang an einer unsichtbaren Schnur zu hängen. Das Kind kämpfte weiter und hatte sich mit seinen Zähnen in Rosettis Wange verbissen.

Die Vögel umkreisten den Priester. Ihre Flügel surrten wie Tausende von Rotorklingen. Begleitet von schrillen Schreien schienen sie zu versuchen, Pater Rosetti aufzufangen und seinen Fall zu stoppen.

Schließlich klatschten Rosetti und das Kind auf dem kalten Wasser auf und verschwanden unter den dunklen, tosenden Wellen. Eine dicke Rauchsäule stieg aus dem Meer auf. Das Wasser zischte laut.

Die Vögel, die über den Bergen kreisten, kreischten lauter als zuvor, als sie sich in riesiger Anzahl aufs Meer herabsenkten. Sie veränderten ihre Gestalt, verwandelten sich in fliegende Wölfe, stießen in die Wellen und tauchten nie mehr auf.

Nach einer Weile stieg Justin unbändig schluchzend die

hohen Felsklippen hinab. *»Requiem aeternam dona eis.«* Er betete für das ewige Seelenheil von Nicholas Rosetti und ebenso für sein eigenes Seelenheil.

Er hatte in das Gesicht des Satans geblickt.

107.

Ich war mir der fast unnatürlichen Stille, die sich auf das Krankenzimmer gelegt hatte, deutlich bewusst. Zuerst die Stille, dann das Gelächter und dann – wieder Stille.

Die Ärzte, die Krankenschwestern und das Fachpersonal standen schweigend da und beobachteten mit ehrfurchtsvollen Gesichtern die ersten unbeholfenen Bewegungen des Säuglings. Sie sahen aus, als erlebten sie den wichtigsten und schönsten Moment ihres Lebens.

Niemand konnte gerührter sein als ich. Ich hatte angefangen zu zittern, als wäre der Raum sehr kalt, wohingegen er jedoch tatsächlich sehr warm war.

Sie werden wissen, was Sie tun müssen, wenn die Zeit gekommen ist. Darum sind Sie hier. Sie sind die Stärkste von uns allen. Immer und immer wieder hörte ich die Worte, die Pater Rosetti zu mir gesprochen hatte, als wir uns zum letzten Mal sahen.

Miss Fitzgerald, ich hoffe und bete, dass ich jetzt endgültig Aufschluss über die beiden Jungfrauen erhalten werde ... Aber die Bestie muss getötet werden.

Mir war schwindelig, und ich stand kurz davor, in Panik

zu geraten, als ich plötzlich hörte, dass mein Name genannt wurde. Die Stimme war tief und volltönend. Was sollte ich tun?

Ich schaute den Arzt an, der neben mir stand. *Er hatte meinen Namen nicht gesagt.*

Ich drehte mich zu dem dunkelhaarigen Techniker um, der das EKG-Gerät überwachte. *Es war auch nicht seine Stimme.*

Die Stimme ertönte wieder. Lauter. Sicherer. Näher.

Anne, rief sie mich. *Es muss sterben, oder wir werden sterben. Eine Ewigkeit des Leidens für die Menschheit. Töte die Bestie, Anne! Töte das Kind jetzt!*

Ich näherte mich dem Arzt und dem Kind. Mein Körper bebte.

Im Namen des Vaters, töte das Kind des Bösen!

»Uns wurde ein deutliches Zeichen für den Moment der göttlichen Geburt versprochen«, hatte Pater Rosetti gesagt. Er hatte hinzugefügt, es sei eine Sache des Glaubens. Besaß ich diesen Glauben? Warum ich? Warum war ich dazu auserwählt worden, in Rom zu sein?

Ich sprach einfache Gebete aus meiner Kindheit. *Gegrüßet seist du, Maria. Ehre dem Vater im Himmel.* Ich fühlte mich schrecklich allein in diesem Krankenzimmer.

Wieder hörte ich die tiefe Stimme.

Im Namen des Vaters und des Sohnes und des Heiligen Geistes: TÖTE DAS KIND!

Meine Hände zitterten, und ich fühlte mich ganz schwach auf den Beinen. Ich konnte kaum noch stehen, aber ich ging einen Schritt näher an das Kind heran.

Mein prüfender Blick wanderte über einen Tisch mit scharfen Metallinstrumenten, die während der Entbindung benutzt worden waren. Dort lag ein Skalpell, das ich benutzen könnte.

Bei dem Gedanken verlor ich fast die Besinnung. Der Gedanke war abstoßend.

Du musst, Anne. Darum bist du hier.

»Geben Sie mir das Kind«, sagte ich schließlich mit einer Stimme, die sich anhörte, als gehöre sie einem anderen. »Lassen Sie mich das Kind halten. Ich möchte es Kathleen in die Arme legen.«

Als ich meine Arme ausstreckte, wandte sich Dr. Annunziata abrupt ab und übergab das Kind einer Krankenschwester.

Etwas im Blick des Arztes ließ mich innehalten.

Bildete ich mir das ein? Oder war Dr. Annunziata etwas bei Kathleen aufgefallen? Etwas, das ich wissen musste.

Er sprach ruhig und vertrauensvoll zu mir. »Dieses Mädchen ist nicht mehr unversehrt. Kathleen Beavier ist keine Jungfrau.« Ich hörte das Bedauern in seiner Stimme. »Dies ist nicht das heilige Kind, aber es ist dennoch ein Kind Gottes.«

Die Stimme in meinem Kopf hörte augenblicklich auf zu sprechen. Dieses Kind war nicht der Erlöser, sondern es war ein unschuldiges Baby – ein normales Menschenkind.

Die Krankenschwester, die das Baby auf dem Arm hielt, wickelte es mit geübter Hand in eine saubere Decke. Dann gab sie Kathleen das Kind.

Kathleen nahm es in ihre Arme. Ihr stiegen sofort Tränen in die Augen. Ich sah, dass das Baby die gleichen blauen Augen hatte wie sie.

Sie schaute in das süße Gesicht des Babys, und ich

konnte sehen, wie die Liebe einer Mutter sie erfüllte. »Mein Sohn«, sagte Kathleen. »Mein kleiner, kleiner Sohn.«

Ich glaubte das. Ich glaubte an die Mutter und das Kind. Und ich glaubte, dass meine Ermittlungen zu Ende seien.

108.

Endlich war es für mich vorbei. Und das Leiden war offensichtlich für Unzählige andere vorbei.

In dieser Nacht kam die Nachricht, dass in Teilen Indiens, die monatelang nichts außer strafender Hitze und Sonne gekannt hatten, der Regen eingesetzt habe. In Krankenhäusern in Boston, Los Angeles und anderswo wurden keine Kinder mehr mit Kinderlähmung eingeliefert. Die Seuchen, die in Asien und Mexiko grassierten, endeten plötzlich wie durch ein Wunder.

Es würde die Arbeit eines anderen sein, alles, was passiert war, zu entschlüsseln und die Wahrheit ans Licht zu bringen. Nicht meine.

Ich wusste noch immer nicht, was sich in Irland zugetragen hatte. Weder Justin noch Colleen konnte ich erreichen. Soweit mir bekannt war, hatte niemand von dort aus in Rom angerufen.

In einem nahe gelegenen Hotel war für mich ein Zimmer reserviert worden, und ich entschloss mich, vom Krankenhaus dorthin zu gehen. Ich war hundemüde, aber ich glaubte nicht, dass ich würde schlafen können.

Weil ich Angst hatte, von Presseleuten erkannt zu werden, versuchte ich, den Hauptstraßen fernzubleiben. Ich kannte noch nicht einmal den Namen der schmalen, düsteren Straße, über die ich ging, aber es war auch nicht wichtig. Ich wollte allein sein, und das war ich.

Plötzlich erhielt ich einen harten Schlag auf die Brust und fiel auf die Knie. Ich hatte schreckliche Schmerzen, aber als ich mich umsah, sah ich niemanden.

Mein Körper fing an zu zittern und hörte nicht mehr auf.

Eine tiefe Stimme sprach ununterbrochen, und ich konnte heißen, stinkenden Atem spüren und riechen.

Du hast deine Kirche enttäuscht, Anne. Du hast wieder versagt.

Ich konnte auf der Straße niemanden sehen.

»Das glaube ich nicht«, widersprach ich. »Ich habe nicht versagt!«

Ich erhielt einen weiteren Schlag, der noch kräftiger war als der erste. Dann wurde ich hinunter auf das Kopfsteinpflaster gedrückt. Ich schmeckte den Schmutz und mein eigenes Blut. Panische Angst kroch in mir hoch, doch ich weigerte mich, es zu zeigen.

Du bist eigensinnig und ungehorsam. Und nun bist du an der Reihe zu sterben. Du kannst dich mit Pater Rosetti und Pater O'Carroll vereinen. Sie sind schon tot. Sie erlitten einen qualvollen Tod in Irland.

»Nein!«, schrie ich, so laut ich konnte, während meine Nase und mein Mund noch immer auf die Straße gedrückt wurden. »Sie sind nicht tot. Lass mich in Ruhe.«

Mich traf ein weiterer harter Schlag. Es war, als hätte ein Baseballschläger meinen Kopf und meinen Nacken getroffen.

Ich berührte die Stelle, an der ich getroffen worden war. *Kein Blut!*

»Du kannst mich nicht verletzen!«, schrie ich noch lauter.

Ich rappelte mich auf und starrte herausfordernd in die Richtung, aus der die Stimme gekommen zu sein schien.

»Wo bist du? Warum zeigst du dich nicht? *Feigling!*«, brüllte ich.

Plötzlich stand Nicholas Rosetti vor mir, wo soeben noch niemand gewesen war.

Er hielt sich aufrecht, aber ich konnte erkennen, dass er tot war. Seine Haut war wächsern und blass und stellenweise blau. Seine Augen waren leblos. Aber die *Stimme* kam aus seinem Mund. Es sah aus wie der billige Trick eines Bauchredners.

Ich habe dir ja gesagt, dass Rosetti tot ist. Glaubst du nun an meine Macht? Glaubst du noch immer, ich könnte dich nicht verletzen?

Ich schaute bekümmert und erschüttert auf den armen Pater Rosetti, und dann stand plötzlich Justin dort, wo soeben der Priester gestanden hatte. Justin wirkte lebendiger als Rosetti. War er am Leben?

Glaubst du noch immer, ich könne dich nicht verletzen, Anne? fragte die Stimme wieder.

»Ja, ja. Das glaube ich«, schrie ich. »Du kannst es nicht!«

Ich ging auf Justin zu, und Tränen strömten aus meinen Augen. Als ich ihn erreicht hatte, streckte ich langsam meine Hand aus.

Ehe ich Justin berühren konnte, war er verschwunden.

»Du hast keine Macht über mich!«, schrie ich wie eine Wilde auf der verlassenen Straße. »Hinweg! Du kannst mich nicht verletzen! Geh weg! Verdammt, geh weg!«

Ich behauptete meinen Standpunkt. Ich *war* stark. Pater Rosetti hatte in diesem Punkt Recht.

Und dann fiel ich in Ohnmacht. Ich sank wie ein nasser Sack auf die Straße. Aber es war stärker als ein Kollaps. Mein ganzes Bewusstsein war ausgelöscht. So etwas hatte ich noch nie erlebt.

Ich hatte Angst zu sterben.

109.

Mir war, als hätte ich tatsächlich meinen Körper verlassen und wäre in ein verworrenes Bild getaucht. Alle Details waren jedoch deutlich zu erkennen. Ich versuchte, weiterhin die Skeptikerin und Detektivin zu sein, aber es gelang mir nicht. Das Bild war zu mächtig, zu überwältigend. Mir blieb keine andere Wahl. Ich musste mich dieser Situation stellen.

Hoch über einem belebten Marktplatz sah ich eine einfache Lehmhütte. Die Luft war heiß und trocken, und ich wusste ganz genau, dass ich in einer Stadt namens Nazareth war. Ich hatte keine Ahnung, woher ich es wusste, aber ich wusste es. Eine blutjunge Frau stieg die Stufen der Lehmhütte, in der sie wohnte, hinunter.

Und dann ging sie an meiner Seite und schaute mich mit strahlenden blaugrünen Augen an. Sie war jung, und sie war hochschwanger. Ich wusste, dass diese Frau, die mich anlächelte, die Jungfrau Maria war. Es war die Mutter Christi.

Ich schaute tief in Marias Augen und sah dort die Wahrheit über alle Frauen und die Wahrheit über mich selbst. »Du hast Recht, Anne. Er kann dich nicht verletzen. Nicht hier auf Erden – nur in der Hölle. Du bist zu stark. Du bist ein besonderer Mensch. Gott segne dich und schütze dich.«

Dann wechselten die Bilder vor meinen Augen in schneller Folge. Sie kamen und gingen im Bruchteil einer Sekunde. Ich stellte fest, dass ich alle Einzelheiten leicht erkennen konnte. Es war fast so, als hätte ich alles vorher gewusst, und als wäre das Bild eine Erinnerung.

In der Ferne, auf der anderen Seite eines langen Strandes, sah ich Jesus ganz deutlich vor mir. Er war an ein rohes Holzkreuz genagelt, und seine Gliedmaßen waren grotesk verzerrt. Ich war bei ihm und schaute in sein Gesicht über mir und schrie, als ich ihn auf diese grausige, widerliche Weise leiden sah.

Jesus war ein wunderschöner, dunkelhaariger Mann. Seine Augen waren geschlossen. Sein Körper war gegeißelt und an vielen Stellen verwundet. Unzählige spitze Dornen durchstachen seinen Kopf, und ich konnte sehen, dass einige der Dornen in Wahrheit Nägel waren. Ich hatte über die Kreuzigung im Evangelium gelesen. Jetzt verstand ich das Ereignis zum allerersten Mal wirklich.

Das Bild bewegte sich. Einen kurzen Augenblick lang befand ich mich wieder in der Gegenwart. Ich wusste, wer ich war und wo ich war. Ich fragte mich, *was es mit diesem Bild auf sich habe*. War ich verrückt?

Ich dachte wieder an Justin. Lebte er?

Dann erschien das Kloster, in dem ich mein Gelübde als Nonne abgelegt hatte, vor meinem inneren Auge.

Ich erinnerte mich an Pater Rosetti und seine eindringlichen Fragen, und ich wusste nun, dass er wirklich tot war.

Die Bilder wechselten schnell. Ich hatte das Gefühl, von einem starken Erdbeben erschüttert zu werden. Eine Flutwelle überschwemmte die belebten Straßen einer Hauptstadt. Gebäude stürzten ein. Tausende ertranken in einem Augenblick des Entsetzens und des Bösen. Ich spürte die allmächtige, starke Gegenwart der Bestie. Die Stimme rief wieder meinen Namen. Ich konnte sie ganz deutlich hören. Ich betete. *Ich widersage dem Bösen mit all meiner Kraft. Ich widersage dem Bösen. Ich widersage dem Bösen.*

Dann öffnete ich die Augen.

In meinem Körper bewegte sich etwas. Es war schmerzhaft, aber dann durchströmte mich friedliche Ruhe. Ich wusste, dass ein Wunder geschehen war.

Es war mir geschehen.

Und ich wusste endlich, warum ich gerufen worden war, um in diesem Fall zu ermitteln, und ich wusste, warum ich hier war.

Ich war schwanger, und ich war Jungfrau.

110.

Am nächsten Morgen erwachte ich früh von dem Klingeln des Telefons, das neben dem Bett in meinem Hotelzimmer stand. Ich nahm den Hörer ab und hörte: »Ich bin hier. Kann ich hochkommen, Anne?«

Tränen schossen mir in die Augen. Ich zitterte. »Ja. Komm schnell«, sagte ich zu Justin.

Er lebte, und er war in Rom.

Es dauerte ein paar Minuten, bis Justin die Treppe hinaufgestiegen war, Zeit genug, um etwas Wasser in mein Gesicht zu spritzen und schnell mit einem Kamm durch meine Haare zu fahren. Ich hatte ein komisches Gefühl im Bauch, und mittlerweile war ich ganz sicher, dass ich schwanger war. Am vergangenen Abend hatte ich einen Schwangerschaftstest gekauft, und das Ergebnis war positiv.

Es klopfte an der Tür, und auf dem Weg dorthin stellte ich fest, dass ich barfuss war und ein altes Nachthemd trug, aber im Moment war mir das alles auch nicht wichtig.

Schnell öffnete ich die Tür und fiel Justin in die Arme. Ich ließ mich gehen, brach sofort in Tränen aus. Wir umarmten uns, und dann küssten wir uns, und wenn es nur den geringsten Zweifel gegeben haben mochte, ob ich ihn liebte, so war er nun verflogen.

Ich trat einen Schritt zurück, damit ich ihn besser ansehen konnte. Es war ein ungeheuer schönes Gefühl, in seiner Nähe zu sein. Eigentlich war es unglaublich, dass ich dreißig Jahre alt geworden war, ohne gefühlt zu haben, was ich jetzt fühlte. Es war eine so lange Zeit, um keine Liebe zu erleben. Dafür musste es einen Grund geben, und nun glaubte ich, ihn zu kennen.

»Ich habe dich mehr als alles auf der Welt vermisst«, flüsterte Justin. »Anne, ich hatte große Angst, dass ich dich niemals wieder sehen würde. Das fürchtete ich mehr, als in Irland zu sterben.«

»Erzähl mir alles«, sagte ich. »Kathleens Kind ist nicht der Erlöser, Justin. Kathleen ist nicht die jungfräuliche Mutter.«

»Ich weiß«, sagte er. »Pater Rosetti sagte mir in unseren letzten gemeinsamen Stunden alles, was er wusste. Er ist tot. Er ist auf schreckliche Weise gestorben und Colleens Kind ebenso. Ihr Kind war die Bestie.«

Ich berichtete Justin, was ich in der Nebenstraße zwischen meinem Hotel und dem Salvatore-Mundi-Krankenhaus erlebt hatte. Dann erzählte ich ihm alles über meine Schwangerschaft.

Justin starrte mich an. »Rosetti sagte, dass die wahre Jungfrau hier in Rom sei. Er meinte dich, Anne. Er sagte, die Botschaft von Fatima lautete, dass es mehr als eine jungfräuliche Mutter geben und eine Frau den Erlöser und eine die Bestie gebären würde.«

»Und Colleen?«, fragte ich. »Lebt sie? Geht es ihr gut?«

»Ich habe sie ins Woodbine-Seminar gebracht. Dort wird für sie gesorgt. Ich habe den Satan gesehen, Anne. Die Augen von Legionen gefallener Engel waren in den Augen von Colleens Kind. Tausende von Augen wie winzige Stecknadelköpfe, die hasserfüllt und böse funkelten. So etwas kann man sich noch nicht einmal vorstellen.«

»Halt mich fest«, flüsterte ich. Und Justin nahm mich in die Arme, und ich fühlte mich sicher. Ich fühlte mich vollkommen akzeptiert und geliebt.

»Ich liebe dich so sehr, Anne.« Er sprach aus, was ich bereits deutlich spürte.

»Ich liebe dich auch, Justin. Was werden wir nun tun?«

Er kniete vor mir nieder und neigte leicht seinen Kopf. »Ich liebe dich von ganzem Herzen und ganzer Seele. Ich weiß, dass ich dich bis in alle Ewigkeit lieben werde. Ich muss den Priesterstand verlassen. Und ich bitte dich, mich dann zu heiraten«, sagte er.

Ich kniete gegenüber von Justin nieder, denn ich wollte ihm so nahe sein wie möglich und in seine wunderschönen Augen sehen.

»Ja, ich will deine Frau werden«, sagte ich zu ihm.

111.

Neun Monate später. Kinderkrankenhaus in Boston, Massachusetts.

Wer kennt Gottes Wege? Wer kann sie wahrhaftig verstehen? Ich kann es sicherlich nicht.

Das winzige, kostbarste Baby lag in meinen Armen. Das Kind war erst wenige Augenblicke alt. Seine Augen waren geöffnet. Sie schauten genau in meine und hielten tatsächlich meinem Blick stand. Keine tausend Augen, sondern nur zwei wunderschöne blaue Augen. Es war ein vollkommenes Kind, aber das brauchten die Ärzte mir nicht zu sagen.

Ich wusste es. Ich wusste es ganz einfach.

Doktor Maria Ruocco beugte sich über mich. Sie war eine reizende Frau, aber nicht von der Kirche beauftragt, um hier zu sein. Sie strich zärtlich das Haar aus meinem Gesicht. In ihrem Blick fiel mir etwas auf. Diese Ärztin, die vertrauensvoll Tausende von Kindern zur Welt gebracht hatte, war verwirrt.

Schließlich sprach sie zu mir. »Anne«, sagte sie in leisem, ehrfürchtigem Ton. »Sie sind noch immer unversehrt.«

»Ich weiß«, erwiderte ich.

Das Baby wimmerte, schrie und zupfte dann an mir herum. Es war wunderschön. Freudentränen rannen über meine Wangen. Dann schob ich das Nachthemd hoch und stillte das Kind. Ich dankte Gott. Alles verstand ich nicht, aber ich wusste, dass es gut und richtig war. Es war neun Monate her, seitdem ich plötzlich auf geheimnisvolle Weise das Geschenk der Schwangerschaft erhalten hatte. Ich war schwanger geworden, ohne Geschlechtsverkehr gehabt zu haben. Und nun war ich von einem gesunden Kind entbunden worden.

Justin stand neben mir. Der Mundschutz hing von seinem Hals, und sein hübsches Gesicht strahlte. In seinen Augen spiegelte sich seine Liebe zu mir und zu dem Kind. Er hatte sich während meiner Schwangerschaft tausendfach bewährt. Ich liebte ihn noch mehr als an jenem Tag in Rom.

Und er glaubte, wir beide glaubten an dieses Wunder vor unseren Augen.

Noch wusste ich nicht, was die Zukunft mir bringen und wie das Leben des Kindes oder meines verlaufen würde. Aber an diesem Tag erlebte ich ungetrübtes Glück. Ich wünschte, es würde niemals enden.

Ich schaute auf das Kind, dieses heilige Kind, dieses winzige Mädchen – Noelle.

Unser aller Erlöser war ein Mädchen.

Epilog
Noelle, Noelle

112.

Noelle war achtzehn Jahre alt, als sie Zeugin eines schrecklichen Autounfalls auf der Vandemeer Avenue wurde. Sie lebte mit ihren Brüdern, Schwestern und Eltern – dem O'Carroll-Clan – in einer kleinen Stadt in Maine.

Sie war Studentin und wollte Ärztin werden, um viel Gutes tun zu können. Das hatte sie von ihren Eltern gelernt, die beide gute Menschen waren. Ihre Mutter und ihr Vater lehrten an der Universität Maine und leiteten außerdem ein Heim für verwahrloste junge Frauen. Sie waren immer liebevolle, verantwortungsvolle Eltern gewesen.

Bis zu ihrem achtzehnten Lebensjahr hatte Noelle niemals so etwas Schreckliches wie den Autounfall an der normalerweise ruhigen Kreuzung gesehen. Sie erlitt einen Schock, und Tränen traten in ihre Augen. In diesem Moment empfand sie große Angst. Überdies spürte sie, wie verletzbar sie war.

Und plötzlich erlebte sie gewaltige Zweifel und sogar Wut über die unergründlichen Wege Gottes. Ihr Blick wanderte zurück zu dem Autowrack auf der Vandermeer Avenue.

Der große gelbe Volvo war in einen Kastanienbaum gerast. Der stämmige Baum hatte den Wagen aufgerissen und war durch die Motorhaube, die Frontscheibe und die Beifahrersitze gedrungen.

Der Fahrer und seine junge Frau waren auf der Stelle tot. Drei kleine Kinder schienen tot zu sein. Es war so sinnlos.

Ein viertes Kind, ein entzückendes kleines Mädchen in einem Strampelanzug, war aus dem Wagen geschleudert worden. Es lag schwer verletzt auf einem Rasen.

Das Mädchen wimmerte leise. Männer und Frauen aus der Nachbarschaft, die an den Unfallort geeilt waren, kümmerten sich um das Kind.

Noelle konnte das furchtbare Leid nicht länger ertragen. Es machte sie wütend, dass die Menschen gestorben waren. Sie wandte sich von der unerträglichen Traurigkeit und dem ohrenzerreißenden Heulen der sich nähernden Polizei- und Krankenwagen ab.

Noch nie in ihrem Leben war sie so erregt gewesen. Ihr Kopf schmerzte. Es war kaum auszuhalten. Sie musste etwas tun, um der Familie zu helfen.

Noelle betete mit der ganzen Kraft ihres Herzens, um die Familie wieder zusammenzuführen. Ob sie das konnte, wusste sie nicht. In ihrem Geiste *sah* sie die Familie lebendig und gesund vor sich.

Sie schaute auf das Mädchen auf dem Rasen. Nichts war geschehen.

Lass die Familie leben. Sie verdient eine zweite Chance. Gib sie ihr, betete sie.

Kehrt ins Leben zurück. Kehrt ins Leben zurück, Kinder. Kehrt ins Leben zurück, Mutter und Vater.

Kurz darauf hörte sie Schreie, die aus nächster Nähe des Unfallortes kamen. »Sie leben. Alle. Sie leben.«

Sie hatte die Familie genauso ins Leben zurückgeholt, wie Jesus den Lazarus mit Liebe und Mitgefühl von den Toten auferweckt hatte. Dies war Noelles erstes Wunder, und als sie die Kinder, die Mutter und den Vater sah, klopfte ihr Herz vor Freude und Entschlossenheit.

Noelle eilte schnell davon, damit sie nicht bemerkt wurde. Sie konnte nicht wissen, dass sie *beobachtet* wurde.

Gierige Blicke folgten Noelle die schöne Eichenallee hinauf. Den ganzen Weg bis nach Hause. Es waren die unergründlichen Augen eines Jungen, der kalt und hungrig vor neunzehn Jahren an einem Strand an Land geschwemmt worden war. Ein Junge, der in die kalte Irische See geworfen worden war und überlebt hatte.

Auf seiner Stirn zeichnete sich eine verblasste, rote Narbe, ein Kreuz, ab, das ein Mann Gottes mit seinen Fingernägeln in seine Stirn geritzt hatte.

Die Narbe brannte ständig, und darum war sein Denken immer von Wut beherrscht.

All die Jahre hatte er gewartet. Er war geduldig gewesen. Aber als er Noelle und ihre Familie jetzt beobachtete, nahm er sich vor, sich zu holen, was von Rechts wegen ihm gehörte.

Er beobachtete sie aus tausend hasserfüllten, rachedurstigen Augen.

Im Bechtermünz Verlag ist außerdem erschienen:

Mary Willis Walker
Der rote Schrei

448 Seiten, Format 12,5 x 18,7 cm
Best.-Nr. 497 396
ISBN 3-8289-6673-X
19,90 DM

Nach jahrelanger Gefängnishaft wartet Louie Bronk nun auf seine Hinrichtung. Doch hat er den Mord, für den er verurteilt wurde, wirklich begangen? Die Journalistin Molly Cates verfolgt den Fall – und entdeckt irritierende Ungereimtheiten und ein paar dunkle Geheimnisse...

„Kraftvoll, intelligent, unvergeßlich – ein Leseerlebnis!"
Los Angeles Times